「あ！　シャボン玉！」
　手を挙げた櫨禅が指の間に息を吹き込んで出来たシャボン玉に、思わず歓声を上げる。

恋《こい》を知《し》った神《かみ》さまは

朝霞《あさか》月子《つきこ》

ILLUSTRATION：カワイチハル

恋を知った神さまは

LYNX ROMANCE

CONTENTS

恋を知った
神さまは

「――んね。もう――はどこにでも自由に行けるからね。――、幸せを見つけるのよ」

懐かしい声が耳の中から零《こぼ》れるように聞こえる。けれどもう力が抜けた体では手足の一つも動かすことが出来なかった。

フゥフゥという荒い息が遠いのか近いのかさえわからない。ただ、遠くなる意識の中で、このまま獣の餌《えさ》にはなりたくないという気持ちは最初から一貫して抱いていた。

ガサガサという音はきっと草を分けて徘徊《はいかい》する獣のせい。木の葉が揺れるのは、木々の中を巨軀《きょく》が歩くせい。

倒れた木の洞の中に隠れていた小さなリスは、近くなった獣の臭いに身を竦《すく》めた。

(だめ……まだしにたくない……だって、約束……幸せになってねって……)

自分より遥《はる》かに大きな動物の爪《つめ》は、小さなリスには掠《かす》めただけでも致命傷になる。咄嗟《とっさ》に体を捻《ひね》って避けたものの、背中から脇腹にかけて裂けた箇所からは、赤いものが流れている。

それでも。

さっき木の上で見た空は青かったが、洞の小さな隙間《すきま》から差し込む日の色は金柑《きんかん》のような色で、もう日が沈むのだと教えてくれる。

(おひさま、また見たかったぁ……)

昨日まではずっと雨続きで、キラキラ光る明るいお日様を見たのは久しぶりだった。だから少しだけ油断していたのだと思う。

リスだけでなく、他の動物たちも巣穴から這《は》い出していることを失念していたのだ。その中に、長雨で餌にありつくことの出来なかった餓《う》えた獣がいることを。

遠くなる意識の中でぼんやりとしながら、リスは長い尾と一緒に体を丸めた。少しでも気づかれませんように、少しでも長く生きていられますようにと。

しかし、そんなささやかな願いは突然襲った揺れと共に散ってしまう。

丸くなっていた体が洞の中で数回跳ねる。

(なに……?)

リスは異変を感じていた。

これはさっきの獣に見つかったからじゃない。

だが――洞からリスが飛び出ようとした寸前、その木は山の上の方から流れて来た鉄砲水によって他の倒木を巻き込みながら、少し離れたところにある川に向かって押し流されてしまった。

入り込んでくる水。

ぐるんぐるんと揺れる体。

そうしてリスは、洞に抱え込まれたまま水の中で意識を失った。

透明な青。水の天井がキラキラしてきれいだなと思いながら。


「千世《ちせ》様ぁっ! 大変、大変です! 来てくださいっ!」

その日の朝、いつものように幼馴染《おさななじみ》の千世の屋敷へ朝食を食べに来ていた櫨禅《ろぜん》は、廊下を歩いている途中で聞こえた切羽詰った声に、下駄《げた》をひっかけて庭に下り、声の主《あるじ》を探した。

「葛《かずら》、どこだ? どうした?」

「あ、櫨禅様!」

声を掛ければ、裏木戸のところから返事がする。

見れば、背中に花の蜜《みつ》を入れる器を背負った葛がいて、櫨禅を見て顔を輝かせたが、すぐに「大変です!」と訴えた。

「櫨禅様、一緒に来てください!」

葛の朝の日課である甘露草《かんろそう》の滴の採取場所は、屋敷の裏に広がる竹林の向こうだ。櫨禅のような大人には短い距離でも、葛のように手のひらと同じ大きさであれば感じる距離は長くなる。

その距離を駆けて来た葛の頰《ほお》は紅潮し、息も荒い。しかし、顔は俯《うつむ》くことなく櫨禅に真《ま》っ直《す》ぐに向けられている。

「櫨禅様、たすけてください。けがをした人を見つけました」

「怪我《けが》人？　程度は酷《ひど》いのか？」

「……わかりません。でも、動かそうと思ったらおなかのところが切られてて……」

思い出したのか、葛の小さな体がぶるりと震えた。

「切られて……？」

「はい。でもわたしじゃ何にも出来なくて……」

俯く葛のふわふわの茶色の髪を櫨禅は指で撫《な》でた。

よく見れば、葛の小さな手はいつものように白いままではなかった。少し赤いのは怪我の個所に触《ふ》れたからではないだろうか？　それに、着物の一部も小さな草履も濡れたように湿っている。

（これは急いだ方がいいな）

事態の緊急性を感じた櫨禅は、太い眉を寄せた。

「場所は？」

葛を手に抱えたまま歩き出した櫨禅に、葛は指さしながら告げた。

「甘露草のところです。お池の端っこに浮いていたから、一生懸命引っ張ったんだけども」

そこで力尽きてしまったのだというのは、想像に易《やす》い。

「わかった。葛、少し走るぞ。しっかり摑《つか》まっていろ」

「はいっ」

朝靄《もや》が晴れたばかりの瑞々《みずみず》しい木々の香《かお》りが満ちた竹林の中を走りながら、櫨禅は手早く先の行動を頭の中に描いていた。

（薬は千世の家にならいくらでもある。早苗《さなえ》の手も借りることが出来るな。道具は家から持って来れば

いいか――いや、怪我の具合によっては千世のところじゃ不味《まず》い）

その場合は、最初から診療所になっている自分の家に運んだ方が早いだろう。

そこまでの段取りを考えた櫨禅の前にはもう一面に赤紫色の甘露草が咲き、小川と池が見える。

「櫨禅様、あそこです！」

指の間から顔を出していた葛が手を上げて指し示す。

櫨禅は自然にその先に目を凝らすが見つけることが出来ず、嗅覚が感じるまま里以外の者の匂《にお》いを辿《たど》った。そして、驚いたように目を見開いた。

――俺はまた間に合わなかったのか……!?

一瞬櫨禅の目の前を過《よぎ》ったのは、赤く染まった地面と横たわる二体の体。

しかし、そんなはずはないと頭を振り払う。

そうしたのは正しかった。

現在にまで戻った意識は、過去と現在は異なるのだと認識する。

そこにいたのは、血塗《ちまみ》れで横たわる、小さな葛と同じように小さな人――生まれたての神だった。


「――うぶかな？　目ぇ開けてくれるかな？」

囁《ささや》くような小さな声と一緒に、鼻先にかかる風のようなものを感じ、同時にムズムズとくすぐったさを覚えた時には、

「くちゅんっ」

という小さなくしゃみが出ていた。

その反動だったのかどうかわからないが、ついでに額が何かにゴチッと当たってしまい、開けかけた瞼《まぶた》を再びぎゅっと閉じてしまうことになった。

「いたい……」

「いたい……」

「え？」

ぶつけた額を押さえ、目尻に涙をためたままパチリと目を開くと、視界の端に同じように額を押さえて座る子供がいることに気がつく。

（こども……？）

それだけではなく、咄嗟に取った自分の行動には明らかに違和感があった。

先ほど手を当てた額はふわふわの毛に覆われていなかった。

（つるつるだった……）

それに何より、開いた目の先に見えるのは小さな爪がついた前脚ではなく、人間と同じように五本の長い指がある手なのだ。

（うごく）

本当に自分の手なのか半信半疑で動かすが、ぎこちないながらも指は自分が考えたように閉じたり開いたりを繰り返した。

「うごく……ぼくのて……」

びっくりして目を数回パチパチしていると、

「よかったです！」

声と共に首に抱きついて来た者がいる。先ほど額を押さえていた子供だ。しっかりと抱きついた後、ようやく離れて見えたのは今まで一度も見たことがない顔で、茶色の髪の毛がふわふわと揺れているのが、森の中の鳥の巣か、ふわふわの柔毛の塊のように見え、怖いという気持ちは起きなかった。

子供は、

「ごめんなさい。痛くなかったですか？　おなか、痛くないですか？」

「おなか？」

「はい。ここ」

と言って子供は布団を少し捲《めく》って、腹の上にそっと手のひらを当てた。

布団の中から現れたものに、再度驚く。見慣れた薄茶の毛に覆われたぽっこりと丸い腹ではなく、平らな体は、病気をしていた飼い主が着ていたような着物を着ていたからだ。

だが、子供は別の意味で固まってしまったと考えたようである。

「おなか、怪我していたんです。でも、櫨禅様が手当てをしてくれて、都杷《とわ》様からも大事なお薬をいただいたからもう大丈夫です。今は包帯でぐるぐるしてるけど、もうちょっとしたら取れるかもって櫨禅様が言ってました。だから本当に大丈夫なんです」

大丈夫だと何度も念を押す子供の台詞には必死さが滲《にじ》み出ていて、それが少しおかしかった。怪我というのは、山の中で獣に襲われた時に負ったものだろう。鉄砲水に流されて、何がどうなったかわからないまま、この子供に助けられたというのは理解出来た。

「あの、ありがとう、ございます」

少し声が引っかかってしまったが、礼を述べると子供は顔をぶんぶんと振った。

「わたしは見つけただけなのです。しまちゃんを助けてくれたのは、お医者様の櫨禅様で、櫨禅様がいなかったら危なかったって都杷様が言ってました」

ろぜんさま、とわさま、というのが名前だというのはわかったが、

「しま、ちゃん？」

「しまちゃんはしまちゃんです。お名前聞いたら教えてくれました」

「ぼくが？」

「はい。昨日、一回目を開けたんです。その時に。もしかして覚えてないですか？」

コクリと頷《うなず》く。

「しまって聞こえたからしまちゃんって思ったんですけど、もしかして違ってますか？　しまこちゃん？　ちまちゃん？」

首を左右交互に傾《かし》げる子供は「うーん」と眉を寄せている。真剣に考え込んでいる姿を見れば、なんだか「しまちゃん」が最初から自分の名前でいいような気がした。もっと前には別の名前で呼ばれていたが、その名を呼んでくれる人はもういない。

（それに……）

　今の自分はリスじゃない。人の体を持っている。あの名前がリスだった時の自分のものだとすれば、今の自分の名前は「しま」でいい。子供が「しま」と勘違いしてしまった理由はなんとなくわかっているが、呼ばれるとなぜかしっくりする気がして、このままでいいと思ったのだ。

「いや、シマです」

「よかったあ」

　顔の前で手を合わせてにこにこと笑う子供は、膝《ひざ》を揃《そろ》えて姿勢を正すと丁寧に畳に手をついて頭を下げた。

「わたしは葛です。よろしくお願いします」

　深く頭を下げた葛は、顔を上げると満面の笑みになった。

「おなか空いてないですか？　何か食べますか？」

「おなかは……空いてないです。あの、それよりも」

　ここは一体どこなのだろうという疑問が、今さらながらに浮かび、自分の周囲を見回した。一見すれば普通の家の中にある一室だというのはわかるのだが、不思議なのはその大きさだ。

　自分と少年――葛だけを見ていた時には気づかなかったのだが、天井はとても遠く、部屋もとても大きい。それに衣桁《いこう》に掛けられた服は大きく、簞笥《たんす》も大きい。自分たち以外が大きいのか、それとも自分たちが小さいのか。

「ここは千世様のおうちです。千世様というのはわたしを育ててくれた人で、薬師《くすし》をしています。今はお仕事中だから後でお顔を見ることが出来ると思います」

「ちせさま」

「はい。あと、早苗ちゃんっていうおうちの中のお手伝いをしてくれる女の子がいます。それから、新市《しんいち》さんもいるけど今はお仕事で里の外に行ってて、もう少しするまで帰ってきません」

　早苗ちゃんのことを告げた時には明るかった葛の

表情が、新市さんの話になった時に少しだけ曇った。

だが、

「でも！」

と顔を上げた葛の顔に浮かんでいた寂しげな翳《かげ》は一瞬で消え、とても幸せそうな色に染まる。元々血色のよい薔薇《ばら》色の頬だったのが、さらに染まってい
る。

「新市さんはすごい絵描きさんなんです。とっても絵が上手なんです。たくさんの人が新市さんの絵を見て好きって言ってくれるから、それだけで幸せになります」

だから寂しいのは我慢するのだと葛は言った。寂しいけど、待っていれば新市さんはちゃんと里に帰って来るのだからと。

ほわほわとした葛の笑みにつられて、シマの顔も笑顔になる。

二人でニコニコと言葉もなく微笑み合っていると、障子がガラリと音を立てて開かれた。


「あ、櫨禅様」

入って来たのは着物に似た深い茶色の作務衣《さむえ》を来た男で、弾《はじ》かれたように声を上げて立ち上がった葛の声に促されるようにそちらを見たシマは、

「ひゃっ」

と小さく悲鳴を上げてしまった。

声に反応するように、二対の目が向けられた時、シマは布団を頭から被《かぶ》ってしまっていた。

「しまちゃん？」

布団の上に手を乗せた葛が話し掛けているのはわかっているが、見えた姿に驚きと怖さの方が勝ったのだ。

「どうしたんですか？　おなかが痛いですか？」

それにふるふると頭を振るが、布団の中では見えるはずもない。

ゆさゆさと軽く揺さぶられていて、葛には申し訳ないと思うのだが顔を出すにはまだ勇気が必要だ。

（ごめんなさい、ごめんなさい……だって、あんな

に大きいんだもの……）

怖かった。リスだった自分より人間が大きいのは知っていたが、シマが見たこともないほど大きなその男の姿に山で追われた経験を思い出し、怯《おび》えが先に出てしまったのだ。これはもう、本能が反応したとしか言えない。

櫨禅様と呼ぶからには自分の手当てをしてくれた医者なのだとはわかっている。そして、先ほど浮かんでいた疑問の答えもわかった。部屋が大きいのではなく、自分たちが小さいのだ。見え方が以前と同じで、視界に違和感は覚えなかったから、大きさはリスだった時と同じなのだろう。なぜ葛が小さいのかは自分と似たような理由なのではないかと想像する。

「どうしよう……」

困ったような葛の声に、別の低い声が被さった。

「葛、無理して顔を出させる必要はない」

「櫨禅様」

（ろぜんさまは、お医者様）

畳を歩く重みのある音がして、布団の真横に座った気配がした。

「顔を出したくなければ出さなくていい。ただ、俺は医者だ。お前を診た責任がある。質問には答えて欲しい。いいか？」

失礼な態度を取っているにも拘《かかわ》らず、詰《なじ》るのでも不機嫌になるのでもなく、ゆっくりと告げられた言葉に、シマは布団の中で小さく頷いた。

拒絶の反応がなかったからか、櫨禅は宣言通りその場で問診を始めることにしたようだ。というのも、最初はシマではなく、葛に様子を尋《たず》ねたからである。眠っていた間にも、ずっと同じやり取りがなされていたのだろう。答える葛の言葉には淀みもない。もしかしたら、櫨禅の手伝いを何度もしているのかもしれないと、シマは思った。

「――起きた時にも痛みを感じていた様子はなかったんだな」

「わたしのおでことぶつかってしまったのは、痛いうちに入りますか？」

「なんだ？」

「はい。あの」

一瞬呆《ほう》けた時間がその場に漂ったのを、布団の中にいたシマも確かに感じた。

「……額をぶつけたのか？」

「はい。目が開きそうでピクピクしていたからじっと見てたら、しまちゃんがくしゃみをして、それでぶつけてしまったのです」

「そうか。お前は痛かったのか？」

「少し。ちょっと涙が出ました。あ、千世様には内緒にしてくださいね。絶対に笑われます」

「千世だからな」

（ちせ、さまって、どんな人なんだろう？）

「額をぶつけたのは大丈夫だろう。葛は石頭じゃないし、飛び起きて腹に痛みがなかったのなら、まずまずの経過だ」

「それなら、しまちゃん、もう心配ありませんか？　起きて動いても大丈夫ですか？　ごはんは食べられますか？」

「葛」

低く空気が揺れたのは、櫨禅が体を震わせながら笑っているからだろう。

（仲良しなんだ、葛さんと櫨禅様）

決して賑《にぎ》やかではないし、葛当人も大真面目なのだろうが、二人のやり取りは気心が知れた者同士にしか通じない何かがあり、しかも余所者の自分までも包み込むような温《あたた》かで、柔《やわ》らかな雰囲気を持っていた。そう感じるのは、決して布団の中に潜《もぐ》っているせいではないはずだ。

そのせいなのか、怯えていた心も気づけばいつの間にか鎮まっていた。

（不思議。知らない人のおうちなのにあんまり怖くない）

櫨禅を見て驚いてしまったのはともかく、それ以外で身の危険を感じないどころか、馴染《なじ》んでいる自分に気づく。

小さな葛という少年の幸せそうな笑顔を見てしまったからだろうか？

（変なの……）

布団の中で丸くなったまま、シマは自分の手をぎゅっと握った。そこで今さらながらに気づいたことがもう一つ。丸くなった背中に当たっているのが、自分の尾だということだ。

後ろ手にそっと触《さわ》ってみると、表面に出ている少し硬い毛と肌に近いところを埋めるたくさんの柔らかい毛。首を回しても見ることは出来ないが、リスだった時にあった尾がそのまま残っているのだろう。

（どこから出してるのかな、しっぽ）

着ているのが「キモノ」と呼ばれる「寝間着」なのはわかっているが、おそらくこの寝巻は葛のものに違いない。もしかすると、里と呼ばれるここには他にも小さな「人」がいるのかもしれないが、わざわざ借りて来るとも思えない。それなら、看病をしていたらしい葛の寝間着だと考える方がしっくり来る。

（もし着物の後ろ切っちゃってるなら、ごめんなさいって言わなきゃ）

それから、自分の腹に手を当てた。固いのは包帯をぐるぐるに巻いているからで、包帯の下にも何か貼《は》り付けられているような気がする。脇腹とそれから背中。

（おなかは大丈夫だけど、背中はどうなってるのかな）

気になって手で触ってもあまりわからない。それで首を後ろに捻って見てみようと思ったのだが——。

「ッ！」

「どうした!?」

「しまちゃん!?」

うつ伏せに丸くなった状態で、後ろを振り返ろうと思ったのが悪かった。ツキンと走った痛みは、容易に苦痛の声を漏《も》らさせた。

　布団の中に潜っていると言っても真横のことだ。声は櫨禅と葛にもしっかりと届いていた。

　ぱっと布団が捲り上げられ、障子越しに差し込む日の光が見える。それと同時に、シマの体はふわりと持ち上げられていた。

「！」

「暴《あば》れるな。痛いことは何もしない。傷がどうなったか確かめるだけだ」

　じっとしていなければまた痛くなりそうで、涙目を数回瞬《またた》かせることで諾を告げると、櫨禅は目を見開いた後、笑みを浮かべた。

「いい子だ。今から静かに布団に下ろすからな。怖がらずにそのままゆっくり息をしていろ」

　温《ぬく》もりを持つ指が背中に触れ、数回上下にさすられる。それだけで強張《こわば》っていた体から力が抜け、その状態のままゆっくりと布団に下ろされた。その時も、持ち上げてただ移動させるのではなく、下で待ち構えていた葛と一緒に負担にならないよう、そっと下ろしてくれた。

「ふぅ……」

　仰向《あおむ》けになると、少し離れた上から覗《のぞ》く櫨禅の顔がある。どうだったかと尋ねられているような気がして、

「ありがと、う、ございました。大丈夫、でした」

　少し引っかかりながら礼を述べると、櫨禅は頷いた。

「今から傷の具合を診るがいいか？　あー……名前は」

「しまちゃんです」

　襷《たすき》を掛け、掛布団を膝のところまでで丁寧に折った葛が答えると、櫨禅は「ん？」と首を傾げた。

「しま、でいいのか？」

「はい。さっきしまちゃんに聞いて確かめました」

　それでいいのか？　と目で問われ、こくんと頷く。それだけでは足りないと思い、すぐに付け加えた。

「ぼくの名前はシマ、です」

小さな手拭を何枚も入れた籠《かご》を運んで来た葛が、どっこいしょと置いて座りながら、なぜか自慢げに胸を張るのが楽しくて、シマは笑った。

「わかった。シマだな。俺は爐禅。さっき言ったように医者をしている。お前の怪我の手当てをしたのは俺だ。意識がない間も毎日診察をしていた」

どうしてそんな説明をわざわざするのだろうと首を傾げるシマの疑問がわかったのか、爐禅はシマの頬を指で撫でた。

「痛いことも怖いこともしない。怪我の具合を一番よくわかっているのは俺だから、俺を信用して任せて欲しいということだ」

今までもずっとそうして来たのに、わざわざ口にしなくてはいけないことなのだろうかと再度首を傾げると、爐禅は苦笑した。下から見れば、無精髭《ぶしょうひげ》が顎《あご》に生えているのが見え、真面目そうなのにあまり身なりに構わないのかなと少し意外に思う。

「意識がない時とある時では感じ方も違うだろう？体よりも気持ちで痛がる場合も多い。だから、シマには気持ちをゆっくりと持っていて貰《もら》いたい。今はもう、お前の体はお前のものだ。許可を貰えるか？」

もしも許可しないと言えばどうするのだろうと少し考えたが、どちらにしても自分の体のことはまだよくわからないのだ。医者に任せるのが最善だと思うし、それに知りたいこともある。

だから、シマは頷いた。

「よろしく、お願いします、先生」

「ああ。よろしくな」

「しまちゃんありがとう！　爐禅様は里でもとっても親切で上手なお医者様だから、すぐによくなると思います。爐禅様に任せておけば間違いないのは、わたしが保証します」

だから安心してくださいねと笑いながら、葛は持って来た手拭をシマの顔に当てた。

「お顔を拭《ふ》いて、それから爐禅様に診て貰ったら体も拭きますね」

「葛は世話好きだから任せておいていいぞ。今は新市もいないから、つきっきりで世話を焼くだろうしな」

「櫨禅様、それは違います。もしも新市さんがいたとしても、わたし、しまちゃんのお世話しますよ。だって、わたしが一番上手に出来ると思います」

ね、と同意を求める葛に、シマは遅れて頷いた。

「確かにそうではあるな」

考えてみるまでもなく、体の大きさが問題なのだ。小さなシマの体の世話をするのは、普通の人と同じ大きさでも出来るかもしれないが、出来るなら同じ大きさの方が気を楽に持てると思う。どちらがより大変なのかわからないが、こうして自ら世話を買って出てくれた葛には、心の底から感謝したい気持ちでいっぱいだ。

「だからしまちゃん、大きなお船に乗ったつもりでわたしに任せてください！」

「は、はいっ」

葛の勢いにつられてシマは何度も頷いた。

（さっきからぼく、葛さんに引っ張られてばっかり）

だがそれは決して強引とは言えず、ましてや嫌な気分になるものでもない。ともすれば臆病になりそうなシマを引き上げてくれる手だと思う。

ほんの少しだけではあるが葛の方が小さいのになんてしっかりしているのだろうかと、シマは心の中でこっそりため息をついた。

「そしたらしまちゃん、寝間着の前、開けますね」

いそいそと葛が帯を解き、肌が見えるように広げた。

そっと視線を下に向ければ、白い包帯がぐるぐると巻かれている。

「少し持ち上げるぞ」

櫨禅の手が背中に添えられて起こされると、この隙にと葛が手早く包帯を解く。そして、

「はい、次はわたしに抱っこです」

満面の笑みで両手を広げた葛が正面からシマを抱きしめる。

「え？　抱っこ？」

「傷が脇腹から背中にかけてあるんだ。何度も向きを変えるより、この方が早い」

「大丈夫です。櫨禅様は優しいから痛いことはしません。もし、ちょっと痛く感じたら、わたしにぎゅってしていいです」

抱っこというよりは寄り掛かっている状態で、なんと返事をしたらよいのか戸惑っていると、肌に張られていた布が剝《は》がされた。痛いかと思ったがそうでもない。ただ、肌に触れる空気が新鮮だなと思った。

「よろしく、お願いします」

葛にもたれ掛かったまま言うと、ふわと頭の上に指が乗せられた。

「いつもと同じことをするだけだ。心配しなくていい。触って痛みや違和感を感じたら、言ってくれ」

「はい」

ぎゅっと目を閉じたシマの鼻孔に少し変わった匂いが入って来た。

（これ、知ってる。消毒の匂いだ。お医者様だから消毒の匂いがするのかな）

懐かしさを感じていると、少しひんやりとした指が肌に触れた。

（ひゃっ）

びくりと震えた体に、動きかけていた指が止まり、葛が心配そうに首を傾げた。

「しまちゃん？」

「痛かったか？」

違うのだが、それをシマはすぐに口にすることは出来なかった。体がぞわぞわして、びくびくして、今まで感じたことのない刺激が走ったからだ。肌を覆っていた毛の上から触れられるのとは違う、直接の触れ合いは今のシマには初めての経験で表現のしようがなかった。

「……痛くないです」

「本当か？」

「はい。くすぐったくて……もう大丈夫です。我慢します」

「なるほどな。触覚はちゃんと戻っているようだ。続けるぞ」

櫨禅の指が再び傷の上に触れる。そのたびに妙な感覚が走るのを我慢するために、シマは葛に抱きつかなければならなかった。

（くすぐったい……でも我慢しなきゃ）

くすぐったさ以外に痛みはなく、

「――よし。もういいぞ」

冷たいものを怪我の上から塗られ、また包帯をぐるぐる巻かれて解放された時には、シマの顔は真っ赤になってしまっていた。

「お疲れ様でした」

再び葛に着物を着せて貰い、布団に横になると、それだけで緊張していた体から力が抜けて行くのを感じた。触れられて嫌なわけではないのだが、初めてのことなので、気持ちよりも体が反応してしまうのを抑えることが出来なかったのだ。

少し大きめの息を吐き出したシマの顔の上に指がのび、そのまま髪を整えられた。

「怪我はほぼ完治していた。裂けていた箇所もくっついている。残念ながら、傷跡だけは残ってしまったが、それも時が経てば薄くなっていくはずだ」

「じゃあ、しまちゃんはもう起きて動いても大丈夫ですか？」

「少しずつならな。塞がったとは言え、体を大きく動かすとせっかく繋《つな》がった部分がまた裂けてしまう。力を入れるのはほどほどにな。起きる、寝る、歩く。出来るのはそれくらいで、ゆっくりがいい。走るのは論外だし。まだ体がついていかないだろう」

「ついていかない……？」

寝たまま櫨禅の顔を見上げたシマは、自分を見下ろす瞳が優しく細められているのを発見した。

「そうだ。お前はまだ体に慣れてはいない。歩くのも、もしかすると慣れるまで時間が掛かるかもしれない」

なぜ？　と見つめると櫨禅の指に頬を撫でられた。そして、なぜか微笑みながら言われた言葉は、シマが抱いていた疑問に答えるものでもあった。

「それはな、シマ。お前が生まれたての神だからだ」

神。神様。

「——ぼくが、神様？」

それは本当なのだろうか？　しかし、会ったばかりの自分に嘘《うそ》をつく理由が櫨禅にはない。櫨禅の台詞に異を唱えない葛も同様だ。

それなら信じるべきなのだろうが——。

シマはもう一度、声に出した。

「ぼくが神様」

それは自分が人間になったというよりも、すぐには信じられない話だった。


シマは、畳の上に座って、薬を包んだ半透明の薄い紙——薬包紙を色別に小さな引き出しに入れる作業をしていた。少し離れたところでは、葛が擂《す》り粉《こ》木《ぎ》を抱えてすり鉢に向かっている。乾燥させた薬草や薬実をすり潰《つぶ》しているのだ。

そして、葛のすぐ横の平机の前には長い髪を後ろで一つに結わいた男、千世が天秤《てんびん》で粉末を計り、終えるとすぐにパタンパタンと薬包紙が折り畳まれ、ぽいと横の籠の中に入れられる。無造作に入れられたそれを整えて仕舞うのが、シマの仕事なのだ。

シマが葛に拾われてひと月近く経っていた。その間に、櫨禅や葛からいろいろなことを聞かされた。

自分が今いるのは、様々な神様たちが住まう津和《つわ》の里という場所であること、里では誰もが自給自足の生活をしていること、人間たちが住む世界とは境界があり自由に出入りは出来ないことなどは、最初聞いた時には信じられなかった。だが、何よりも信じられなかったのは、自分自身が神様になったということだった。

何かの間違いではないかと何度も尋ねたが、櫨禅は「間違いではない」と言う。その証拠は何よりも今のシマの姿だった。

かつてはリスだったシマは、今は尻からクルンと丸く伸びている尾以外は人と同じだ。髪の毛は肩くらいの長さで、少し癖のある葛の髪をもう少し長くして真っ直ぐにした感じだ。

鏡を見せて貰った時に気がついたのだが、濃茶色の髪の横の方に間を開けて二房、色の違う髪が伸びていた。他の部分が栗《くり》の殻なら、その部分は栗の実色で、リスの時の模様を思い起こさせる。

小さいのはまだ生まれたてで神力《じんりき》がないからだと言う。神力が体に馴染み、十分に育てばもっと大きくなれると聞いた時には、驚いた。

（神様たちが住む里。みんな神様なのかなあ。あ、違った。葛さんの新市さんは人間だった）

だからそれ以外は神様なのだろう。まだ数えるほどの里人にしか会ったことはないが、神々しい神様という感じは誰からも感じられず、シマが知っている気のいい人間たちと差はないように思われた。

「シマ、この籠の分が終わったら休憩していいぞ」

木の枝で編んだ籠に入った薬包紙を持って来た千世に言われ、シマは「はい」と小さく頷いた。

「手伝ってくれるのはありがたいが、働かせ過ぎると櫨禅から文句を言われるからな。俺のためにも早めに休んでくれ」

「そうですよ。しまちゃんはまだ体を治すのが仕事だから、ゆっくりでいいです」

言う葛は、次のすり鉢に移動してまたゴリゴリとかき回している。体に力を入れることが出来るなら、まだ幾つも残っているすり鉢を葛と一緒に擂れるのだが、やはり怪我の場所が場所だけに、もっと時間が必要らしい。

（もっとってどれくらいかな。早くよくなって、もっとお手伝いしたいなあ）

千世から追加で出された分も含め、カサカサと音を立てる薬包紙が小さな引き出しにすべて収まると、シマは立ち上がって出っ張ったものや、角が揃っていない部分をトントン両手で叩《たた》いて揃えた。白いもの、赤いもの、黄色いもの、茶色いものと意外に多くの引き出しがいっぱいになったことに満足を覚え、シマは「ふん」と息を吐いて胸を張った。

作業している最中は気にならなかったが、こうして終わってみればなかなか働いたではないかと思え、ちょっと威張りたくなる。

そうして引き出しを引き摺《ず》ってきれいに端に並べて自画自賛していたところ、こつんと頭の上に乗せられた指がある。

「重いものはまだ運ぶなと言わなかったか？」

「櫨禅様！」

振り仰げば、いつの間にか来ていたのか櫨禅が後ろにおり、そのままどっかりと胡坐《あぐら》をかいて座った。

「あ、櫨禅様」

薬を擂るのに熱中していた葛も気がついて顔を上げる。

「お前も無理するなよ。張り切っていいところをシマに見せたい気持ちはわかるが、前に手に豆をこさえていただろう？　そうすると手伝いも出来なくなるぞ」

葛がえへへと笑いながら舌を出す。

「櫨禅、そこにあるのが補充の分だ」

そこというのはシマのいる場所で、千世は合わせて八個になった引き出しを指さした。

「これで全部か？」

「ああ。足りないのか？」

「いや、十分だ。思ったよりも多くて驚いた」

「手伝いが多かったから、いつもより多く出来た」

櫨禅は引き出しを覗き込み、一つ二つと数えて行った。そんな櫨禅の姿をシマはドキドキしながら見つめていた。

自分がした仕事を検分されているような、自慢したいような、そんな気持ちになったのだ。調剤するのは千世で、粉にするのは葛で、シマがしたことと言えば箱に入れただけなのに、気になって仕方がない。

（大丈夫かな？　数え間違っていないかな）

黙々と薬を調合する千世自身、数えながら作業しているわけではないらしく、渡される籠の中の薬包紙も端数があったりとまちまちだ。一応、数を数えて山にしてから収めるようにはしているのだが。

いつの間にかシマは引き出しの枠に手をかけ、確認する櫨禅の指の動きを追っていた。丸い尾がゆらゆらと揺れ、気になって仕方がないと言っている。櫨禅が次の引き出しに行くたびにシマもついて回り、また覗き込むのを繰り返す。

そして八つの引き出しすべての確認を終わらせた櫨禅は、

「全部で四百、確かに受け取った」

と言いながら、引き出しを本体に収めた。左右に二列、縦に四段の松の匂いがするそれは櫨禅用のもので、櫨禅の家と千世の家にそれぞれ複数置かれ、足りなくなればそこに追加して持って行くという流れになっているのを、手伝ううちにシマもわかって来た。

櫨禅は家から持って来た新しい薬箱を畳の上に置くと、シマを抱え上げた。

「わあっ」

びっくりして指にしがみつけば、空気が笑いで震えた。

「驚くと尾がぴんと立つんだな」

「……だってびっくりしたから」

「いつになったら慣れるんだろうな」

たぶんいつまで経っても慣れないと思いますという声は、喉《のど》の奥に隠しておく。リスだったから高さに怖さを覚えることはないのだが、掛け声もなく摘《つま》み上げられるのはやはりドキッとしてしまう。

人に飼われていた時には籠の中だけがシマの世界で、時々籠の中に入ってくる人の手に乗せられるのが、触れ合いらしい触れ合いだった。それが今は、葛や櫨禅、早苗からよく撫でられたり、抱えられたりしてその環境の変化に戸惑いは多い。

害意を持たない里の人たちだからこそ、そういう親密な交流が出来るのかもしれないと思う。

「そうだ、葛。都杷様が墨が欲しいと仰《おっしゃ》っていたが、余分はあるか？」

「あります。この間、たくさん作ったばかりだからまだ十分です」

「櫨禅、葛のやつ、前に墨で絵を描いた時に新市に褒《ほ》められて、浮かれて作り過ぎてしまったんだ。それで余ってるんだよ」

「あ、千世様、それは内緒です！　しーってですよ！」

唇の前にひとさし指を当てた葛が千世に文句を言うが、千世は肩を竦めただけだった。

「いいじゃないか。本当のことなんだから」

天秤に向かっていた千世は、くるりと振り返って微笑んだ。

（やっぱりきれいだなあ、千世様）

きつい表情でいることの方が多いようにシマには思えるが、こうして笑った顔を見ていると、今まで会った中では一番きれいな人だなと素直に思える容貌だった。

（もっといっぱい笑えばいいのに）

そして、失礼ながらそんなことを時々思うのは、よく葛や櫨禅に小言を落としているのを見ているからだ。幸いというわけではないが、今のところ小言を言われたことはない。それはひとえにシマ自身が粗相がないように、出来る限り心掛けているからだ。

きれいな人だとは思うのだが、屋敷の主でもある千世が、シマの中では一番存在を遠く感じる。もしかすると、千世の態度が普通で、葛や早苗たちの態度が過度に親切なのかもしれないけれど。

「だって新市さん、とっても上手に描くんですよ」

何よりもそれが自慢したいのだと葛が胸を張る。

「はいはい。惚気《のろけ》は聞き飽きた。櫨禅、墨は葛の部屋にまとめておいてある。持って行っていいぞ」

「わかった。一本だけ貰って行く。足りない時には擦《す》ってくれるんだろう？　葛」

「もちろんです！　墨を擦るのはわたしの仕事だからいつでも擦ります。でも櫨禅様、一本じゃなくて、もっと持って行っていいですよ。都杷様がご入り用だっていうのなら、たくさんあった方がいいのでしょう？」

「さあ、俺もどれくらい必要かは聞いていないからな。持って行った時にお聞きしてみよう」

「お願いします」

そういうと葛はまた擂り粉木を抱えて回しだした。薬の材料が入っているすり鉢がなくなるまで、続けるつもりらしい。

櫨禅が小さく嘆息するのが見えた。

「――葛、ほどほどにな」

「はいっ」

この様子ではわかっていないのではなかろうかと、シマの方が心配してしまう。

しかし、同じ心配をしていたらしい千世がすぐに櫨禅に請け負った。

「心配するな。頃合いを見て休ませる」

「頼んだぞ、千世。じゃあ薬は貰って行く」

「ああ。後で薪《まき》割りを頼んだぞ」

「都杷様のところから帰って来てからな。夕には戻る」

薬箱を持った櫨禅は立ち上がり、シマを手のひらに乗せたまま作業場を出た。

途端に目に飛び込んで来た陽光に、シマは目の上に手をかざした。薬などを扱うため、千世の作業場は他の部屋よりも採光部が少ない。そのため、根を詰めて作業をしている時には、薄暗くなるまで時刻がわからなくなることもあり、夕飯が出来たと早苗が催促に来るまで作業部屋に籠っていることもあるらしい。

これは早苗や葛と一緒に饅頭《まんじゅう》を食べている時に聞かせて貰った話だ。

「眩《まぶ》しいか？」

「少し。でも大丈夫です」

すぐに慣れて手を外し、後ろを仰ぐとじっと見ている櫨禅と目が合った。

「？　どうかしましたか？」

「いや、里での生活にもだいぶ慣れたようだと思ってな。傷は？」

「そっちも大丈夫です。あの、櫨禅様」

「なんだ？」

「引き出しを並べるのくらいはぼくも出来るから、心配しないでもいいですよ？」

さっき注意されたことを言えば、櫨禅は「ああ」と頷いた。

「大丈夫なのはわかっている」

「それならなんで？」

「ああでも言っておかないと、他にも用を言いつけられるに決まっているからな。千世はあれで容赦ない。使えるものは何でも使う男だ。そのための予防線だ」

「でもぼく、葛さんと同じくらいには働きたいと思ってるんですけど」

「その気持ちはわかるんだがな」

櫨禅は少し考えるように首を傾げた後、

「都杷様のところに行く間に少し話そうか」

と言った。

「それでいいです」

了承した後で、屋敷の中で話すには不都合があるのだろうかと思い当たったが、今さらそれを尋ねる雰囲気ではなく、大人しく櫨禅の手の上に乗せられたまま葛の部屋で墨を貰い、そして一度櫨禅の家に戻って薬箱を置いた後、今度は墨が入った瓶だけを持って山へと向かった。

水神《すいじん》都杷。津和の淵《ふち》のある里の山奥に一人住まう都杷は、津和の里を作った本人だという。年齢は不詳で、数百歳とも数千歳とも言われているがそれを確かめたものは誰もいない。

里に住むどの神よりも長命で力を持つ神は、櫨禅と共にやって来たシマを見ると、目を細めて微笑んだ。

「よう来たね。さあ、お座り」

偉い神様だと葛から聞いていたシマは、都杷が気難しかったらどうしようかと酷く緊張していたのだが、当の都杷は気さく過ぎるくらい歓迎してくれた。

「櫨禅もありがとう。やはり書を書くには葛の墨が一番水に合ってねえ。まろやかで伸びがよく、力が乗りやすい」

受け取った墨を大事に手のひらに包み込んだ都杷は、座卓の上にシマを座らせ、すぐに部屋を出て行った。

「櫨禅様……ここに座っていては失礼になりませんか？」

「気にするな。葛もいつもそこだ」

そうは言っても初対面の偉い神様だ。自分みたいに生まれたばかりでまるで自覚のない神が気楽に出来るはずがないという思いもあり、正座して背を伸ばし都杷が戻ってくるのを待つ。すぐ後ろに櫨禅がいて、シマの前に組んで置かれた手に守られているような気がして、少しだけだが体から力を抜くことが出来た。

そうやって都杷を待っていたのだが、

「ひゃっ」

いきなり尾を引っ張られて飛び上がってしまう。よたよたと卓袱台《ちゃぶだい》の上に四つん這いになって逃げながら振り返れば、驚いたように手を上げたまま固まっている櫨禅がいた。

「ろ、櫨禅様……急にしっぽに触らないでって言ったのに……」

「——あ、ああ、悪かった」

恥ずかしい驚き方をしてしまったではないかと涙目で抗議するシマをしばし見つめて櫨禅は、素直に頭を下げた。

「ぼく、しっぽ触られるの苦手なんです」

もう触らせるものかと前に回した尾を両手でぎゅっと抱きしめて口を尖《とが》らせれば、櫨禅が顔の半分を手で覆って横を向いている。

「櫨禅様？」

きょとんと首を傾げるも、空いている方の手を横に振るだけで返事はない。

さては具合が悪くなったのかと思ったのだが。

「おやおや、面白いことになっているようだね」

にこにこと笑顔の都杷が盆を抱えて長い着物の裾《すそ》を引き摺りながら戻って来て、シマたちの正面に座った。

「櫨禅のそんな顔を見るのはとても珍《めずら》しいことなんだよ。これは明日には雪が降るか、それとも餅《もち》が降るか、どちらだろうねえ。私としては餅の方がありがたいけれど、お前はどう思う？」

「ぼ、ぼくもお餅の方がいいです。あ、でも栗の方が嬉《うれ》しいかも」

栗の実か！　と都杷は子供のようにころころと笑った。

「イガがついていなければ私も歓迎だよ。たくさん降ったら栗きんとんを作ろうか、それとも甘露煮がいいかねえ」

ひとしきり笑った都杷が落ち着く頃には、シマからも緊張が抜け、櫨禅は少し仏頂面で都杷を睨んでいた。それを見て、また都杷が笑うものだから、櫨禅は大きなため息をついた。

「もういい。都杷様は俺が何をしても笑いたくなるらしいからな」

「いやいや、だって本当に面白かったのだもの。ああ、そんな目をおしでないよ。もう笑ったりはしないから」

　言いながら都杷は、見たことのない模様が描かれた注ぎ口の長い茶器を傾け、浅い湯呑《ゆのみ》の中に中身を注いだ。

　ちょうどシマから見える場所だったので、中を見れば湯呑の中にあった塊が湯を注いだだけで大きくなり開いていく。

「お花だ」

　開くと同時に透明だった水が色づいて、ほんのりと黄色に変わった。

「たんぽぽ？」

「その通り。これは春に取れた蒲公英《たんぽぽ》を砂糖につけて乾燥させたもので、根に比べてあまり日持ちはしないけれど美味《うま》い茶になる。そら、お前の分はこちらじゃ」

　大きな蒲公英の入った湯呑はさすがにシマには大き過ぎるため、都杷は持って来ていた小さな湯呑に匙《さじ》で湯を入れ、シマの前に置いた。

「ちっちゃい……」

「葛がよく来るからね。お前たちに合わせたものは一通り持っているんだよ。里には葛以外にも小さな神はいる。あまり姿を見せることはないし、長生きしているものは普段は人と同じ大きさだから気づかないかもしれないが、たまに本性に近い大きさになることもある。今のお前と同じようにね」

　縦長の瞳孔のある都杷の銀色の瞳に見つめられ、シマははっと顔を上げた。

「シマという名を貰ったそうじゃな」

「はい」

　都杷はじっと見つめると、後ろに手を伸ばし、引き出しから筆入れと半紙を取り出して卓袱台の上に置いた。

「今の名はもうお前に馴染んでいるが、まだ本物ではない」

「本物？」

「そう。たとえば櫨禅という神が櫨禅であるために名と体を結びつける必要がある。それがなければバラバラになってしまうからね」

「ばらばら……」

それがどういうことなのかシマにはわからなかったが、シマというだけでは足りないのだと言いたいことだけは理解出来た。

「お前の名はシマ——こういう字を書く」

都杷は筆を取り、さらりと筆を走らせ、流麗な文字を書いた。

「志摩《シマ》。これがお前の名だよ。津和の里の志摩、これでお前も一人前の里の住人だ」

ぼーっと半紙を眺めていたシマ——志摩は、都杷が宣言した瞬間、体の中を何か光のようなものが通り抜けたのを感じた。それはほんの一瞬のことだったが、確かにそれが突き抜けた後、今まで感じなかった力のようなものが体の中に広がっていくのを感じた。

「櫨禅様……」

不安になって見上げれば、櫨禅がそっと背をさすってくれた。

「大丈夫だ。みんな同じことを経験して来た」

「櫨禅様も？　葛さんも？」

「俺も葛も千世も、早苗も、津和の里に住むものはみんなだ」

「名付け子とは少し違うけれど、私の大事な里の子たちだ。少しでも加護をと願うのは、人も神も変わらない。そう思わないかい？　志摩」

少し考え、志摩は頷いた。

飼われていた時によく「お願い」や「お祈り」をするのを見て来た。自分のためだったり、他の家族のためだったり、内容はいろいろだけれど少なくとも志摩が触れた彼らの思いは深い愛情が根底にあった。

都杷の言う加護というのが具体的にどんなものなのか、志摩にはまだよくわからなかったが、都杷が口にしたからには信じていいのだと直感が告げていた。

「ありがとうございます、都杷様」

「なんの。神になったばかりのお前にはまだまだわからないこと、不思議なことがたくさんあるだろうが、幸い周りには恵まれておる。そこの櫨禅もそうだし、葛にも千世にも存分に頼るといい」

「いいんでしょうか？」

「もちろん。ああ、茶が冷めてしまうから早うお飲み。また新しいのを入れようか」

せっかく入れてくれた蒲公英のお茶が冷めてしまわないうちにと、志摩はごくごくと飲み干した。

「甘くておいしかったです」

「それはよかった」

優雅な手つきで自身も茶を飲み干した都杷は、

「さて」

と言いながら志摩を見つめたが、話し掛けたのは櫨禅へだった。

「里の生活はおいおいでよいとして、助けた時のことは志摩に伝えたのかえ？」

「いや、まだです」

「助けた時のこと……って、ぼくがこの里に来た時の話？」

「倒れていたところを葛が見つけて俺が治療したというのは話しただろう？」

「はい。それで看病して貰って目を覚ましました」

「それは本当だが、実際にお前の命がここに留まるよう手を貸してくださったのは、都杷様だ」

「え？」

志摩は微笑む都杷を見つめた。

「治療はしたが瀕死《ひんし》だった。息が止まったのも一度や二度じゃない」

それは初耳だった。つまり、自分は瀕死というよりも実際に何度も死にかけていたのだろう。

「助けるためには都杷様に頼るしかなかった」

「普通なら直接手助けはしないのだけれど、里の中で神に生まれ変わった者が消えるのを手をこまねいて見ているわけにはいかない。それこそ私の矜持《きょうじ》に関わる問題だ。だからほんの少し力を貸した。本当ならお前はまだ人型を保つほどの神力はない。それが出来ているのは私の力の一部を体の中に取り込んだからだ」

「ぼくの中に都杷様の力が……」

そっと胸に手を当てても特別な何かがあるようには思えない。ただ、都杷や櫨禅の言葉から察するに、本当に危険な状態にあったのだ。

「――ぼく、山で獣に襲われて、それから木の中に隠れました。でもすぐに水に流されてしまって……」

「生きたいと願っただろう？　お前はそれを願った。だから私は手を貸した」

「え」

という声は志摩ではなく、櫨禅の口から零れたものだった。

「それじゃあ、志摩を里に呼び入れたのは都杷様なのか？」

「私でもあるし、私でもない。私にもわからない力が働いていたのだとしか言えないね。ただ言えるのは、志摩は確かに呼ばれるべくして呼ばれた神だということだ」

難しい話は志摩にはよくわからない。わかるのは、都杷も里も志摩がいることを歓迎してくれているということで、そのことで気負う必要はないのだということだ。

だがわからないこともある。

「都杷様、聞いてもいいですか？」

「どうぞ」

「もしも本当にぼくが神様になったのだとしたら、何かお仕事があるんでしょうか？　神様って何をすればいいんですか？」

「お前は何をしたい？」

都杷の顔が近くなる。銀の髪が揺れるたび、シャラシャラと水音のような澄んだ音色を響かせる。不思議な音色は髪が奏でているようでもあり、もっと別のところから響いてくるようでもあり、不思議な感覚に包まれる。

「……わかりません。でも、ここに暮らすなら何かしなきゃいけないっていうのはわかります。葛さんも千世様も櫨禅様もみんな働いているでしょう？ ぼくも——ぼくに出来ることはありますか？」

「それを見つけるのはね、志摩。お前の仕事だよ。お前が里でどんな仕事をしても、或《ある》いはしなくても、それはお前自身に任せる。今は何をしている？」

「今は、千世様のお仕事の手伝いをしています。まだ体を動かしちゃ駄目だって、櫨禅様が言うから、たくさんは出来ないけど」

そう言うと、近くにあった銀の瞳が面白いように瞬いた。まるで星が煌《きら》めくような錯覚を覚え、志摩は自分の目をこしこしと擦った。

「櫨禅、お前……」

「なんですか、都杷様」

「だってお前、志摩の怪我は治っているのだろう？」

「治っていますよ。でも、十分じゃない。人の体の動きに慣れるまでは無理はしない方がいいという判断です」

「ああ、それは確かにあるね。志摩」

「は、はい」

「お前、その体には慣れたかい？ 今までの獣の姿とは異なっているから、困ることはないかい？」

「まだあんまりいろいろしていないから、困っているのはそれほどないです。あ、でもお風呂は少し苦手です」

志摩は毎日のように葛に連れられて入る風呂に慣れるまで、随分時間が掛かっていた。元々風呂に入るという習慣のないリスだったため、毛繕いはしても湯にどっぷりと浸《つ》かることはしたことがなかったからだ。

飼われていた時に、水浴び用の容器に飛び込んだりしたことはあるが、それも滅多にはない。

ところが今は毎日だ。起きたばかりの頃は体を拭くだけだったのだが、傷が塞がり、桃色の線だけになる前には風呂に連れて行かれ、体を洗われる毎日なのだ。

当たり前だが、葛も志摩も小さい。だから風呂に入るのは千世と一緒で、幼い頃からずっと千世と入っていた葛は慣れているとしても、志摩は恥ずかしくて仕方がないし、千世にだって迷惑だと思っているのだ。

「千世のところは檜《ひのき》のいい湯殿だろうに。楽しめないなんて勿体《もったい》ないことだ。だけれど、元の本性がまだ勝っている間は仕方ない。慣れるまでもうしばらく辛抱おし。そのうち、毎日毎朝毎晩風呂から離れられなくなるかもしれないよ」

それはたぶんないだろうなと思う。

「他には？」

「あの、お風呂がいやなわけじゃないんですけど、ぼく、いつまで千世様のおうちにいればいいんですか？」

「いつまで、とは？」

「体が治ったら出て行かなきゃいけないですよね」

都杷と櫨禅は目を合わせた。

「志摩、どうしてそう思った？」

「どうしてって……だって、ぼくは千世様の家族じゃないし、葛さんはぼくのお世話をしてくれるけど、他のお仕事もあるでしょう？　それに、シンイチサンっていう人のところが本当のおうちだって聞きました」

「新市と葛の家が他にあるのはあるが、志摩、それは違うぞ」

櫨禅は座る志摩ごとくるりと自分の方へ向けた。

「葛と新市が他に住む家を持っているのは本当だが、今は里の千世の屋敷が二人が暮らす家なのは間違いない。千世と葛と新市、千世の屋敷にはこの三人が住んでいる。早苗は通いだから他に家があるし、俺はしょっちゅう出入りしているが家は隣だ」

それは志摩も知っている。何日か前には早苗の弟という小さな子供が来ていた。

「葛は少し前に大きな病《やまい》に罹《かか》って、元気にはなったが完全に神力が戻ったわけじゃない。だから千世も人の世界に葛をやりたがらないし、新市も同じだ。それで、葛を残して独りだけ人間の世界の別の家で仕事をして、終わったら葛がいる里に帰って来るという生活を送っている」

「葛さん、具合悪いんですか？」

くるくるとよく動き、よく働く葛にそんな過去があったとは、ひと月近く同じ部屋で生活していて、少しも気づかなかった。自分のことでいっぱいだったと言うのは、この際言い訳にしかならないだろう。

表情を曇らせた志摩だったが、

「普通に里で暮らす分には平気だ」

櫨禅の言葉にほっとした。

「お前たち二人はまだ若い。これからいろいろなことを経験して、力もついて来るだろう。もう成体の志摩は神力さえ満ちれば、早くに大きくもなる」

「大きく？」

「成体？」

同時に発言した志摩と櫨禅だが、都杷の台詞の中で引っかかった部分は別だった。

「大きく、だよ。これればかりはいつそうなるのか私にもわからない。大きくさせることは出来るが、そう待たなくてもいいだろうね、志摩の場合は。とにかく今は完治することが先だ」

「……大きくなる」

志摩はぐっと手に力を入れた。小さいままでもいいのだが、もしも大きくなれるのならもっとたくさん手伝いが出来るようになれるかもしれない。それは志摩の大いなる野望で、大きな目標になった。

「都杷様、それよりも志摩が成体だというのは？」

「言葉通り。今のなりは子供だけれど、一年以上生きていればリスとしては十分に大人だと思うのだけれど？」

どう思う？　と首を傾げた都杷に尋ねられ、櫨禅は「ぐっ」と唸《うな》るように眉を寄せた。

「ねえ、志摩。お前は大人だよね？」

「はい。ぼくは大人です。一人で木の実を取って食べたり、巣を作るのも覚えました」

人に飼われていた時には与えられた籠の中で育っていたが、山に放されてからは一人で生きるしかなかった。大きな獣に見つかるまでは、幸い敵らしい敵もおらず、天気と食べ物にさえ気をつけていれば生活出来たのだ。だから、立派な大人だと思っている志摩である。

「大人……。だが……」

「今の見た目だとそうは思えないだろうけれど、葛だって同じだろう？」

「それはそうですが……」

「なに、すぐに大きくなる。そうなった時にお前がどんな反応を見せるのか、今から楽しみだよ、櫨禅」

都杷は肩を竦めると櫨禅の相手をするのは止《や》めて、志摩の頭を撫でた。

「これから辛《つら》いこともあるだろう。悲しいこともあるかもしれない。だけれど、それも経験だ。心が大人になるための経験だ。遊び、学び、そして自分を見つめろ。お前の成長を私も心から願っているよ」

「都杷様……」

ありがとうございますと、志摩は卓袱台に膝を揃えて座り直し、手をついて深く頭を下げた。

「時々でよいからまた顔を見せにおいで。そこの男が喜《よろこ》んで神輿《みこし》の役目をしてくれるだろうよ」

ころころと髪飾りを揺らして笑う都杷につられ、志摩も笑った。たくさん笑った。

里に来て、もしかしたら一番笑ったかもしれないと思った。


山から下りた時にはまだ夕刻には遠く、日は高いままだった。長い間話したと思っていたが、話題がたくさんあっただけでそこまで時間を費やしてはいなかったらしい。

里の中を千世の屋敷まで戻る途中には、幾人もの里の者から櫨禅が声を掛けられていた。煮干しのいいのが手に入ったから取りにおいでだの、漬物の石が重くて上げられないから手伝って欲しいだの、今度藁葺《わらぶき》を取り換えるのを手伝って欲しいだの、そんな他愛のないやり取りだ。

見た目の年齢も老弱男女様々で、今風の服を着ている者もいれば、着物の者もいる。装飾品も人によりけりで、人間の世界と似ていながら、何かが違う。一貫しているのは、長閑《のどか》で平和な雰囲気だ。ただ、明らかに元の性質を現したままでいる神はいないように見えた。

(でも元の姿なのにぼくが気づいていないだけかもしれないんだ)

屋根の上の雀《すずめ》も神様かもしれない。のんびりと日《ひ》向《なた》ぼっこをしている猫もそうかもしれない。もしも今、リスに戻ったとしても誰も志摩だとは気づかないかもしれない。

(変なの)

神様もいるし、神様かもしれないものもいるし、そうじゃないものもいる。

津和の里は本当に不思議なところだと思う。

山から千世の屋敷に続く一本の道を歩きながら、櫨禅は志摩に、里にどんなものがあるのかを一つ一つ教えてくれた。

反物《たんもの》を作るのはお蝶《ちょう》が上手で、里の者が食べる穀物を作っている田畑の元締めは実は早苗の家で、紙を漉《す》いて作ることに掛けては雅鐘《がしょう》の右に出るものはいないとか、ほとんどが里に住む者の紹介だった。

「千世のところも、俺のところも皆好き勝手に出入りしているから、そのうちいやでも全員の顔を覚えると思うぞ」

「覚えられるでしょうか?」

「気のいい連中だが、押しが強いからな。絶対に覚える」

櫨禅が笑うと、乗っている手のひらも一緒に震えて志摩は指にしがみついた。最初は肩に座っていたのだが、力を入れて耳を握っていないと落ちるのに、櫨禅がくすぐったがってすぐに止めになったのだ。

(ぼくが尻尾が弱いのと一緒なんだろうな)

巨軀を持ち、頑丈な櫨禅の弱点にしては可愛《かわい》いなと思った。

二人が千世の屋敷に戻ると、早苗は洗濯物を取り入れている最中で、葛は不在だった。

「さっき新市さんが来られて、葛さんと一緒に町のおうちに行ったんです。明日には帰って来るって言ってましたよ。新市さん、お疲れみたいでした」

「なるほどな。残念だったな、志摩。噂《うわさ》の新市に会えなくて」

廊下に下ろして貰った志摩は、大きく頷いた。いつかは会いたいと思いながら、これまで会ったことのないのが新市だ。

「仕事が終われば、しばらくはまたこっちで息抜きするだろう。それで千世は?」

早苗はくすっと笑った。

「葛さんを連れて行く行かないで新市さんと揉《も》めて、結局負けちゃって……。今は本を読んでいます」

「不貞腐《ふてくさ》れたのか」

櫨禅はやれやれと肩を竦め、千世がいるだろう私室の方へと顔を向けた。

「はい。でも、いつものことだから。お夕飯の頃にはいつもの千世様に戻ってますよ」

慣れたもので早苗もあっけらかんとしている。機嫌の悪い千世には近寄らないというのは、里の者なら誰もが知っていることだ。下手にちょっかいを掛けて、短気な千世にがみがみやられるのは勘弁して貰いたいということらしい。

「あ、でも」

取り込んだ洗濯物を抱えて縁側に上がった早苗は、

肌着を畳みながらハッと口元を押さえた。

「葛さんが山の下に行っちゃったから、明日までこの家の中は千世様とシマさんだけですね」

「あ」

小さな洗濯物を四苦八苦して畳んでいた志摩も、口を開ける。

「どうしましょう。お風呂は千世様と一緒にします？　それとも私が帰る前に洗いましょうか？」

志摩は顔を真っ赤にして横に首を振った。親切心からの申し出だとはわかっているが、女の子の早苗に入浴を手伝って貰うのは、気恥ずかしい。

「そうですか？　弟たちを風呂に入れたりもするから、気にしないでいいですよ？」

志摩はせっかく畳んだ洗濯物を顔に押し当てて、イヤイヤと首を振った。一緒になって揺れる尾が床を叩くパシパシという軽い音が響く。

「早苗……」

櫨禅が軽く額に手を当て嘆息する。

「今日、都杷様から聞いたんだが志摩は一応成体らしいぞ」

「えっ」

驚いた早苗が振り向いた音がして、志摩は渋々顔を上げた。

「……一応じゃないです。成体です」

「え、でも……」

首を傾げていた早苗だが、やがて「あぁ」と片手で膝を叩きながら頷いた。

「葛さんと同じってことですか。葛さんも大きくなったら随分お兄さんになりますもんね」

「そういうことらしい。まあ、俺も見たことがないから何とも言えないが」

「でも志摩さんもきっと可愛らしいお兄さんになるんじゃないかと私は思いますよ。あらでも、尻尾はどうなるのかしら？　ちょっと気になりますねえ」

早苗は「うふふ」と笑いながら志摩の尾を指さした。

「そのまま残っているのか、それとも消えてしまうのか気になります」

「消えない方が楽しそうなところ悪いが、たぶん尾はないと思うぞ」

「どうしてですか？」

早苗と一緒に志摩も首を傾げた。

「大きくなるということは神力が増して充実しているということだ。つまり、完全な人型だな。そうなれば、意図して出そうと思わない限り消えてしまうものだ」

そうか、と今度は手のひらを打つ早苗。

「そうですねえ。里のみんながいつもこの姿だから当たり前と思っていました」

「それはそれでいいんだけどな」

つまりは本性を普段から出して生活している者は里の中にはおらず、志摩のように中途半端に獣性を出して自分でどうにかすることが出来ないのは、神様の視点に立てば、神力が満ちていない未熟者ということになるのだろう。

そうすると、自力で尾を消すことが出来ればまずは及第点、大きな人の姿を維持出来て初めて一人前になるのだ。

そう志摩は思ったのだが、実際には人間の世界でも維持できるだけの精神力と神力が必要だというのは後から知ることになる。

「その前にこれを」

言いながら櫨禅が広げたのは、都杷がくれた半紙だった。

「あ」

くっきりとした墨で書かれた流麗な文字。

「都杷様に名をいただいた。これがシマ——志摩の名だ」

「へえ、こういう文字になるんですねえ。さすが都杷様ですね。とてもお上手で素敵《すてき》です」

「里にいれば文字で名を書くことはあまりないかもしれないが、覚えておいてくれ」

「はい、わかりました。葛さんにも帰ってきたら伝えますね」

「千世には後から俺が言っておく。それから話が逸《そ》れたが、志摩」

志摩は櫨禅を見上げた。

「お前、今日は俺の家に来るか？」

「櫨禅様のおうちですか？」

「ああ。葛もいない、早苗も飯が終われば帰る。千世にお前の世話が出来るとは思えないからな」

志摩は考えた。考えたが、どちらがいいのか判断をつけるのは難しい。

困って早苗の方を見やれば、にこやかに笑った早苗は言った。

「それは櫨禅様のところの方がいいですよ。私も櫨禅様と同じで、千世様に志摩さんのお世話が出来るとは思いませんもん」

（そうかも……）

それは志摩も思ったことだ。別に世話をしてもらうのを当たり前だとは思っていないし、世話を掛けないのが一番なのは当然としても、この屋敷に世話になってひと月近く、千世と二人だけの空間に長くいたことはないのだ。その短い時間でさえ、それはもう緊張する。悪い人でも怖い人でもないのは、早苗や葛の様子からもわかってはいるのだが、どうしてかドキドキそわそわして落ち着かない。

話し掛けられるとビクッと体が震えてしまうのだ。それを気づかれていないかどうか、とても心配で、それでまた固まってしまう。

だが、行き場のない自分を置いてくれているのは千世なのだ。その千世を怖がっているのは、居候としてとても失礼だと思う。

「あの、櫨禅様」

志摩は櫨禅の作務衣をくいと引っ張った。

「ぼく、大丈夫です。早苗さんが帰ったらお布団に入って寝るだけだから、平気です」

行燈《あんどん》は油が切れたら自然に消えるので、志摩が何かをする必要はないし、普段もそのくらいには眠ってしまっているから問題はない。

「お風呂も入らなくてもいいです」

夜は千世も仕事をせずに部屋で本を読んでいることが多いから、間借りしている葛の部屋で寝る前に豆の殻を剝《む》いて、眠くなったら寝ればいい。

ぱちりと大きな茶色の目はじっと櫨禅の返事を待った。

「――それでいいのか？」

頷いた志摩は、櫨禅の目がじっと自分を見下ろすのを逸らさず見返した。

（ちょっと目が茶色い）

と、まるで関係ない感想を持ちながら、逆にどうして櫨禅はそんなに返事を渋るのだろうかと内心で首を傾げる。

もう包帯を巻いてはいないが、寝る前にはいつも薬を塗っている。その薬は手が届きにくい背中は葛にお願いしているが、頑張れば届かない範囲ではない。捻っても痛みはほぼないから、心配するほどのことはないのだが。

そして、なぜかそんな志摩を櫨禅は腕組みしてウンウン唸るように首を傾げ、眉間《みけん》の皺《しわ》は深くなるばかりだ。

洗濯物を畳み終えた早苗は、にこにこと櫨禅を眺めている。

「――わかった」

櫨禅は一つ大きく頷き、そんな櫨禅を見て早苗は「はい」と立ち上がった。

「お夕食の用意が出来たらお泊りの準備をしてきますね」

そう言って洗濯物と籠を抱え、屋敷の奥に小走りにパタパタと駆けて行った。

「お泊りですか？」

「ああ。千世が不貞腐れているからな。八つ当たりすることはないが、二人だけだとやはり気が重いだろう」

「そんなことは……」

ない――と言い切れないところが、志摩の世慣れしていない部分でもある。

俯いた志摩の頭の上に、もう慣れた感触が触れる。

「気にするな。千世が不機嫌になるのには俺も早苗も慣れている。いや、里の者もみんな知っているからな。だから遠慮しなくてもいいぞ」

「そうなの？」

「そうだ。まあ、千世を怒らせる大体の理由が俺や葛なんだけどな」

ハハハと笑って櫨禅は、志摩を膝の上に座らせた。落ちそうになって慌てて皺になった部分を握れば、もう一度落ちないように直してくれた。

「櫨禅様が千世様を怒らせるなんて想像出来ません」

「そうか？　純粋に怒らせるのは葛よりも俺の方が多いはずだぞ。葛の場合は、親代わりだから説教じみたことが多いが、俺の場合は単純に意見の相違だからな。拗《こじ》れると飯が食えなくなるのが辛い」

「ごはん？　櫨禅様は、自分では作らないんですか？」

「そういうことだ。作らないじゃなくて、作れないんだと葛は主張するけどな」

つまりはそれくらいの腕前なのだろう。

じっと見つめる志摩の目に何を思ったのか、櫨禅は気まり悪げに頬を掻《か》いた。

「言っておくが、俺だけじゃないぞ。千世は調剤にかけてはうまいが、料理は並みだ。葛も一通りは出来るが、凝ったものはまだ無理だ」

「だから早苗さん？」

「千世の家の連中はみんな何をやらせてもうまい。だから、引く手数多《あまた》なんだ。その中でも早苗は一番の働き者だ」

その通りなので、志摩は大きく頷いた。

「つまり、早苗に来てもらわなきゃいけないほど千世も俺も家事には向いていないということだ。早苗が嫁に行かないことを祈るばかりだな」

重々しい櫨禅の台詞から察するに、それは本当に死活問題なのだろう。

二人して早苗がいなくなったら大変だという認識を深め合っていると、当の早苗が前が見えないほど積み上げた布団を抱えて、よたよたと廊下を歩いて来た。

慌てて櫨禅が腰を上げ、早苗の腕から布団を取り上げる。

「言えば俺がやったのに。これはどこに運ぶんだ？」

「志摩さんのお部屋です。櫨禅様の布団」

「なおさら俺の仕事だな」

早苗の顔も見えなかった布団の山なのに、櫨禅が持ち上げるとその上からにょっきりと顔が出ている。袖《そで》から見える腕も力を入れているように見えないのに、軽々としている。

うわあと口をぽかんと開けてそれを見ていた志摩を、何を思ったのか早苗が持ち上げて畳んでいた着物と一緒に布団の上に乗せた。

「さ、早苗さん！」

ぽわんと弾んでしまい、急いで白い布にしがみつく。少しお日様の匂いがした。

「どうせ着物を仕舞いに行くから、志摩さんもついでに連れてって貰ってください。昨日、お天気がよくてお客様用の布団を干したばかりだから、ちょうどよかったです」

うふふと笑って、早苗はくるりと背を向けた。

「私はこれからお夕飯の支度なので、櫨禅様、薪割りもよろしくお願いしますね」

おうと櫨禅が片手を上げる。それでも布団がぶれることはないのだから、膂力《りょりょく》は志摩にはわからないほどのものがあるのだろう。

柔らかい布団の上は眺めはいいが安定感に欠け、志摩は四つん這いになったまま部屋まで運ばれた。

その際に、尾が楽しげに左右に揺れていたことに、志摩自身は気づかず、櫨禅の口元に楽しげな笑みが浮かんだことも、当然知らなかった。

いつもは葛と布団を並べて寝ている志摩だが、今日は櫨禅が一緒なので自分の部屋で寝ることになり、小さな布団をよいしょと運ぶ。抱えるのではなく重ねた布団の端を持って引っ張らなければならなかったのは、怪我を労《いた》わるためだということにしておいた。決して、運べないわけではないのだと主張した志摩は、櫨禅に大きな声で笑われてしまった。

薬代の代わりという櫨禅の薪割りを志摩は縁側に座って眺めていた。大きな斧《おの》の刃がギラギラ光っているのを見るのは怖いが、志摩には大きくて重くて怖そうな道具を軽々と使って、コンコンと軽やかな音を立てて次々に薪が割れて行くのを見るのは、楽しかった。

もっと近くで見たい気もしたのだが、気をつけていても誤って割れた薪が飛んでぶつかるかもしれないと言われてしまえば、大人しく家の中から見ているしかない。

櫨禅の腰ほどまであった丸太の山は、庭の半分が影に覆われてしまう前に薪の山になり、志摩はパチパチと拍手をした。

「櫨禅様、さっき早苗ちゃんがお茶を持って来てくれました」

すぐに使わない薪を幾つかの束にまとめた櫨禅は、志摩の言葉に片手を上げて破顔《はがん》した。

「これを物置に置いたらすぐに行く」

そして束を六個抱えたのだから、志摩が驚いたのは当然だろう。

「す、すごい！　櫨禅様すごい！」

「おう、ありがとう」

軽々と歩く櫨禅が屋敷の端の陰に消えて、志摩は地面に垂らした足をパタパタと揺らした。

体の小さな今の自分は手伝いらしい手伝いは出来ないが、神力をつけてもっと大きくなれば一束くらいは抱えられるようになるだろうかと、手のひらを見つめる。小さく、柔らかな肌には自然に慣れたが、全身を使って生活していたリスの頃に比べれば、格段に体を動かすことが減ったように思う。怪我をしていたからというのを差し引いても、日常の中で体全体を使うことなど、ほとんどないような気がするのだ。

（人間って、便利なのか不便なのかわからないや）

ぬくぬくとした毛皮はない代わりに、炬燵《こたつ》や湯たんぽという暖を取る道具がある。寒くなれば布団を何枚も被ればよくて、尾の中に顔を突っ込んで暖かくなるまで待つ必要はない。

神様になった志摩は、目が覚めた時から人の体の使い方を知っていた。違和感を感じなかったのは、元の体という認識が最初からあったからだろう。だから、動作一つにしても手取り足取り教えを乞う必要も苦労もなかった。それが神の力なのだと言われれば、不思議に思うはずもない。

足の動かし方もわかった。初めて立った時には不安定さにふらついたが、歩けないわけではなかった。今も走るのはよたよたしてしまうが、歩く分には何の問題もない。

雑巾を絞ることも出来るし、葛に習って箸《はし》の使い方も覚えた。

「これからもっといろいろ出来るようになるのかなあ」

ぼんやりと庭木を眺めていた志摩は、はっと思い出した。

（明日の朝、葛さんはいないんだ！）

毎朝、まだ志摩が眠っているうちに花の滴を採りに行っている葛がいない。その仕事は一日二日休んでも平気なのだろうか？　それとも自分も代わりに出来るものなのだろうか？

「どうした志摩」

再び庭を回って来た櫨禅が縁側に上がり込み、志摩の横にどかりと座る。

「おかえりなさい……櫨禅様？　何してるんですか？」

戻って来た櫨禅に、茶と一緒に置かれていた手拭を渡すため抱え上げた志摩は、自分の手を目の前にかざしてじっと見ている櫨禅に首を傾げた。

「いや、どうも木が刺さったような気がするんだが」

そして再びじっと手を見るのだが、近づけたり遠ざけたりしている。どうやら刺さった棘《とげ》がどこにあるのか、わからないらしい。

「小さいから見えにくいんだよ。下手に触れば却《かえ》って奥に入り込んでしまうこともある」

ふむふむと志摩は一緒になって覗き込んだ。

「早苗から拡大鏡を借りてくる。千世も持ってたか」

どれと立ち上がりかけた櫨禅だが、それに待ったをかけたのは志摩だ。

「ぼくが！　ぼくが見ます！　ぼくなら見つけられると思います」

「お前が？」

「はいっ」

志摩は勢いよく首を縦に振った。

「ぼくは小さいからもっと顔を近づけて見れるし、細かいのだって抜けます」

きっと、と常になく力強く志摩は断言した。

「だから、ぼくに見させてください。それでもし出来なかったら、早苗ちゃんに拡……拡大きょというのを借りてください」

「確かにお前なら見つけやすいかもしれないな」

特にこだわることもないのか、櫨禅は志摩を自分の膝の上に座らせ、その前に手のひらを差し出した。

「さあ、どうぞ。しっかり診察してくれよ」

「はい！」

志摩はすっと手のひらに顔を近づけた。肉刺《まめ》の潰れた跡がある。長い指は意外にもそんなに太くはなく、節は張っているがすっとしている。手のひらには幾つかの傷跡があり、中にはひきつったものもある。押せばすぐに沈む柔らかな志摩の手のひらと違い、皮も厚くて、触れても弾力はあまりない。温かく、大きな手。

（これが櫨禅様の手……）

短く切られた爪、火傷《やけど》みたいな跡のある指、切り傷も幾つもある。その指が志摩を撫で、志摩に触れるのだと思った時、志摩はポッと体が熱くなるのを感じた。

「志摩？　どうした？　見つけられないか？」

「あ、違います」

急激な体温の変化に自分でも驚いてしまった志摩は、慌ててもう一度刺さった木片を探すため、顔を寄せた。

「櫨禅様、大きいなあと思って。それに、触るとすごく固いです。ぼくのは小さくて、柔らかいから全然違う」

さわさわと指を撫でると、櫨禅が身じろぎしたのが震えで伝わった。

「なんだかくすぐったいな」

「そうですか？　あんまり触った感じがしないんじゃないかと思ったんだけど」

「そんなことはない。強いて言えば舐《な》められているような感じだ」

「舐める!?」

「猫や犬が舐めるだろう？　それがもっと滑らかになった感じだな」

それでは自分は犬や猫と同じなのだろうか。それは少し面白くないなと思った志摩がさわさわと手を動かしながら、手のひらの上を這っていると、

「あ！　見つけました」

ちょうど指の付け根より少し上の柔らかい皮膚の下に、小さな針のような黒いものが埋もれている。

「お肌の下に潜り込んでるみたいです」

「抜けそうか？　場所がわかれば拡大鏡を借りれば、棘抜きで抜けるから無理はしなくていいぞ。お前に刺さる方が危ない」

「大丈夫そうです。たぶん抜けます」

その前にと、志摩は手拭を盆の上から取って貰い、自分の手と棘の周りをきれいに拭いた。

「消毒というのはしなくていいですか？」

いざ抜こうと袖を肩まで捲《まく》ったところで、志摩はふと思い出し尋ねた。自分の手当てをする時に、いつも消毒されるのを思い出したからだ。

「いや、棘くらいなら舐めておけば平気だ。消毒は後でも出来るしな」

医者なのにそんな簡単でいいのだろうかと思ったが、逆に医者が言うのだからそれでいいのだと、こちらも簡単に納得した志摩である。

「そしたら、抜きますね。ちくってしたら言ってください。痛いの、我慢しちゃ駄目ですよ」

いつも葛や櫨禅に言われていることをそのまま口にすれば、上の方で笑う声がした。

「わかった。頼んだぞ」

志摩は棘が刺さった部分をそっと手のひらで撫でた。少しだけ飛び出ている部分はあるが、引っ張れるほどの長さはない。

「埋もれているなら押し出せ。奥の方を抓《つま》むように押せば先が出てくる。それを引っ張るんだ」

指示通りに固い皮膚をぎゅっと抓むと、少しだけ飛び出た先端がある。それを摑もうとしたのだが、手を離せばすぐ中に引っ込んでしまい、なかなか上手に出来ない。

「うぅ……」

櫨禅の手に刺さっている不届きな棘を退治出来ずに、志摩の顔はだんだん不機嫌になる。

「志摩、急がなくていいぞ」

櫨禅がちょうどそう言った時に、

「ご飯出来ましたよー」

という早苗の声が食事をする部屋の方から聞こえて来て、志摩はやる気を漲《みなぎ》らせた。

「櫨禅様！」

「な、なんだ？」

「頑張《がんば》って我慢してくださいっ！　悪い棘はぼくが退治します！」

言うなり志摩は今までで一番の力を入れて、グイッと棘の周囲を押した。これまでは櫨禅が痛かろうと遠慮していたが——遠慮していなくても非力なのはわかっているが、最初からもっと力を入れていればよかったのだ。

（そうしたら、何度も痛くならなくて済んだのに）

何も言わないが、何度も皮膚を出入りしては摑み損ねる棘にはさすがにチクチクを感じただろうと思うと、とても申し訳ない。

思い切り抓んだせいで白だったり赤紫色だったりになったところは気にせず、

「んしょっ！」

押した。

途端ににょっきり飛び出た先端が見え、素早く手を伸ばす。

「！」

また引っ込む！　と思った時には、志摩の指は棘を捕えていた。そのままグイと引っ張れば、スポンと抜ける棘。弾みが付き過ぎて後ろにコロンとひっくり返ってしまったが、戦利品はちゃんと手の中にある。

「取れました、櫨禅様！」

ほら、と尻餅をついたまま後ろ手に持って見せれば、目を細めた櫨禅の顔があった。

「……櫨禅様？」

嬉しくないのだろうかと体が後ろに倒れたまま仰ぐと、櫨禅は微笑みながら、

「ありがとう、志摩」

と言った。

その言葉が嬉しくて、その声があまりにも優しくて、志摩は慌てて棘を持ったまま、さっき抜いたばかりの場所を手拭で拭くと、赤いままのそこへ唇を寄せた。

「消毒」

「あ？　おい、志摩……っ」

ペロリと舐めると少し塩辛い。舐めただけで大丈夫だろうかと少し考え、吸ってみる。ちゅっと吸って舐めて、吸って舐めてを繰り返した志摩は、もう

これで大丈夫だと顔を上げた。

「櫨禅様、消毒終わりました！」

抜いた棘はどこに置けばいいかと尋ねるため、上を見上げた志摩はそのままポカンと口を開けた。

「櫨禅様？」

櫨禅は横を向いていた。口を押さえた横顔は、首のところから赤くなっていた。決して夕日が照らしているからではない。

（もしかして、悪いのが中に入っちゃった？　病気になっちゃった？）

病気なら自分には何の手立てもない。早苗を呼ぼうか、千世を呼ぼうかと手のひらの上で尾を丸めてオロオロしていると、

「――心臓に悪い」

という呟《つぶや》きが聞こえた。

「しんぞう？」

首を傾げた志摩の体が手のひらごと、上に移動する。櫨禅が持ち上げたのである。

「心臓は胸のことだ」

ここ、と言いながら櫨禅は自分の胸と志摩の胸を軽く指で突いた。

「怖かったり嬉しかったりしたらここがドキドキするだろう？　そういうのを心臓に悪いというんだ」

「心臓に悪い……」

志摩は自分の胸をそっと押さえた。今は何もドキドキしていないが、少し前にはドキドキしていた。それも心臓に悪いというのだろうか。

「いいことなのですか？　悪いことなのですか？あ、違いますね。心臓に悪い、だから悪いんですよね」

ならば、あまりドキドキさせない方がいいのかもしれないと志摩は思った。

「よかったり悪かったりだ」

「さっきの櫨禅様のは？」

「……」

櫨禅は志摩を見つめ、肩を竦ませた。

「悪くはないんだろう」

たぶんと付け加えられた言葉の意味を志摩が深く考えることはない。

「さて、早苗が飯だと呼んでいたな。行くか」

片手に志摩を乗せ、もう片手で手拭と湯呑が乗った盆を持つ。

ご飯をよそってくれた早苗に問われるまで、どこに捨てたらよいのかわからず抜いた棘を大事に持っていた志摩と櫨禅が顔を見合わせて苦笑したのは、それからすぐのことである。


「志摩ちゃん！　ごめんなさい！」

翌日の昼過ぎに帰って来た葛は、畳の上に額をつけて謝罪した。都杷に「志摩」という名を貰ったことを告げた時には、大喜びしてくれた葛だが、それ以上に気に掛けていたのだと言われ、くすぐったい気持ちになる。

「わたしの代わりに甘露草の滴も採って来てくれたんでしょう？　それに黙っていなくなって。夜怖くなかったですか？　千世様、志摩ちゃんを怒ったりしなかったですか？」

都杷のところに行っている間に家を出たことを気にしている葛に、志摩は「ううん」と首を振った。

「千世様とはあんまりお話してないけど、櫨禅様が一緒にお泊りしてくれたから大丈夫でした」

「櫨禅様が？」

「うん。あのね、千世様のご機嫌がよくないからって早苗さんが心配してくれて」

それだけで葛はわかったようだ。

「櫨禅様がいたら安心です！　よかった。わたし、志摩ちゃんのことが心配で……」

「ありがとう葛さん。でも、よかったの？」

昼過ぎに帰って来た葛は、新市と一緒ではなかった。

「ぼくのことが気になって里に帰って来たのなら、大丈夫だから新市さんのところに行ってもいいよ」

「ううん。それは平気です。新市さんもちょっと忙しくて、最初から一日だけの予定だったから」

葛が言うには、人間の住む町で仕事をしている新市は集中していれば何日も絵を描けるのだが、時々「癒しと愛情」の補充が必要なのだという。里で絵を描いている時には葛がいつも側にいるため、そんな心配はないのだが、仕事の関係で町で描く時には葛がずっと近くにいるわけにはいかない。

だから、時々里に帰って来たり、葛を連れて行ったりするのだという。

「わたしがずっと大きくなっていられたらいいんだけど、でもまだずっとは無理だから」

病のことを都杷に聞いていた志摩は、寂しそうな葛を見ると抱き締めたくなりふわふわの頭を撫でた。

「ぼくも神力が満ちたら大きくなれるって都杷様に言われたよ。大きくなったら大変？　それとも楽しい？」

「最初は大変だったけど、楽しいです。わたし、新市さんにぎゅっとされるのが好きだから。大きくなったわたしも新市さんをぎゅっと出来るでしょう？　それが好き」

葛は「うふふ」と笑った。ほんのりと薔薇色に染まった頬、喜びに溢《あふ》れている顔は、本当に新市のことを好きなのだなと誰が見てもわかる。

葛と新市の関係のことは、千世の屋敷に滞在して早いうちに聞かされていた。雄同士——男同士という話を聞く前に、葛からいかに「新市さんが素敵でいい人」なのかを聞かされていた志摩には、男同士でも神様と人間でも関係なかった。

ただし、それはあくまでも葛の神森《かみもり》新市評であって、千世が「なんであんな男に……」とブツブツ言っているのを聞いたことがある。

千世以外の人たち、櫨禅や早苗が一緒に聞いていて苦笑していたから、千世だけがそう思っているのかもしれない。

「わたし、志摩ちゃんを新市さんに会わせるねってお話して来たから、志摩ちゃんも会ってくださいね」

「ぼくも会えるの？」

「はい！　今度のお仕事が終わったら里に戻って来るって」

それが楽しみなのだと葛は無邪気に笑った。

葛が千世に呼ばれて仕事場に行ってから、志摩は縁側で早苗に頼まれたインゲン豆の筋取りをしながら思った。

（葛さん、すごいなあ）

大好きな人と長く離れていても、ちゃんと好き合っていられて、仕事のことも含めて全部を好きだと言えるのだ。

（ぼくにもそんな人、いつか出来るのかなあ）

山の中で生活している時に、同族のリスに会ったことはあるが、番《つがい》になるという気持ちはなかった。人に飼われている時には、志摩一匹だけだったからもちろん他のリスとの交流はない。もっと小さい時には仲間もいたかもしれないが、もうそれも忘れてしまった。

今、自分の近くにいるのは里の者たちだ。穏やかで優しい里の生活は好きだ。ずっとここにいたいと思う。

（でも葛さんが大きくなって新市さんと一緒に暮らすようになったら、ぼく、ここにいられない）

千世と二人で暮らすというのは、志摩の頭の中には予定としてもまるで現実味がないものだ。そこに早苗や櫨禅がいれば、また異なるのだが……。

（やっぱり無理だ）

何が無理なのかわからないが、櫨禅がいたとしてもなんだか居候でいるのは難しい気がする。理由は漠然としているが、自分は千世に嫌われているのではないかと思う節もないことはない。

葛や櫨禅には言ったことはないが、時々視線を感じるのだ。じっと志摩を見つめるその目から好意を感じ取れという方が無理なほどの、強い目で。

もしかすると千世本人は気づいていないのかもしれない。薬包紙を渡す時にも素っ気ない。普段は存在を無視しているようでもあり……。

（わからないよ、ぼく）

どうにも千世という男は志摩には理解しかねる人だった。否、千世も神様の一人だからこそ、人とは違った何かを抱えているのかもしれない。

どちらにしても、志摩に出来ることはない。

（ぼくも里のどこかにおうちを作ろうかなあ）

だがそれは、小さい志摩には最難関なことでもある。山の中なら空《あ》き家になった木の洞を見つければよかったが、里ではそうもいかないだろう。人と同じ暮らしをしているのだから、家もそれなり、家具や生活の道具もそれなりのものが入り用になる。

（きらきらのおかね、貰わないと駄目なのかなあ）

自給自足で物々交換が主だとは聞いているが、それだけではないだろう。櫨禅も時々人の里に薬を卸しに行くのだと聞いている。見返りに何を貰えるのかまでは尋ねたことはないが、人間が相手なら貨幣が一般的だ。

神様になった志摩の頭の中からは、今までは知り得なかったことも時々引き出されてくる。人の生活のこともそうだし、言葉もそうだ。ただ、これだけでは新米の神様が生活していくには心もとないのは確かで、だから千世の屋敷にいる自分を甘受するしかない。

笊《ざる》の中にたくさんたまった処理済の緑色のインゲン豆を満足に見下ろして、志摩は割烹着《かっぽうぎ》を脱いでトントンと肩を叩いた。周りに散らばっている筋を集めて、半紙の上に乗せる。そして、笊についた紐《ひも》を肩に抱えて竈《かまど》のある台所まで運ぼうとしたところで、

「今日のツマミか」

と聞き慣れた声がした。

「櫨禅様、こんにちは」

朝食を一緒に食べた後は自分の家に戻って仕事を

していた櫨禅が、薬箱を片手にやって来て、志摩はぺこりと頭を下げた。

「お仕事終わったんですか？」

「また後から行くけどな」

「ご苦労様でした。お昼ご飯は食べましたか？」

「出先で蕎麦《そば》を食わせて貰った」

志摩と櫨禅のいつものやり取りなのだが、そこに吹き出すような笑い声が聞こえ、志摩はハッとしてあたりを見回した。探すまでもなく、声の主は廊下続きの部屋からひょっこりと顔を出す。

その姿を見た瞬間、志摩は笊を放り投げて櫨禅に向かって手を伸ばした。

「櫨禅様！　櫨禅様！」

縁側から落ちそうになる志摩を慌てて掬《すく》い上げた櫨禅の手の中で、志摩は隠れるように体を丸めた。

「どうした、志摩」

「怖い……。あれが……あの獣が……」

獣と呼んで志摩が指さした先には、大きな黒い毛の獣がいる。屋敷の外でなら犬が歩いているのを見たことはあるが、いきなり家の中から現れるとは思ってもみなかった志摩にとって、至近距離での鋭い牙《きば》を持つ獣の出現は、生命の危機に値する出来事なのだ。

見ただけで駄目だった。野良猫や野良犬は平気だったのに、この黒い獣だけは駄目だった。

尾を丸め必死に頭を隠す志摩は自分の体が温かいものに包まれるのを感じた。少し暗くなった手のひらは、狭いが懐かしい巣穴のような感覚で自分を守ってくれるものだった。

「伊吹《いぶき》」

櫨禅の声が手のひらを通して伝わってくる。

「志摩が怖がっている。その姿を止めろ」

「は？　怖がっているってどうしてだ？」

「以前、獣に襲われて瀕死の怪我を負った。今のお前はそれを連想させるらしい」

だから早く行けと言われ、トストスと軽い音が遠くなる音がした。獣がその場を去ったのだろう。

「櫨禅様、もういない？　怖いのはもういない？」

「今、着替えさせている」

そっと尋ねると妙な答えが返って来るが、櫨禅が大丈夫と言うのならそうなのだろうと、少しだけ開いた指の間からそっと外を覗いてみる。確かに黒い獣はいなかった。

「さっきのはなんですか？　どうしておうちの中にいたんですか？」

「あいつは伊吹と言って、里の神の一人だ。俺や千世とも馴染で、葛も懐いている」

「葛さんが……。でも大きな犬です」

「犬じゃなくて本当は狼《おおかみ》なんだ。態度はまるっきり犬と同じだから、みんなも犬だと思ってるようだがな」

「そうなんですか……」

「伊吹は里にいる間は獣の姿でいることの方が多い。普段は人の世界にいるんだが、時々こうして戻って来る。今日は葛を送って来たと言っていた」

そう言って櫨禅は拳を開き、志摩に向かって頭を下げた。

「帰って来ていたのは知っていたが、お前がそれほど怖がるとは思わなかった。最初から人の姿になるように言っておかなかった俺の落ち度だ。すまなかった」

「そ、それは……！　櫨禅様が悪いんじゃないです。だから謝らなくていいです。それよりぼくが悪いんです。何もされていないのに怖がったりして……。あの人、伊吹さん？　に悪いことをしました。ぼくこそ謝らなくちゃ」

「いや、常々言っているんだ。屋敷に上がる時には獣の姿は止めろと。畳の上についた足跡のせいで何度千世に嫌味を言われても止めないんだ、あいつは。大丈夫か？」

「は、はい。たぶん大丈夫です。慣れてないから最初は怖いかもだけど、慣れるように頑張ります」

「頑張ったところで無理なものは無理だからな」

話していると、

「これでいいか？」

という声と共に若い男が部屋の中から顔を出した。

短い黒い髪のすっきりとした精悍《せいかん》な顔つきだが、体は障子に隠れている。

「顔だけか？」

「いや、着るものがないから千世のを借りたんだが……」

「ああ」

それだけで櫨禅はわかったようだ。

「志摩、会うか？」

「……はい」

ぎゅっと指にしがみついた志摩と一緒に、伊吹が顔を出した部屋に入った櫨禅は、ぷっと吹き出した。

「伊吹、お前……予想通りだったな」

「笑うくらいならお前のを貸せ。家から持って来い」

恥ずかしそうに胡坐をかく伊吹は薄青の縦縞《たてじま》が入った灰色の着物を着ていたのだが、袖も丈もまるで足りていなかった。千世の背丈も低い方ではないが、櫨禅に比べると頭一つほど小さいから、伊吹は千世よりは大きいのだろう。

「後から持って来てやる」

「だから嫌なんだ、人の姿は。着るものをいちいち替えたりしなきゃならないなんて、面倒過ぎる」

里に帰って来るたびに、この伊吹も千世の屋敷に泊まるのが当たり前になっているらしい。だから着替えも本来はあるはずなのだが、前回出て行く時に持ち出して、今回は犬の姿で戻って来たために一切を置いて来たというのだ。

「早苗にでも頼んで簞笥の引き出し一本にお前の分を詰め込んでおいて貰え」

「そうさせて貰う」

笑う伊吹はなかなかに好青年で、志摩は強張っていた体から力を抜いた。その志摩と伊吹の目が合い、ドキリとする。

「さっきは驚かせて悪かった。伊吹だ」

「ぼ、ぼくは志摩です。葛さんや櫨禅様にはお世話になっています」

「志摩ちゃんの話は葛から聞いて知ってる。ぎりぎりまで新市と離れたがらなかったくせに、戻る時には早く早くって葛に急《せ》かされたからな」

笑うと白い歯が見えるが、尖っていないことに安心する。どうも大きな獣に対する恐怖は簡単には拭えないようだ。

和服だからよくわからないが、肌蹴た胸から見える筋肉と体つきは、しなやかで俊敏な獣らしく思えた。最初に犬の姿を見て刷り込まれたせいとも言えるが、それを抜きにしても千世や都杷などより遥かに「動く男の体」だった。

(ぼく、ぺったんこ……)

ふくよかな乳房がないのは男だから当たり前としても、どうにも薄っぺらな胸板だ。非力で力瘤《こぶ》も作れない腕は、雄としては致命的ではなかろうか。

番が出来なかったのは、もしやそれが原因ではないかとまで思考が飛躍する。

「志摩？　どうした？　まだ伊吹が怖いのか？　顔が怖いなら伏せさせるぞ」

「おい櫨禅……」

「いえ、伊吹さんの顔は怖くないです」

櫨禅には首を振り、伊吹には笑い掛ける。

「みんなおっきいなあって見てました。ぼく、小さいから羨《うらや》ましくて」

「小さくてもいいと思うけどな、俺は。志摩は、葛と同じくらいだろう？」

「はい。ぼくの方がちょっとだけおっきいです」

そこだけは主張せねばと力を込めて言い、額の少し下のところに手のひらを水平にして、葛の背丈を示す。

櫨禅と伊吹は二人で顔を見合わせ、笑った。

「あんまり大きさは気にしないでいいぞ。お前も葛も、自然に在る形になる。それが一番いい」

「そうだな。小さくなりたくてもなれない俺や爐禅みたいなのにとっちゃ、羨ましい限りだ」

それから二人は体が大き過ぎて苦労する話で盛り上がった。寝る時に布団から足がはみ出して冬は困るだの、鴨居《かもい》の低い家に入る時にはぶつけないように注意しなくてはいけないだの、着物を作ってくれる里の者には反物が足りないと文句を言われただの、様々だ。特に、街に長く滞在していることの方が多い伊吹の話は面白くて、早苗と葛が呼びに来るまで長話をしてしまった。

その夜は、早苗が帰った後で五人で賑やかに食事をした。

夜中に一度目が覚めた時、すぐ隣に寝ていた黒犬には驚いたがその前脚の間に埋もれるようにして寝ている葛を見れば、とても安心出来るものなのだと思え、怖がっていたことをもう一度伊吹に心の中で詫《わ》びた。

どうも食事の後、酒を飲んでそのまま話をしているうちに眠ってしまったようだ。志摩も自分がいつ寝てしまったのか覚えていないが、油の匂いがまだ周囲に残っているからそんなに前のことではないのだろう。

（あ、葛さんの布団がずれてる……）

ぬくぬくとした毛皮があるとはいえ、このままでは風邪を引くと、葛の上に掛けられていた手拭がずれているのを直そうとした志摩だが、静かに聞こえて来た足音に動きを止めた。

部屋の中は暗いが、廊下側の障子を通して、雨戸を閉めていない外の月の光が差し込み、元が夜目にも強い志摩にははっきりとその人の顔が見えた。

掛布団を抱えて歩いて来た千世は、まず眠る伊吹と葛を見て眉を寄せた。葛が掛けていた手拭を掛け直してやる姿は、確かにずっと世話をして来た保護者という感じだ。

（優しいのかな、やっぱり）

志摩自身は苦手だが、悪い人でないのはわかる。

その千世は何事かを葛か伊吹に囁くと、すぐ横に転がる櫨禅の方へと体の向きを変えた。

志摩は慌てて目を閉じ、眠ったふりをした。ふりをする必要はなかったんじゃと思ったのは、目を瞑《つむ》ってしまった後で、そうなってしまえば今さら開けるのも気恥ずかしい。だから、そのまま千世が去るのを待っていたのだが——。

「まったく、いつまで経っても世話が焼ける男だ。伊吹に付き合えばこうなることはわかっていただろうに」

言っているのはまるで小言なのだが、怒りもなければ不機嫌さもないことに、志摩は気がつく。

(千世様……?)

なんだろう。なんだかここにいてはいけない気がする。胸がドキドキして、逃げ出さなきゃという声が聞こえるのだが、櫨禅の手のひらの中に包まれている自分が今動くのは、どちらにとっても気まずいものになりはしないだろうかと遠慮が働く。

そう、志摩は櫨禅の手の中で眠っているのである。横向きになって眠る櫨禅の、胸の前に軽く閉じた手のひらの中に志摩はいた。そして、櫨禅の顔に背を向けている志摩には、本当にはっきりと千世の声が届くのだ。

背中には櫨禅の寝息が聞こえる。

千世が掛布団を広げ、ばさりと櫨禅の体に掛けた。そして、丁寧に肩まで引き上げて整えてやる。

「——髭、また剃《そ》ってない。仕方のないやつだ」

志摩の上を通って伸びた腕が櫨禅の顔に触れる。

「もういっそここに住めばいいのに。そうすれば、葛も喜ぶし、お前にだって都合がいいだろうに」

聞こえたのは苦笑だろうか。

「行くなよ。俺を置いてどこにも——」

腕と違う影が櫨禅の顔の方へ近づく。

(なに？　千世様何をしているの？)

ドキドキが激しくなる。緊張で眠るどころではなく、目が冴えてしまっている志摩は、早くどうにかして欲しい——はっきり言えば千世に早くどこかに行って欲しいと願った。

その願いを叶《かな》えてくれたのは、

「くしゅんっ」

という可愛らしいくしゃみで、ゆっくり近づいていた時と違って素早く引き戻された顔と腕は、葛の方へ向けられていた。

「このままじゃ風邪を引くぞ」

そっと膝で畳の上を移動した千世は、前脚に収まっていた葛を抱え上げた。

「葛、ここに寝ていたら風邪を引く。寝るなら自分の部屋にしろ」

「……ん、ちせ、さま……？」

「起きなくてもいい。部屋に連れて行くぞ」

「ん、ありがとう、ございます。伊吹兄さんは……」

「伊吹のことは放っておけ」

でもぬくぬくしたいと寝言なのか本気なのか呟いていた葛だが、すぐに話す声も聞こえなくなる。

葛を抱いた千世は立ち上がり、黒い犬の背中をポンと叩いた。尾が揺れたところを見れば、伊吹は起きていたようだ。最初から起きていたのか、それとも千世が来てから起きたのかわからないが、もしも千世が来てからずっと起きていたのだとすれば、志摩が感じたことを同じように伊吹も感じたのかもしれない。千世の背中側からならば、本人に気づかれることなく観察出来たはずだ。

（なんだろう、なんだか胸が痛いよ……）

志摩はぎゅっと着物の前を握り締めた。

千世の行動の理由を知りたいと望む一方で、知らない方がいいと囁くもう一人の自分の声があったからだ。

志摩は後者を優先した。

触れてはいけない、触れたら壊れてしまう。そんな気がした——。

何もなかったかのように朝が来て、里の一日が始まる。

まるであの晩のことが幻だったかのように思えるのは、千世も櫨禅も志摩の知る二人のままだったからだ。

ただ、それでも二人が一緒にいる時にはつい目が姿を追ってしまうことが増えた。千世への苦手意識は相変わらずある。しかし、それを抜きにしても見てしまうのは――。

（なんでぼく、千世様を見てるんだろう）

ただ気になるだけで明確な理由があるわけではない。思うのは、勝手に屋敷の出入りをして寛《くつろ》ぐことが許されるほど付き合いの長い二人の関係を、知りたいのだということだ。

（知ったからってどうなるものでもないけど……）

同族の友人を持ったことのない志摩には、友達というものは「恋人」よりもわかりにくいものだ。恋人というのが、互いに大好きで交尾を許せる相手というのはわかっている。

それなら友達はと言われると、ただの知っている人と友達との区別がつかない。志摩にとって葛は友達だと思うし、葛もそう言ってくれる。そして葛の恋人は新市だ。千世は親代わりで、早苗や伊吹は友達だろうか？　櫨禅はどうなのだろう？

（むずかしい）

志摩は乾燥させた薬草を少しずつ細い藁で縛って束にしながら、薬のことについて話をしている千世と櫨禅の横顔を盗み見た。

すぐ隣と言っても、田を間に挟んでいるので少し離れたところにある櫨禅の家が診療所だというのは、志摩も知っている。都杷の家に挨拶《あいさつ》に行く前に、薬箱を置くために立ち寄った時に少しだけ、手前の部屋に入れて貰って見たことがある。

薬を調合している千世の作業場にもたくさんの引き出しや材料があったが、同じくらい櫨禅の家にもあったように思う。志摩が束ねている薬草も、粉にするのではなく櫨禅がそのまま使用するというので準備をしているのだ。

　里に住んでいる者は神だから、大きな病に罹ることはほとんどない。そうなった時には、都杷の出番だとも言っていた。神様なのに病や怪我に悩むのは変なのと最初は思っていたのだが、神格によって人より弱い神様も多いらしい。

　言われて、

（ぼくも弱い神様だった）

と思い当たり、それなら確かに薬や医者は必要だと大いに納得出来た。

　考え事をしながらも、志摩の耳は二人の会話を逃すまいとしている。時折、二人の軽い笑い声が聞こえると、ほんの少し耳を伏せたくなる。

　葛はこの場にはいない。新市が里に来るというので、裏の竹林まで伊吹と一緒に迎えに行ったのだ。もしも葛がここにいれば、疎外感を感じることもなかったのかもしれないと思うと、志摩は小さくため息を落とした。

　居心地が悪いわけでも、千世と櫨禅が志摩の存在を排除しているわけでもないのだ。時折、櫨禅に話し掛けられて受け応えもするし、板の間に並べられた薬草を取り分けるために志摩自身も動き回っている。

（ぼく、どうしたらいいのかな）

　元々自分から率先して何かをするという行動力は志摩にはない。明るく元気に話をする性格でもない。話をするよりは聞く方が好き。そんな志摩に、たとえ二人がしているのが雑談——反物を染めるのに失敗した神様の話だったとしても、一緒になって話をすることは出来ない。あの間に入るのだけは無理だった。

　だからこうして、仕事をしながら話を聞くことしか出来ない。

（変なの……）

屋敷の中には一人じゃないのに、独りのような心細さを覚えてしまうなんて――。

志摩の里での生活に小さな転機が訪れたのは、葛が三日ほど人の里で暮らすことになった時だった。

「ごめんなさい、志摩ちゃん」

葛はひたすらに頭を下げて志摩に謝った。

「ごめんなさいなんて言わないで、葛さん。ぼくはもう怪我も治ってお薬だって塗らなくてよくなったでしょう？　だから、葛さんにお手伝いして貰わなくても、なんでも出来るようになったんだよ」

「だけども」

葛は世話役を買って出た自分が志摩を放り出していくことを、とても後ろめたく思っているのだ。

「だって、新市さんは葛さんの大好きな人なんだから、お手伝いしたいって思うのは当たり前だもの」

いっそ里で絵を描けばいいのではと思ったのだが、聞けば、絵の売り買いをする人が出入りするために、完成させるまでは人の世界にいた方がいいのだと言う。それはもっともな話だと志摩には納得出来るもので、長引いて葛がしょっちゅう里を空けるよりは早く終わらせた方がましだと、千世も渋々と了承していることだ。

この了承を得るまでに、葛と新市が頭を下げて願い倒した場には志摩もいて、他人事ながらどうなるのだろうと、はらはらしながら汗の滲んだ手を握り締めたものだ。

結局は、具合が悪くなればすぐに里に連れ戻すことと、お目付け役に伊吹も同居させ、朝と晩には報告をするという条件付きで認めて貰っていた。

早苗曰《いわ》く、

「千世様は本当に葛さんのことが可愛くて仕方がないんですよ。だから葛さんの一番の新市さんに妬《や》いちゃってるんです」

うふふと笑う早苗の表情から、深刻な仲違《なかたが》いに発展することはないのだとわかってほっとした。

初めて会った「新市さん」に対する志摩の感想は、失礼ながら、

「髪の毛がすごい。きらきらしてる人だなあ」

という外見上のことが大部分で、残念ながら人柄がどうだと言い切れないものだったが、ようやく出た千世からのお許しの後、ほっとして葛と話す表情はとても優しく、素直にいいなと思った。

志摩にもちゃんと挨拶をしてくれたのだが、碌《ろく》な返事もした覚えがない。どうも舞い上がっていたというより、緊張し過ぎてしまっていたらしい。

「葛さん」

志摩は葛のふわふわの頭に手を乗せた。いつも櫨禅が同じようなことをしてくれるなあと思いながら、こうされると落ち着くものねと、自然に手が動いていた。

「ぼく、この里に来て葛さんとずっと一緒にいられてすごく嬉しかった。葛さんがいたから、お屋敷に置いて貰えて、お仕事もさせて貰えて、いろいろなことを教えて貰ったよ。ぼくね、貰ってばっかりだったから、何か出来ないかなって思ってた。ぼく、独りで出来ること増えたよ。だから、葛さんがいなくても大丈夫。寂しいけど、ちょっとのことでしょう？　葛さんが新市さんのところに行っている間に、もっといろんなことを出来るようになるね。だから、今はお手伝いが必要な新市さんのところに行ってあげてください」

「志摩ちゃん……」

志摩はほうっと息を吐いた。そんな志摩を、葛が驚いたように見上げる。

「志摩ちゃんがいっぱい喋《しゃべ》った……」

そんなにたくさん喋っただろうかと首を傾げるが、思い返せば確かにあまり長く話すことはなかった。

だが、これも葛が相手だからだ。

「ね、大丈夫そうでしょう？」

「は、はい！」

顔を上げた葛と二人、手を取って笑い合う。

「新市さんのお仕事が終わったら、すぐに帰って来ますね。温泉饅頭がおいしいんです。お土産《みやげ》にたくさん買ってくるから待っててください」

「うん。お饅頭、楽しみにして待ってるね」

何度も振り返りながら葛が伊吹の背に乗って竹林の向こうへ消えていくのを、志摩は早苗や千世、櫨禅と共に見送った。

その時に初めて知ったのだ。

（人の住むところと、本当に繋がってるんだ）

志摩の記憶の中の人の世界は、里での暮らしで薄《うっす》らと消えかけていた。それが再び、手に届く場所として間近に迫っている。

「櫨禅様、あっちにあるんですね」

人の住む町が——。小さな手を葛が消えた方に向けて伸ばすと、志摩を抱いていた櫨禅が頷いた。

「行きたいか？」

少し考え、志摩はふるふると首を横に振り、櫨禅の襟《えり》にしがみついた。

「行かない。怖いから」

「怖いか？」

「うん」

優しい人たちがいるのは知っている。人に意地悪されたことはない。だが、津和の里の外に出るのは怖かった。それは里に来る直前の記憶が——襲われて死を覚悟した記憶が強烈過ぎるからだ。あの時は運よく逃れて生を繋ぐことが出来たが、もしも同じことがあればどうなるかわからない。

人は神様にお祈りする。

けれど、自分のように新米でなりたての神様には何の力もない。

「櫨禅様は怖くない？」

人の里によく行くという櫨禅はこれまで見た誰よりも巨軀を誇る。だから平気なのだろうか。

「もしかしたら帰れなくなるかもって考えたことは

ないですか？」

「里にか？」

「はい」

志摩はそれが怖い。もしも里から出て、二度と帰って来ることが出来なくなったら、その時が怖い。葛が新市の側にいたいという気持ちはとてもよくわかり、人の町に行った方がいいと本気で思っていても、いざ自分がとなった時には怖気《おじけ》が先に立つだろう。

「あまりそんなことを考えたことはないな。二軒隣の家に行くくらいのつもりでいるからなあ。ただ、志摩が怖がっているのもわかる。葛が里の外に出るのを千世が嫌がるのは、同じように不安に思っているからなのが一番大きい」

それは以前に葛が生死の境を彷徨《さまよ》ったことと深く関係があるのだというのは伝わった。詳しいことは聞かされていないが、それはもう大変なことだったのだと早苗は言っていた。

「でも、千世様、葛さんが外に行くのを許してくださいました」

「千世もな、成長してはいるんだ。ただ、葛の方が一足飛びに親離れしてしまったところがあるから、複雑なんだ。葛の一番は自分だっていう自負があったのに、新市に取られてしまったからな」

「一番」

でも、と志摩は思った。

「葛さんの一等好きな人は新市さんだけど、千世様のことも一等好きだと思う」

「同じ一等で並んでいるのか？」

「そうじゃなくて」

志摩はどう説明したらいいのか、首を捻りながらゆっくりと言葉を紡《つむ》いだ。

「好きの中身が違う。葛さんはたくさんの好きを持っているから、新市さんと千世様はその好きの中で一等なんです」

うまく伝えられないのがもどかしい。好きという言葉は一つしかないが、中身は違う。同じ苺《いちご》でも、とっても甘い苺、普通の甘い苺、ちょっと酸っぱい苺があるみたいな感じだと思う。

うんうんと尾と首を揺らしていると、櫨禅の笑う声がした。

「葛の箪笥には、好きという引き出しがいっぱいあるってことだろう？」

志摩ははっと顔を上げた。

「それです！　そうなんです」

その引き出しの中の一等前にいるのが、新市だったり千世だったり、櫨禅だったりするわけだ。もしかすると並んでいる引き出しの、大きさは違うかもしれないが、葛の好きがたくさん詰まった大事な箪笥だと思う。

「葛の箪笥にはたくさんの引き出しがありそうだな」

「ぼくもそう思います」

志摩は自分の胸にそっと手を当てた。

（ぼくの箪笥はまだちっちゃい）

そして引き出しの数も少ない。

葛が入った友達の好き、いつも楽しく明るくしてくれる早苗にはお姉さんの好き、神の里に住まわせてくれた都杷には感謝の好き。他の里の神様たちは、今は同じ引き出しの中だ。

（櫨禅様のはどうなんだろう？）

たくさんの人や神様たちと知り合いで、長く里にいるのだから、きっとたくさん引き出しがあるとても大きな箪笥ではないだろうか。

見えるわけはないのに、もしかしたらわかるかなと手と耳を当てると、トクトクという音が聞こえる。胸の音だ。

（櫨禅様の引き出しの中に、ぼくも入れて貰えるかなあ）

大事に仕舞っておきたいくらいに親しくなれば、入れて貰えるだろうか。一番小さな引き出しで、一番下でもいいから、櫨禅の好きのどれかのうちで一等になれたら嬉しいと思う。

「千世、帰るぞ」

腕組みして不機嫌に立ったままだった千世の肩を櫨禅が叩いて、屋敷に戻るように促す。

「今回のことは仕方がないし、新市も馬鹿《ばか》じゃあない。同じ轍《てつ》は踏まないさ」

「だといいんだが……」

「もっと信頼してやれ。葛が惚《ほ》れた男なんだ。それに悪い人間じゃないのは知っているだろう？」

「わかっている。悪人じゃないのは俺もわかっている。だから困るんじゃないか」

櫨禅が苦笑したのが志摩にも聞こえた。そっと盗み見れば、千世はとてもつまらなそうな顔をしていた。葛がいなくなって寂しいのと、自分の感情を持てあましているような気がした。

「まあ三日の辛抱だ。今回の件は新市にとっても不可抗力なんだから仕方がない。仲介を任せている相手から泣きつかれたんじゃ、断りにくいだろう」

「ここから通えばいいんだ」

「お前がいて気楽に絵を描けると思うか？　それは無理だと俺は思うがな。趣味で描くのならいいが、仕事としてするなら集中できる方がいい。舅《しゅうと》がいちゃあ、気も散る」

千世はぐっと押し黙った。

「たまには二人きりにさせてやれ」

「伊吹がいるから二人じゃないぞ」

「伊吹がずっと側についていると思うか？」

千世は眉間を寄せた。放浪癖があるらしい伊吹が一日中、二人の側にいるとは千世も信じていないのだろう。

「やっぱり俺が……」

「こらこら」

自分も行こうかと踵《きびす》を返し掛けた千世の腕を櫨禅が片手で摑む。志摩はなんだかドキリとした。

「ずっと側にはいないだけで役目は果たす。あいつだって葛が可愛いんだ。ただお前と違って匙加減が上手いだけだ」

少しは見習えと続けた櫨禅は、そのまま千世を引き摺るようにして小径《こみち》を歩き、裏木戸から庭へと千世を押し込んだ。

先に帰っていた早苗はちょうど洗濯物を干し終えたところで、物干しに着物や敷布が揺れている。

「おかえりなさい。櫨禅様、さっき松蔵《まつぞう》さんが来て腰痛の薬が欲しいって言ってましたよ。おうちの方で待ってるそうです」

「おう、わかった」

片手を上げて答えた櫨禅は、志摩を縁側に下ろそうとして、ふと動作を止めて見下ろした。

「志摩、お前、うちに来るか？」

「うち？」

ぱっちりと目を開けて首を傾げると、櫨禅の太い首が縦に動く。

「葛もいないし、暇だろう？」

「あ、いえ。暇というわけではないと思うけど」

ちらと千世を見れば、は？　という顔をしている。

「志摩をお前の家に連れて行くのか？」

「一日ずっとここにいるよりは、たまには気分転換に出掛けた方がいい。葛がいれば遊び相手には困らないが、千世、お前、志摩の相手が出来るか？」

それは無理だろうと志摩は思ったし、遊んでやると言われる方がびっくりだ。それよりも、

「……櫨禅様、ぼく子供じゃないです」

こっちの方が重要だ。成体だと言っているのに、どうしていつまでも子供扱いするのだろうか。見かけが子供だからならば、早く大きくなって立派な成人になった自分を見せてあげたいものだと、この時志摩は本気で思っていた。

ぷうと頬を膨らませて抗議すれば、櫨禅は驚いたように目を瞠《みは》った後、くすっと笑った。

「悪い。一応、成体だったな」

「一応じゃないです。成体です」

番はいなかったし、交尾もしたことはないが、山の中で独りで暮らせたのだから成体なのは間違いな

い。

「大きくなった葛の見目も成人に見えなくはなかったから、お前にも期待していよう」

期待とは一体何なのだ、それは信用していないのと同じではないのかと、ますます膨れる志摩の頬を櫨禅が突く。

「千世、とりあえず連れて行くぞ。松蔵が待ってるからな」

「あ、ああ。わかった。晩飯は食べに来るのか？」

櫨禅の目が、どうしてそんなことを尋ねるのかと訝しげに細められた。

「当たり前だ。俺に飯が作れると思うな。美味い早苗の飯が待っているのに、何が楽しくて自分で作った不味い飯を食わなきゃならん。阿呆《あほ》か」

「あー……お前、炊事はまるで駄目だもんな……」

「そういうわけだ。飯の匂いがしたらまた来る。それまでは家の方にいるから、何かあれば早苗でも寄越してくれ」

「わかった」

普段から常に行動を共にしている千世と櫨禅ではない。志摩の怪我が完治するまでは日に何度も来ては診察したが、今は飯時以外には、日中にふらりと訪れることがあるくらいだった。

それじゃあと手を振って、家に上がらずそのまま庭から表に向かう櫨禅の手の上で、志摩は後ろをちらりと振り返った。大きな櫨禅の体に隠れてはっきりとは見えなかったが、見送る千世の表情はどこか不機嫌というよりも、暗い気がした。

しかし、そんなことを気にしていられたのも櫨禅の家に着くまでで、

「ほら」

ぽんと畳の上に下ろされてしまえば、物珍しさの方が先に立つ。

「松蔵を診る間、そこで待ってろ」

「は、はい」

櫨禅は志摩の頭を撫でて、上り框《かまち》にちょこんと座

っている灰色の髪の男の側に膝をついた。

櫨禅の診療所は、入ってすぐの土間から続く和室の一つを診療に使っている。広さ的にはさほど大きくはなく、志摩が寝泊まりしている千世の屋敷の部屋の方がよほど大きいかもしれない。

引き戸を開けてすぐに広い土間があり、その土間を直角に囲むように和室が二部屋。これが表から見える櫨禅の家だ。奥には廊下を隔てて庭に面した部屋と風呂場があるらしいが、まだ志摩は見たことがない。

土間の端には竈が設けられているが、先ほどの櫨禅の話を聞く限り、湯を沸かす以外に使われることは滅多になさそうだ。実際、志摩の視界に見えるのは竈の上に乗った鉄瓶と大きな釜くらいで、千世の屋敷の台所のようにあれこれと野菜や根菜がぶら下がっているわけではない。

土間にはおざなりに椅子が数脚置かれているが、この椅子に座れないほどの人――神様が来ることはほぼないと思われる。櫨禅が話を聞いている松蔵のように、大抵は上り框に座り込んで話をしながら、症状を聞き、治療や処方をするのだろう。

土間と言っても、土そのままではなく石が敷き詰められているため、冬は少し寒そうだ。

志摩が座っている和室には文机と書棚があり、そこにはびっしりと本が並んでいた。文机の横にも開きっぱなしの本があり、

(たくさん本を読むなんて、櫨禅様すごい)

頭がいいのだろうなと今さらながらに感心する。

櫨禅は松蔵を畳に敷いた布団の上に寝かせ、腰を診ながら何事かを話している。もう少し時間が掛かりそうだ。

(お部屋の中、探検してもいいかな)

待っていても退屈はしないのだが、初めて来た家には興味もある。大きな千世の屋敷と比べると小さなものだが、体の小さい志摩にはあまり関係のないことだ。

そろ……と志摩が膝を動かしかけた時、

「志摩」

櫨禅に呼ばれ、

「は、はいっ」

ひっくり返ったような声が出てしまった。慌てたせいで前のめりに四つん這いになってしまう。その姿はしっかりと櫨禅と松蔵に見られていた。

赤くなった志摩と驚いた櫨禅、松蔵の目が互いに行き来し、ぷっと吹き出したのは松蔵だった。

「可愛らしい嬢ちゃんだなあ」

そこでしっかりと松蔵を見た志摩は、髪の色が灰色なだけで老人ではないことに気がついた。まあ、神様なので実際に幾つなのかは外見から判断出来ないのだが。

「お前さん、千世のところに世話になってた子だろう？」

「は、はい。志摩と申します」

志摩は慌てて膝を揃えて座り直し、手をついて頭を下げた。尾がクルンと背中に張り付いて、見ている松蔵が微笑ましげにしていることには気がつかない。

「ほほう、リスの子かい」

いいえ、子じゃなくて成体です、それに嬢ちゃんじゃありませんと言いたいのだが、初対面の人にさすがに言える度胸はない。それがわかっている櫨禅が口元を隠しているのは笑っているからだろう。

そんな志摩の内心の憤りには気づかず、松蔵は無精髭の生えた顎をざらりと撫でた。

「やっぱり小さな子はいいねえ。葛と言い、癒される」

「ありがとうございます」

褒められているのだろうと素直に礼を述べれば、それがまた松蔵には受けたらしく声を上げて笑う。

「松蔵、腹が捩《よじ》れるほど笑うのはいいが、また腰を痛めるぞ。ほら、じっとしていろ」

「おっとそれはいけねえや」

うつ伏せのまま顔だけ上げていた松蔵は、慌てて顔を伏せた。確かに腰を痛めているのに顔を上げれば負担は増えるだろう。本末転倒この上ない。

「志摩、右から二つ目の棚の一番下にある瓶を持って来てくれ。青い紐が結んであるやつだ」

「青い紐」

志摩はタタタと棚に駆け寄り、言われた瓶を抱えた。

「持てるか？　持てなければ引き摺ってもいいぞ」

「はい」

丸っこい瓶は両腕で何とか抱えられる大きさだったが、志摩には少し重過ぎた。そのため、青い紐を引っ張って櫨禅のいるところまで持って行く。

「ありがとう」

蓋《ふた》を開けると少しツンとした匂いがした。櫨禅は薄い緑色をしたそれを指で掬うと、松蔵の腰にぺたりと塗った。冷たかったのだろう、ヒャッという声が上がったが塗り薬だとわかっているのか、そのまじっと我慢していた。くすぐったさを耐える表情は志摩にも覚えがあるもので、ちょっと同情する。

志摩は部屋を振り返って、白い手拭が何枚も積み重なっているのを見つけると、そこから一枚を引っ張り出し、櫨禅の横に置いた。

「これ、手を拭いてください」

「ありがとう」

広範囲に塗る櫨禅の手も緑色になっている。志摩の怪我なら指先一本ですぐに終わるのだが、やはり大きな人に塗る時には大変だ。

お茶でも出した方がいいのかなとも思うが、小さな体ではそれも無理。早苗みたいに気を利《き》かせて、お茶とお菓子がすぐに出せればいいのになと、小さな自分をほんのちょっと残念に思う。

「お構いもしませんで、申し訳ありません」

とりあえず、何も出来ないことを謝れば、伏せていた顔を上げた松蔵はきょとんとして、それから大声で笑った。

「いやいや！　お構いなく！　こちとら患者なんで、茶菓子を強請《ねだ》りに来たわけじゃあない。気にせんでくれ」

確かに言われてみればその通りなのだが、この長閑さが患者と医者というようには見えず、つい申し出てしまいたくなる。

「松蔵に菓子でも出そうものなら、今度から理由をつけて入り浸りそうだからな。出さんでいいぞ」

「俺よりも他の連中が押しかけて来そうだぞ。櫨禅のところに行けば茶菓子が出ると聞きゃあ、暇を持て余した連中が毎日来るに決まってる」

それを聞いた志摩ははっとして櫨禅の作務衣を引っ張った。

「どうした、志摩」

「どうしよう。たくさん来たら湯呑足りますか？お皿も足りない？　いっぱいある？」

真剣に尋ねたのだが、松蔵は涙を流して笑い、櫨禅は困ったように志摩の頭を撫でた。

「大丈夫だ。足りなければ千世のところから借りてくればいいし、焼き物なら他でもないこの松蔵が持って来てくれる。そうだろう？」

「松蔵さんが？」

「まあな。本気で足りない時にはうちにあるのから好きなのを持って行けばいい。俺はこの通り腰を痛めてるからな、運ぶのは櫨禅の仕事だ」

「松蔵は窯を持っているんだ。里の者たちが使っている茶碗《ちゃわん》や皿のほとんどが松蔵作だぞ」

「小洒落《こじゃれ》たのは作れねえけどな。そういうのが欲しい時には伊吹に頼むといい。やつが一番都会に行ってるからな。まあ、帰って来る頃に覚えてるかどうかは別だがよ」

大して気になるものでもないと松蔵はカラカラと笑う。

「じゃあ、その時には櫨禅様と伊吹さんに頼みます。お菓子も一緒に」

「煎餅もいいが、やわっこい菓子もたまには食いたいな。なあ、櫨禅よ。お前、今度村に出た時にでも甘いのを買って来てくれ」

「甘いのだけじゃわからんぞ。どれだ」

「ほらあれだ、丸っこくて押したら中からぴゅーって白いのが出てくるやつ。あれは美味かった」

「ああ、シュークリームか」

「そうそれ、しゅくりむな。志摩ちゃんは食べたことがあるかい？」

「たぶんないと思います」

「あれは美味いぞ。なんていうかとろとろで、甘いんだ」

人間の里にいる時はリスだったし、こちらに来てからは山菜や豆腐などの料理が多かった。おやつは干した果物や甘い豆で、それで十分贅沢《ぜいたく》だと思っていた。まさか人の世界で売られている食べ物が、里の中に入って来るとは思わなかったが、そこで葛の言葉を思い出す。

——お土産にお饅頭を買って来ますね。


ということは、人間の世界で売られているものを里に持ち込むのは構わないのだろう。櫨禅の本も道具も菓子も、欲しければ手に入れることが出来る。神様たちの好奇心に境界はないらしい。

「それなら今度買って来よう」

「はい！　楽しみにしています」

それがいつかはわからないが、櫨禅が買って来てくれるものなら何でも欲しい。人の世界への憧れではなく、櫨禅からの好意の具現のような気がして。

そんなにこやかな二人を松蔵は目を細めて眺めている。

「いやあよかったな、櫨禅。こんな可愛いお内儀さんが来てくれてよ。千世の屋敷に足繁く通ってるって聞いてたから、もしやと思ってたがやっぱりだったな。これでお前さんもようやく人並み……いや普通の神並みの生活が出来るってもんだ」

「おい松蔵」

慌てたように櫨禅が口を挟むが、志摩にはわからない言葉があった。

「おないぎさんって何ですか?」

「それはな志摩……」

「おっと今時の若い子には通用しなかったかね。おお内儀さんてなあ、奥方様ってこった。つまり妻だな」

「つま……」

つま、妻……つまり番だ。

志摩ははっと櫨禅を振り仰いだ。

見下ろす櫨禅は「はぁ」と大袈裟《おおげさ》なほどのため息をついている。

「松蔵、志摩は違うぞ」

「そ、そうです。違います、松蔵さん」

言いながらも、志摩の顔は赤い。

(ぼくが櫨禅様の番……奥方様でおないぎさん……)

想像すれば、心がほわんと軽くなる。気持ちを正直に表す尾は、機嫌よくパタパタと自分の背を叩きながら揺れている。

「そうなのかい? 志摩ちゃんだったらお似合いだと俺は思うんだけどなあ」

「今日初めて会っただけでわかるのか、お前は」

櫨禅の突っ込みはもっともである。それに、

「ぼく、ちいさいから駄目です。誰とも番にはなれません」

あえて番になるとするなら同じ体の大きさの神様だろうか。

櫨禅とは絶対に無理だと思った瞬間に、元気だった尾はぺたりと床に伏す。

「いやいや、体の大きさは関係あるけどないね。それにほら、葛ちゃんがいるじゃねえか」

「葛さん?」

「あの子だって、人間の男と添い遂げてるんだぜ? 志摩ちゃんだってすぐに大きくなれるさ。そうしたら問題はないと思わねえかい?」

(大きくなったぼくと櫨禅様……)

志摩はふっと考えた。考えたのだが、大きくなった自分の姿が今一つ想像出来ない。姿見で姿形はわ

かっているが、このまま大きくなってもあまり変わらないような気がするのだ。それでは意味がないような……。

「大きくなったらなれるのかな」

ぽつりと呟いた志摩の言葉にぎょっとしたのは櫨禅で、松蔵はうつ伏せになったまま布団を叩いた。

「なれるとも！　この松蔵が保証する。祝言だって挙げさせてやるさ」

「松蔵、無責任なことを言うな。志摩、こいつの言うことは気にするな。体は前にも言った通り、神力が満ちたらそのうち大きくなる」

「でもまだ大きくなれません」

志摩はもう癖になったように尾を前に回して抱き締めた。この尾が残っている間は、まだ人型に完全になり切れていないということだ。だから大きくなるのはまだまだ先だろう。神様は長生きするから、実はものすごく長い時間が掛かるのではなかろうかと不安だ。

その間、自分はずっと千世の屋敷に世話にならなくてはいけないのだろうか？

それもまた不安の一つにある。

（ぼくの巣――おうち、どこかに作れるかなあ）

千世の屋敷で飼っている鶏《とり》の小屋よりも小さくていいのだが、櫨禅か松蔵に頼めば作って貰えるのだろうか。

そんなことを考えていると、パシッという音と「痛ェ！」という声がした。

「終わったぞ、松蔵」

緑色の塗薬の上に布を一枚乗せて張り付けた櫨禅が、松蔵を叩いたのである。

「馬鹿力で叩くなよ」

「いつまでも寝転がっているからだろうが。ほら、さっさと帰れ。しばらくは無理するな。土を運ぶなら若い衆に頼め」

「駄目か？　俺の腰は」

「無理をしなければ普通に生活していいぞ」

「あっちの方は無理かね」

あっち？　と首を傾げた志摩だが、櫨禅にはわかったらしく重々しく首を振る。

「止めておけ。途中で馬鹿にされるのが落ちだ」

「……乗せるのも駄目かね。ほら、俺は動かないであっちが」

「……松蔵、淵に行って滝に打たれてくるか？　都杷様には話を通しておくぞ」

松蔵は慌てて腰まで下げていた着物を着込み、立ち上がった。痛めた腰は大丈夫なのだろうかと、その敏捷《びんしょう》な動作に志摩は心配になる。

「ちっ、仕方ねえな。櫨禅、この薬は効くのか？　すぐ治るのか？」

「すぐに治るわけないだろうが。そんな薬があれば医者はいらん」

言いながら櫨禅は畳の方へ行き、引き出しから取り出した袋に薬を幾つか入れたものを松蔵へ渡した。

「飲むのと塗るのを入れてある。飲み薬は白湯《さゆ》で飲めよ。前みたいに酒と一緒に飲むな」

「あいよ」

立ち上がった松蔵は、櫨禅の横に座る志摩に向かってひらひら手を振った。

「またな、嬢ちゃん」

「お大事に」

丁寧に頭を下げる志摩を見ながら、

「やっぱりよくできたお内儀さんだ。櫨禅には勿体ない」

と言いながら、松蔵は帰って行った。途端に家の中が静かになり、志摩はほっと肩から力を抜いた。

「すまなかったな、志摩。あいつは悪気はないんだが、軽口が多くてな」

出していた道具を片づける櫨禅の後ろ姿に、志摩は「ううん」と首を振った。

「ぼく、里の人とたくさん話したのは初めてで驚いたけど、楽しかったです」

内容はわからないこともあったが、雰囲気がよかった。雰囲気だけで楽しめた。千世と櫨禅が話している時に感じた疎外感が、松蔵と櫨禅が話をしている時には感じられなかった。

それが何よりも嬉しい。

「滅多に患者は来ないんだ。来ても世間話をしたり、打ち身に効くのやら、酒の飲み過ぎに効くのやらを渡せばあっさり帰って行く。そんな連中ばかりだ」

「さっきの松蔵さんは、何の神様なんですか？」

「松蔵は梟《ふくろう》だ。ああ見えてと付け加えなきゃいけないのがなあ」

「梟!?」

それはもしやリスの自分には天敵ではなかっただろうか。いやいや、まさか人の姿のまま取って食うなんてことはないと思うがと、ぶるりと身を震わせた。

そう言えば、今の今まで暢気《のんき》に暮らしていたが、伊吹以外に本性は見たことがないことに気づく。

（櫨禅様は……何なんだろう？）

こういうのは尋ねた方がいいのか、尋ねない方がいいのかわからない。志摩がリスなのは見ればすぐにわかるし、自身も平気だが、もしかすると知られたくない神様もいるかもしれない。

（うん……知らないでいいなら訊《き》かない。困らないもの）

こういうのは知る機会が来た時にわかればいいのだと、志摩が自分の中で結論づけているのを、怖がっているのだと勘違いした櫨禅が優しく言う。

「心配するな、志摩。都杷様の里で本性が原因で諍《いさか》いになることはない。松蔵以外の梟だっているし、狐《きつね》に狸《たぬき》、馬に牛、他にもたくさんいる。だが誰も気にしちゃいない」

気にするという次元を超えた、年齢を重ねたものたちが多いのだと。

葛や志摩のようにまだ若い神様たちも、そのうちわかるようになるのだという櫨禅の言葉には重みがあり、それで志摩は思った。

(櫨禅様もずっとずっと前には同じことを思ったのかな。本性で悩んだこともあるのかな)

だったらなおのこと、尋ねない方がいいと志摩はさっき考えた櫨禅の本性についてのことを自分の中で強く戒めた。

「志摩、こっちだ」

櫨禅が襖《ふすま》の向こうから手招きするので、志摩はトタトタと小走りに駆け寄った。細長い廊下を隔てると、聞いていた通りに庭に面した部屋がある。卓袱台の上には急須《きゅうす》と湯呑が無造作に置かれていて、生活臭が滲み出ていた。

「向こうのお部屋は何ですか?」

客間というには小さな部屋には左右に襖があり、志摩が隙間がある方を指させば、櫨禅が慌ててピシャリと閉める。

「櫨禅様?」

珍しくも慌てた風の櫨禅は珍しい。

「向こうの部屋は片づいてないから見せられない」

「片づけますよ?」

小さいが故に細々したものを整理するのは得意だ。早苗の手伝いもしているのだから、動かせないものでない限り、たぶん出来ると思っての提案だったが、

「布団」

という言葉に、これは無理だと早々に諦《あきら》めた。

つまり、布団が敷きっぱなしだということだ。

「でも、今日はお天気もいいです。お外に干したらどうですか?」

干すのは手伝えないがと勧めるが、櫨禅は渋る。

「あの、ぼくが見ちゃいけないものがあるなら反対側向いてます。だから、お布団干して、隠してください」

言いながら志摩はくるりと襖に背を向けた。ついでにぎゅっと目を瞑り、絶対に見ないですということを態度で示す。

「……見られて困るというか」

口ごもりながらも櫨禅が隣の部屋へ行った気配が

して、部屋を行き来して何かを片づける音がしばらく続いた。

（洗濯物が散らかってるのかな？　お菓子食べたまま残してたのかな）

志摩が知る櫨禅は、どっしりと構えた実に良識のある男で頼もしいことこの上ない。その上、優しくて力も強く、気配りもある。そんな櫨禅が自分の縄張り――家を散らかったままにしておくだろうかという疑問はある。竈は湯を沸かす以外に使われている気配はなかったが、診療に使っている部屋も土間もきれいだったから、そう思っていたのかもしれない。

「片づけた」

言われて振り返れば、閉め切られていた襖が開き、明かり取りの窓がある畳の部屋が見えた。隅に行燈がある以外には何もない。庭を見れば布団が物干しに重そうにぶら下がっている。

なんとなく満足し掛けた志摩は、あれ、と首を傾げた。

「お布団だけ？」

「……志摩」

おかしいなと思い振り返ると、櫨禅が頭を掻いている。

「今日は洗濯をしない日だ」

「じゃあ明日？」

「……たぶん」

「たぶん!?」

志摩は目を見開いた。まさかという思いが強い。

「じゃあ、じゃあ！　汚れ物はどうしてるんですか？　いつもはいつしてるんですか？」

「風呂に入る時に一緒に洗って干す。昨日はたまたま」

「たまたま？」

じろりと見れば、櫨禅が肩を竦める。明らかに面倒くさがって洗濯をしていないに違いない。

「早苗さんにお願いしたら駄目ですか？」

「それは出来ない。早苗は千世のところの手伝いだ。何より、千世の世話で手一杯だ。飯をついでに食わせて貰ってるだけでもありがたい」

「……葛さんが言ってた意味がわかりました。櫨禅様はおうちのことは何にも出来ないって」

「葛のやつ、そんなことを言ってたのか？」

「櫨禅様だって自分で言ってましたよ。ごはん作れないって」

「作れないんじゃない。不味いだけだ」

それは作れないのと似たようなものである。

なんだか拗《す》ねたような櫨禅が珍しくてじっと見つめていると、

「——幻滅したか？」

と尋ねられた。

「なぜですか？」

「いや、お前の中で俺はしっかりしたいい人という印象なんじゃないかと思ってな。自惚《うぬぼ》れと言われたらそれまでなんだが」

それは自惚れではない。

「しっかりしたいい人だと思ってます。今も」

「今も？」

「はい。それに、ちょっと掃除や洗濯が苦手だっていうのが付け加えられただけかな」

確かに驚いたが、それだけだ。新たな一面を知ることが出来て楽しいと思ったのは、気にしている本人の前では口にしない方がいいだろう。

「そうか」

「葛さんも千世様も早苗さんも知ってるんでしょう？」

「付き合いは長いから当然知っている。伊吹もな」

だったら同じだ。知っていても櫨禅のことを嫌いにならないし、避けてもいない。彼らの好きの引き出しの中にちゃんと櫨禅はいる。

「ぼくも仲間になりました。櫨禅様の秘密を知ってる仲間」

秘密という響きがなんだか嬉しくて、志摩は尾を揺らしてニコニコと笑った。

「嬉しそうだな」

「はい」

千世の屋敷ほど立派でも広いわけでもない。だが、狭い部屋で近くに座っていると、もっと親しくなれる気がした。

その後は、どうせ隠せないのだからと二人で櫨禅の家を隅から隅まで磨き上げた。志摩はもっぱら棚の隙間に手を突っ込んで拭き掃除をする役で、櫨禅が大きなものを抱えたり動かしたり、高いところを掃いたりと体を動かした。

途中、櫨禅に怪我を診てもらいに数人の里の者が来て、そのたびに志摩は、

「志摩と申します。よろしくお願いいたします」

と丁寧に挨拶をした。中には既に千世の屋敷や里の道を歩いている時に会った神もいたが、改めて自分を紹介することで里の中の一員になれたような気になるから不思議だ。


こんなことならもう少し早くから馴染んでおけばよかったと思うも、小さな体で出歩くのは言葉以上に難しいもので、こうして櫨禅の家に連れて来られなければ、志摩の世界は千世の屋敷内だけで完結していただろう。

早苗が晩御飯が出来たと呼びに来るまで、楽しい時は続いた。

葛が町に行って三日目。今日は葛が帰って来る日だ。そのために、千世はどこか機嫌よく見えた。志摩もそれは同じなのだが
(なんだか顔が熱い)
日当たりのよい長廊下に置いた大きな笊にせっせと紫蘇《しそ》の葉を並べながら、志摩は「ふぅ」と息を吐いた。
菜園で今朝収穫したばかりの赤紫蘇を水洗いして

汚れを落とし、それを天日に干すためである。収穫は千世と早苗と志摩の三人で行ったのだが、まだまだ畑には大量の紫蘇が残っている。用途を分けて収穫するらしく、今日は乾燥させた葉が必要で、次に取るのは食用というように、少しずつずらして作業をするのだ。茎ごと使う時には根元を括《くく》って竿《さお》に干せばいいから、今の作業は少々手間がかかるとも言える。

昔は千世の祖母が自家製の梅干を作っていたらしいのだが、梅干名人と呼ばれたその祖母がいなくなってからは、収穫された紫蘇だけ貰って持ち帰り、各自で作るようになったという。

志摩が三十人は乗れる大きな笊が十個、葉を丁寧に伸ばして並べるのは面白いのだが、なかなかに根気がいった。真ん中から順番に外の方に並べながら、風で飛ばないように気をつけなければならない。干す時には笊の上に網を被せればいいから、志摩の仕事は並べるだけで終了だ。

大量にあった紫蘇の一部は、そのまま早苗が持って行った。紫蘇で甘い飲み物を作ってくれるので、楽しみだ。

本当を言うと、志摩は梅干が好きではないので紫蘇は苦手なのだが、梅干しと一緒じゃなければ平気なのかなと少し期待している。

それはよいのだが、

(熱い……)

先ほどから喉が渇いて仕方がない。それだけなら暑さのせいだと言えるのだが、臍《へそ》の奥の方から熱さが感じられる。葉を並べながら、時々板の間に頬をくっつけては熱を冷ましと自分を騙《だま》しながらやって来たのだが、それも高く上った太陽が照らす陽光のおかげで効かなくなってきた。

「ちょっと休憩」

まだ広げ終わっていない葉が飛ばないように空になった箱を被せて、志摩は柱に寄り掛かって足を投げ出した。

気づけばいつの間にか季節は夏に近づいていた。ひと月くらいしかいないのに、随分と暑くなって来たものだ。

長いようで短い里での暮らしも、落ち着いたように思う。まだ危なっかしいからか、仕事の合間に早苗が様子を見に来るのを申し訳なく思うくらいには、慣れたはずだ。

「熱い……」

今度は声に出して言ってみる。

いきなり気温が上がったせいで慣れない暑さに体が対応出来ていないのかもしれない。去年の今頃は毛皮をまとったリスで今よりも暑かったはずだが、あまりその記憶がないのは、土や木の洞を選んで潜り込み涼んでいたからだ。夏になる前に籠から出て山に放されて、最初は食べ物を取るのにも苦労した。置いて行ってくれた種を巣穴に持ち込んで隠して食べながら、山での暮らしに慣れていったのが、随分昔のことに感じられる。

「人間って便利だけど、不便」

夏毛が抜けたら少しは涼しいのに、今の体で抜けるものはない。髪の毛を全部刈ってしまえば涼しいかもしれない。

「これのせいかなあ」

ふさふさとした尾を見つめ、小さなため息。

暑さのせいで尾も元気がない。くるんと勢いよく丸まっているのに、今やへにゃへにゃと力なく横たわっている。

「冷たいからいいけど」

やはり尾を背中から離して冷たいところに触れさせておくのがよさそうだと、志摩は結論づけた。

部屋の奥の方では、葛が帰って来るというので早苗が掃除に忙しい。昨日の夕方、人の村から遣いが来たそうで、新市も一緒に帰って来るのを志摩も知っている。

だから新市の分と志摩の分の寝床を、ふかふかにしておくのだと早苗は張り切っているのだ。

「ぼく、どこで寝ようかなあ」

　葛と新市が一緒に眠るのは確定だ。葛の部屋にお世話になっている志摩は、はっきり言ってお邪魔虫だ。

「空いてるお部屋に寝かせて貰うようにお願いしなきゃ」

　櫨禅の家に泊めて貰おうかと思ったが、伊吹もいるため、もしかすると先日のように酒を飲んでそのまま眠ってしまうかもしれない。

　伊吹と一緒の部屋だけは勘弁してもらうとしても、千世の屋敷には部屋が幾つもあるから、志摩がちょっと布団を敷くくらいの場所は貰えるだろう。賢い早苗だから、もう用意してくれているかもしれないが、念のために尋ねておかなければならない。

「早く終わらせて早苗ちゃんのところに行こ」

　志摩はよいしょと立ち上がった。まだ熱はあるが、休んだおかげでだいぶよくなった気がする。

　葛が帰って来る前にこれを全部笊に上げてしまって、千世や早苗と一緒に竹林まで迎えに行くのだ。土産の饅頭を忘れてはいないだろうか。

　元気よく「ただいま!」と帰って来る葛の姿を想像して、自然に笑みが浮かんだ。

　紫蘇の葉っぱもあと少し。

「よいしょっ」

　引っ張り出して広げて笊に並べて……。

　額から汗がぽたりと落ちたのを見たのが、志摩が最後に見た光景だった。


「――つい……あつ……い……」

　口の中はカラカラだった。だがそれよりも足の先や腿《もも》、首や腹が熱くてたまらなかった。毛皮も着物も何も着ずに、裸のまま冷たい川に飛び込んだらどんなに気持ちいいだろうと、冷たさを激しく求める。

　体を掻き毟《むし》りたくて手を伸ばすが、何か思うように指が動かない。人の長い指に慣れたと思ったのに、自由に動かすことが出来なくなってしまったのだろうか。

「や、たすけ……て……」

自分の体が自分じゃないような気がする。思うように動かせず、バキバキと音を立てて軋《きし》み、中から何かが突き破ってきそうな恐怖が、志摩を支配していた。

コロコロと転げ回りたい。だが、体は動かないし、無理に動かそうとすれば痛みを伴う。

体が激しく揺らされるのがとても痛い。何かが肌に触れると痛みが伝わる。

（痛いのは……いや……）

苦しくて苦しくて、息が詰まりそうなほどで、もう少しで呼吸が止まる――。

そう思った時、本当に呼吸が止まるほどの衝撃が体を襲った。

「――！」

そしてすぐに鋭い痛みが体の中心を貫く。雷に打たれたらそんな風になるのではないかと思うような痛みは、しかし後を引くことはなかった。

代わりに訪れたのは、今まで感じていた熱と息苦しさが幻だったのではないかと思うほど軽くなった手足と、感覚の中に入り込んで来た冷たい何かだった。

「ん……」

体全体がひんやりとしたものに包まれている。冷たくて気持ちよくて、志摩はそれに寄り添った。干上がったように渇いていた喉は、甘くて冷たいもので満たされて、コクコクと喉を鳴らしてそれを飲み干す。なくなればまた新しい冷たいものが流れ込んで来て、渇きがなくなるまで志摩はそれを飲み続けた。

その頃になるともう、体から軋みはなくなっている。体の中から徐々《じょじょ》に感覚が戻ってくる気配がして、大きく息を吐き出した。

最初の呼気は熱く籠ったものだったが、三回目くらいからは呼吸も楽になった。渇いていた喉が潤ったため、体の中と外の循環が楽になり、呼吸がしやすくなったせいだろう。

次第に五感が戻ってくる気配がする。体にまとわりつく邪魔な着物も毛皮もなく、ぬるま湯に浸かっているような妙な浮遊感があった。最初に感じたひんやりとした冷たさはなくなったが、それは志摩の体がそれに慣れてしまったからだろう。もしくは、志摩の方が熱過ぎて、熱が移ってしまったかのどちらかだ。

(ゆらゆら……)

体が揺れる。上下にふわりふわりと揺れながら、志摩は安心してそれに全身を預けた。

(も、だいじょ、ぶ)

既にきつくはなかった。


「落ち着いたかい？」

岩場に立つ都杷を水の中に立ったまま見上げ、樝禅は「はい」と頷いた。

「最初は息が出来なかったが、水を飲んだらだいぶ楽になったみたいだ」

「神力が行き渡りやすくなったからだろう。どれ」

都杷は白くほっそりとした腕を伸ばし、気絶した志摩の頬と額に触れた。真夏でも冷たい淵の中に浸かっていたせいでかなり体温は下がっているが、それがなければ溢れる神力が皮膚を食い破り外に出る勢いだっただろう。

「まだ少し乱れてはいるけれど、もう体が弾けるほどの痛みを感じることはないはずだ」

都杷は志摩の濡れて光る髪を撫でた。閉じられた睫毛《まつげ》に残るのは、涙なのか水滴なのか。悲鳴を上げ、助けを求めて喘《あえ》いでいた口は、今は薄く開かれて穏やかな呼吸が聞こえる。無意識に自身を傷つけようとしたために咄嗟に脱がせた着物で包んでいた手も、今は水の中にゆらゆらと浮いている。

真っ白な肌に傷がつかなくてよかったと、心の底から思った。

真っ白で真っ新《まさら》な志摩の裸体を抱く櫨禅もまた、何も身に纏《まと》ってはいない。岩場にいる都杷からは二人のすべてが見えている状態だが、それを恥ずかしいと思う気持ちはない。それはこの津和の淵が神力を湛《たた》えた神聖な場所であると同時に、これまでも幾多の神が同じように淵の中に身を沈め、浄《きよ》められて来たのを、見て来たからだ。

「櫨禅、お前も冷えただろう。上に温かいものを用意しているから、志摩を連れて上がっておいで」

「もう上げていいんですか？」

「ああ。慣れるまでは浸かりに来て貰った方がいいけれど、それは本人へ話す」

都杷はもう一度志摩の頬を撫でると、裾を翻して母屋へと戻って行った。

その後ろ姿に頭を下げた櫨禅は、腕に抱かれた志摩を見下ろし、胸が上下していることと苦しそうな表情がないことに、安堵《あんど》の息を零した。

「もう大丈夫だ、志摩」

櫨禅に横抱きにされた志摩は、水の上に顔だけ出して眠っている。少し前までは暴れる体を抱き締め、何度も淵の中に潜りながら水を飲ませ、体全体に神力が行き渡るよう肌を水で均《なら》した。

水中でも水の波動は届く。緩やかな波動は、目に見えない波紋となって志摩の体を包み込み、爪先から頭へ、体の中から外へと神力を分散させながら染み渡らせていった。

以前に葛が浸かった時には、膜で包んで保護しなければならなかったが、志摩の場合はそこまでの重傷ではないため、数時間を過ごせばよくなるものでもあった。

その間、櫨禅はずっと志摩を抱いていた。最初は気絶したままでまるで反応のなかった体が、次第に荒くなる呼吸に生きていることを実感した。暴れ、苦痛に顔を歪《ゆが》める姿は辛いものがあったが、意識が戻って来たのだと思えば耐えてくれと願うしかなかった。

志摩を抱えて水の中に何度も潜り、呼気を吹き込み、湧き出る神水を飲ませ、手のひらで体に触れた。医者として――。

（本当に……？）

浮かんだ疑問は頭を振って払い去り、櫨禅は志摩を抱いたまま淵から上がった。岩場の上の方には二人分の着物が用意されていた。都杷が置いたのだろう。

大判の手拭で水気を拭い、志摩に手早く着物を着せてから、自分はおざなりに纏って帯を締めただけで再び志摩を抱えた。

腕の中にある重みが、今の志摩の姿を実感させた。

「これが、ぼく……？」

赤い鏡台の前にぺたりと座って、志摩は信じられないと鏡の中を見つめた。

「そう、それがお前」

鏡の中の都杷が微笑むのを見ながら、志摩はそっと鏡面に触れた。手を伸ばせば、鏡の中の少年も同じように指を伸ばす。

「ほら、言った通りであろう？　そこにいるのは幻でも何でもなく、本物の志摩だよ。紛《まが》い物でも、被り物をしているのでもない」

都杷は言いながら、柘植《つげ》の櫛《くし》を志摩の手に持たせた。

「ほら、これで髪を梳《す》いてごらん。もう乾いたけれど、だいぶ濡れて変な癖がついてしまっているかもしれない」

手にした櫛はすんなりと手に馴染んだ。そう、都杷の櫛を片手で握ることが出来るのだ。

志摩はそっと櫛を髪に当てた。短かった髪の毛は、今は胸のあたりまで長く伸びている。一か所だけ違う栗の実色の髪も同じように長く、前に垂れている。

ゆっくり櫛を動かすと、鏡の中の髪も同じように梳《くしけず》られていく。ぼんやりと作業的に手を動かしながら、志摩はまだ信じられない気分でいっぱいだった。

(大きくなってるんだ、ぼく)

ほんの少し前までは、今の志摩の手のひらほどの大きさしかなかったのに、今や早苗や千世たちのように大きな人の姿に変化した。

「あ、しっぽ」

リスだった自分の本性は、振り向いた先にはなかった。くるんと巻かれた自慢の尾があった場所はつるんとしたもので、思わず手で尻を触っても痕跡すらない。

「なくなってる」

「神力が行き渡ったからだよ。これで一人前……とは言わないけれど、神としても成体になれたということだ」

志摩の手から櫛を取った都杷は、長くなった志摩の髪を後ろの高い位置で括ると、おいでと言って立ち上がった。

言われるまま手を引かれ、襖を開けた隣の部屋へ行くと、茶卓の前に櫨禅が座っていて志摩は目を見開いた。

「櫨禅様……」

声はあまり変わっていないような気がするが、立ったままとは言え、座っている櫨禅を見下ろしたことのない志摩には貴重な経験だった。

「体はもう何ともないのか?」

「あ、はい。平気です。少し変な感じがするけど、でも大丈夫です」

ポンポンと隣の座布団を示され、志摩はいそいそと駆け寄り、そこに座った。

そんな志摩を櫨禅が首を傾げて眺めている。

「お前は最初から歩けるんだな」

「え？　はい、歩けます」

たぶん走ることも出来るだろう。小さかった体の時とは多少感覚は違うが、すぐに慣れる程度の認識しか志摩にはない。

「志摩は自然な流れで成長したからね。無理矢理大きくなれば体が言うことを聞かないで、慣れるまでに練習が必要なものだけれど、志摩は違う。おそらく、少し前から体に異変はあったと思う。ただ、あまりにも小さ過ぎて本人も周りも気づかなかっただけだろう」

確かに、予兆らしい予兆はなかったと思う。ただ、

「時々、少し胸が苦しくて痛くなりました。これも関係ありますか？」

もしそうなら、見逃していたことになる。

「胸？」

訊き返したのは都杷と櫨禅の両方だった。

「はい。時々、本当にほんの時々だけど、ぎゅってなりました」

「今もなのか？」

尋ねた櫨禅は医者の顔をしていたが、都杷の方は何か口を開きかけて考えるように唇に指を当てた。

「櫨禅、病ではない」

「都杷様」

「心配は無用だ。どちらが先かという話になると私にもわからないが、体が気持ちに追いついたのだと思う」

志摩は首を傾げた。都杷の言っていることが難し過ぎてよくわからなかったからだ。

「まあ気にすることではない。誰もが通る道で、お前もそれに倣《なら》っただけのこと。体は動いても、今までとは違う場面も多いから慣れるまではあまり無理はしないようにな」

「はい」

「志摩」

都杷の銀色の瞳がすっと志摩を見つめた。

「これからお前の世界は広がる。ようく自分の目で

見て、聞いて、そして確かめよ。誤った選択は自身をも傷つける。人でも神でもそれは同じこと」

「はい」

「困ったことがあればいつなりと話をしにおいで」

思った以上の優しい気遣いの言葉を掛けられ、志摩は深く頭を下げた。

「よろしくお願いします」


薄暗い山道を櫨禅と二人で下りる。

「あの、櫨禅様、ぼく一人でも歩けます。だから、手を」

志摩は自分の手を握る大きな手を見下ろした。都杷の家を出てからしばらくは普通に並んで歩いていたのだが、何度か志摩が小石に躓《つまず》くということを繰り返した結果、櫨禅に手を引かれることになってしまった。


「あの、櫨禅様?」

都杷の家を出てから櫨禅はずっと黙ったままだった。無言のまま、志摩の手を取り、先へと歩くその背中は、今までと違って近く見えるのにまるで壁のような気がした。

手のひらに乗っていた時にはすぐ近くにあって、手を伸ばせば届いた距離が、今は逆に遠くなった気がする。

足早に山道を下る櫨禅は何も言ってくれず、それが志摩には悲しかった。

いきなり体が大きくなったことには驚いたし、困惑もあった。だがそれ以上の喜びを覚えたのは、櫨禅の姿を見たからだ。

——これでおんなじ。

何と同じなのか、櫨禅と同じなのか、それとも他の何かと同じなのか。曖昧《あいまい》で漠然とした思いでありながら、確実に言えるのは小さかった時には出来なかったことが出来る、ということだ。

（手、繋いでる）

手のひらがぴったりと合うように繋ぐのも、小さかった時には出来なかった。触れ合う場所は広く、そこから熱が伝わってくる。

（でも……）

温かいのに寒く感じるのはなぜだろうか。

大きくなったと言っても志摩と櫨禅の背丈は随分違う。自分は小柄な早苗と同じか、もしかするとそれよりも小さいのではないかと、大きくなってもまだ上にある櫨禅の頭を見ながら、志摩は徐々に気分が降下するのを感じていた。

それは足にも伝わり、ついて行こうと必死に動かしていた足から力を奪い、とうとう歩くのが止まってしまった。

「……志摩？」

動かなくなって初めて志摩を振り返った櫨禅が目の前に立ったが、もう志摩の目は櫨禅を見てはいなかった。

「……ってください」

「何て言った？」

「行ってください。ぼくを置いて行ってください」

「行けるわけないだろう。こんな山の中に」

「いいです。都杷様のところに戻るから。戻って泊めて貰うから、櫨禅様は行って」

「志摩」

少しきつめに名を呼ばれ、志摩はびくりと肩を揺らした。

「どうしてそう思うのかわからないが、とにかく帰るぞ。葛も心配している」

（葛さん……）

小さな友達の顔が瞬時に浮かんだが、それを少しの間振り払う。

「……急いでるんでしょう？　ぼくは歩くのが遅いから行ってください。葛さんや千世様が櫨禅様を待ってる」

自分でもどうしてこんな我儘《わがまま》を言うのかわからな

い。ただ、遠くなってしまった櫨禅が悲しくて、悲しむ自分を見たくなくて、離れたいと思ってしまった。

いやいやと手を離してくれと動かすも、繋がれた手が解けることはない。当たり前だ。力では圧倒的に櫨禅には敵わないのだから。

「ぼく、わからない。櫨禅様がわからない」

「俺がわからない？　俺の何がわからない？」

「だって、櫨禅様、ぼくを見てくれない。大きくなったぼくはいらない？　小さくないからもうお世話しなくていい？」

頭上でため息が聞こえ、それから腰のあたりで笑い声が聞こえた。

え？　と足元に落としていた目を少し上げると、屈《かが》んだ櫨禅が下から志摩を見上げていた。

「そんなことを考えていたのか、お前は」

「だって……さっきから何にも喋ってくれない。怒ってるんでしょう、ぼくのことを」

千世の屋敷で紫蘇の葉を干していたはずが、どうして津和の淵にいたのか、その間の記憶は志摩にはない。だが、櫨禅がいたということは、具合が悪くなった志摩を都杷のところへ運んだのが櫨禅ということで間違いない。

医者の務めだと言われればその通りだが、怪我をした時に続いて何度も世話になるのは申し訳なさが先に立つ。それに、

「……櫨禅様が近くない」

だったら最初から自分で距離を取った方がいい。

「お前は誤解している。急いでいたのは日が暮れる前に山を下りきってしまいたいからだ。それに俺までお前を見ていたら、二人して一緒に転んでしまうぞ。俺に後ろを見ながら歩けというのか？」

咎《とが》めているようで、声は優しかった。

「それなら置いて……」

「それこそ馬鹿言うな。里の中で俺たちに危害を与えるものがいないと言っても、怪我をしないわけじ

ゃない。もしそうなら俺みたいな医者も不要だからな。それに、ここは都杷様の山だ。俺たちが下りるまでは普通の道だが、時々別の場所に続いていることもある」

それは初耳だ。

「じゃあ、迷子になってしまうこともあるんですか？」

「運が悪ければそうなる可能性もあるということだ。今は都杷様が見てくださっているから下りるまでは一本道だが、長く時間を掛けると都杷様にも悪い」

「あ」

だから櫨禅は急いでいたのかと、志摩は思い当たって赤面した。確かに暗い山道は初めての志摩には不案内で、夜目は効くと言ってもついふらふらと道から外れてしまえばどこへ行ったものかわからなくなってしまうかもしれない。

都杷が見張っていても、ちょっと目を離した隙にやって来るのが不運というものだ。もしそれで志摩が山から戻らなければ、都杷も櫨禅も心配するどころの話ではない。

神様の住む里の、神が住む山で神隠しなどというのは外聞が悪いことこの上ない。

「……ごめんなさい……ぼく、自分勝手言ってました」

拗ねて、思い込みで独りよがりな考えに浸っていた。まるで自分が悲劇の主人公のように。

「いや、俺も悪かった。お前のことを考えずに早くとばかり思って気が急いていた」

「櫨禅様は悪くないです。ぼく、急ぎます」

立ち止まっていた分を取り戻そうと駆け出した志摩だが、草履の先を引っかけて転びそうになる。あ！　と思った体を支えたのは後ろから伸びた腕で、志摩の腰をしっかりと抱えた櫨禅の溜息がうなじに落ちた。

「ご、ごめんなさい……っ」

言った側からこうして転びそうになるのだから、

櫨禅が手を離さずにいたわけだ。

「慌てなくていい」

「でも」

振り返って見上げた櫨禅はどこか呆《あき》れた表情を浮かべていた。

「お前が小さかったら抱えて歩くんだが」

「……すみません」

確かにそれが一番早い移動方法なのは間違いない。

「あの、ぼく、もう一度小さくなります」

「どうやって?」

「頑張って。頑張って小さくなりたいってお願いしたら……」

なるわけがない。神力が暴走するくらい溢れた結果が今の姿なら、神力が不足するまで放出しなければ、小さくなるのは無理だろう。それに、放出するにしてもやり方がわからない。リスだった志摩に特別な能力があるなら別だろうが、今のところ大きくなっただけで特に秀でた何かが備わった感じはないのだ。

ただ、志摩が安易な気持ちで口にした台詞は、櫨禅には聞き逃せないものだったらしい。

「馬鹿なことを言うな。小さくなるということは、それだけお前の生命が危なくなるということなんだぞ。体を維持出来ないほどに弱ってしまった神は消えるしかない。お前はそれでいいというのか?」

「消える……んですか?」

「放っておけば消える。神に寿命はないと言われるが、何らかの原因で力が失われれば姿は消えてしまう。長い眠りにつくこともある」

「でも、葛さんは……? 葛さんは小さかったり大きかったりするんでしょう?」

「葛は別だ。葛の場合は一時的に神力を高めて維持させているに過ぎない。維持するにも多くの神力を必要とする。もうそろそろ自力で姿を成長させられるようにはなっているようだが、安定には程遠い」

神力が失われた時、葛は生きるか死ぬかの瀬戸際にいた。

　それを知っている櫨禅には、志摩の「小さくなる」という発言は聞き逃すことが出来ないほど重いものだったのだ。

「じゃあ、小さくならない方がいいってことですか？」

「自分からなる必要はない。なってしまったら、その時はまた世話をするだけだ。だが弱ったお前はもう見たくない」

　腹に回った腕にぎゅっと力が籠ったのがわかった。背中を通して櫨禅の温もりが伝わってくる。

「もう怪我をしてくれるな。もう、痛いと泣くな」

（櫨禅様……）

　嬉しいと志摩は思った。

「ぼく、これからもお世話になっていいですか？　これからも櫨禅様と——櫨禅様たちと一緒に仲良くして貰えますか？」

「当たり前だ。お前ももう里の一員で、みんなの家族だ」

「……はい」

　志摩は小さく笑った。櫨禅にそう言って貰えると嬉しい。嬉しいのだが、何かが違う。

（あれ……？）

　また少し胸がちくりとしたが、

「最初からこうすればよかった」

　と言いながら志摩を背負った櫨禅の行動に驚いているうちに、それもわからなくなってしまった。

「ろ、櫨禅様っ！　下ろして！」

「下ろすとまた転ぶぞ。黙って負ぶわれていろ」

「でも……恥ずかしい。小さくないから重いでしょう？」

「恥ずかしいもなにもここは山の中で誰も見ちゃいない。見ているとすれば都杷様くらいなもんだ。それにお前は軽いぞ、志摩」

「軽くないです、たぶん」

「新市や伊吹よりも軽い。あの松蔵よりも軽い。内緒だが、もしかすると早苗よりも軽いかもな」

それは喜んでいいのか、悪いのか。

「櫨禅様、そんなにたくさんの人の重さを知ってるなんてすごいですね」

もう諦めて背中に大人しくしがみつくことにした志摩の疑問にも、すぐに返事が来る。

「言っただろう？　俺は医者だって。怪我をしていれば運ぶし、酔い潰れたやつの介抱もする。山の中で木の下敷きになった連中三人を抱えたこともあるぞ」

「三人も！」

それはすごい。

「力はあるからな」

「あの、櫨禅様は……櫨禅様は何の神様なんですか？」

前々から気になっていたことを尋ねると、櫨禅は簡単にその本性を告げた。

「熊だ。人の世界では羆と呼ばれている種だ」

「熊……」

志摩は見たことがない。狐や狸や兎《うさぎ》、猿は山の中で見かけたが、熊は見たことがなかった。

「大きいですか？」

「大きいぞ」

「強いですか？」

「強いぞ。力じゃ誰にも負けない。手には爪、口には牙。強そうだろう？」

牙と爪を持つ動物は他にもいるが、熊はそれよりも強い生き物なのだろう。

「じゃ、じゃあ」

志摩はゴクリと唾《つば》を飲み込んだ。

「……リスを食べますか？」

恐る恐るの質問に返って来たのは、明るく太い笑い声と尻をパンッと叩く手のひらの感触だった。

「今のところ食うものには困ってないからな、リスを食おうという気にはならん。そもそもリスは美味いのか？」

「さ、さあ？」

「リスを食うくらいなら他のを食うさ。食われたいというのなら別だが」

見えない背中で志摩はブンブンと頭を振った。都杷に結んで貰った髪の毛の根元の紐が緩んで落ちそうになっているが、食べられないことの方が重要だった。

「あ、でも」

「どうした？」

「もしも、櫨禅様が餓えて、どうしようもなくてリスしかいなかったら食べてくださいね」

「……お前を食ってまで生き延びようとは思わんよ。それに、そうなる前に何とかする」

だからお前を食うことはないのだと今度は軽く尻を撫でられ、志摩はそのまま櫨禅の肩の上に頭を乗せた。

短い髪の毛と耳が見える。斜め後ろから見る横顔は、大きくなった目で見ても志摩が知っている櫨禅と同じだった。

「櫨禅様は、どうしてそんなに優しいんですか？」

なぜ櫨禅までもが都杷のところにいたのか。なぜこんなにも親切にしてくれるのか。

志摩は自分が櫨禅を慕っていることを自覚している。命を助けてくれた恩人で、その後も引き続き優しくされ、話をすれば人柄に惹《ひ》かれるのは自然な流れだ。だが、櫨禅は違う。

櫨禅にとっての志摩は、ただの患者にしか過ぎない。付加価値をつけるとすれば、櫨禅が可愛がっている葛が仲良くして、櫨禅の幼馴染の千世の屋敷に世話になっているというくらいで、志摩自身には何の繋がりもないのだ。

そのことがあるから、志摩の中に寂しさが生まれるのだ。

「どうしてだろうな」

櫨禅の呟きは、志摩の問いかけに対する答えではない。だが、それ以上尋ねてくれるなという音にならないもう一つの声を聞いた気がした。

だから志摩はそれ以上を尋ねなかった。

ただ、しっかりと櫨禅の体に腕を回して抱きついた。

もういっそこのままくっついていたいと、心のどこかで望む自分の声に従うように。

帰った時にはもう暗くなっていたが、

「志摩ちゃん！」

玄関をうろうろしていた葛が真っ先に飛びついて来た。

「よかった！　元気になったんですね！」

「うん。ごめんなさい、心配かけて」

「はい、心配しました！　でも、新市さんが大丈夫だって言うから、待ってたんです」

ね、と振り返った先には金髪の男がいて、志摩は丁寧に頭を下げた。

飛びついて来た葛を恐る恐る抱えると、手を伸ばした葛が志摩の鼻先を撫でた。

「よかったですね、大きくなれて」

「うん。でもよかったのかどうかわからない……」

「だけど志摩ちゃん、大きくなりたがっていたでしょう？」

「ぼくが？　そんな風に見えた？」

「はい。大きくなれたらいいなあって顔で千世様や櫨禅様を見てました」

志摩はぼっと頬を赤くした。自分では気づいていなかったが、葛からはそんな風に見えていたのかと、第三者から指摘された事実に恥ずかしさが募る。

それから葛は少し体を離して志摩を見上げ、ほわっと笑みを浮かべた。

「志摩ちゃん、可愛くなってます」

「えっ」

「ええと、小さい志摩ちゃんも可愛かったけど、今の志摩ちゃんも可愛いですよ」

「あ、ありがとう。葛さんも可愛いです」

いやいや志摩ちゃんの方が、いやいやいやいや葛さんがと玄関先で和む二人は、痺《しび》れを切らした千世が呼びに来るまでずっとそうしていた。

志摩が、自分は二日の間ずっと都杷の家に世話になっていたのだと知り、平身低頭して心配を掛けたことを謝罪したのは言うまでもない。

そしてもう一つ。

「——よかったな、志摩」

葛を膝の上に乗せ、櫨禅の隣に座って談笑していた志摩に掛けられた千世の声がとても硬かったのが、耳に強く残った——。


そして志摩は今、櫨禅の家の一室に間借りしていた。

それには幾つか理由があって、一つには千世の屋敷にそのまま世話になるには、人が集まり過ぎたというのがある。

人の里から帰って来た葛と新市、そして里の中に定まった住処《すみか》を持たない伊吹が居ついているため、いきなり大所帯になってしまったのである。

葛と新市は、自分たちの家でもあるので最初から問題にはならないが、自分までも世話になるのは……と遠慮が働いてしまったのだ。

早苗は一人二人増えたところですることは一緒だからと言ってくれたのだが、どうにも気後れしてしまう。それに、これればかりは誰にも言えないのだが、黒い犬の姿で過ごす伊吹の側には出来るだけ近寄りたくなかったのだ。

服を着替えなくていいから早苗も楽だし、自分も楽だと言い切る伊吹に悪気はない。葛も犬の姿の伊吹の方を好いているところがあるし、何よりも神様として先輩の伊吹に、

「怖いから犬の姿を止めてください」

などと言えるはずがない。

出来るだけ避けて過ごしてはいたのだが、出会い頭にビクビクしてしまうのを、慣れない体のせいにするのは苦しい言い訳だった。

（それに千世様が……）

どうにも顔を合わせ辛い。過敏になり過ぎていると思わないことはないのだが、同じ部屋で仕事をするのを窮屈に感じてしまう。

体が大きくなった志摩だが、仕事場ですることは一緒だった。薬の葉を束ね、薬包紙を引き出しに収め、時々は薬草になる葉や実を取りに出かけたりと、日常は変わらない。そうして葛も交えて作業をしている時はよいのだ。

ただ、そこに櫨禅が加わると部屋の空気が一気に緊張した。直射日光は入らないが、風通しもよい部屋なのに、櫨禅が来るだけで千世が変わる。

表情に出るわけではない。ただ、視線が追うのだ。櫨禅を。葛に話し掛けている時も、志摩に体の調子を聞いている時も。

（千世様……）

志摩は気づいてしまった。千世が櫨禅に向ける情は、決して幼馴染に寄せるだけのものではないことに。

なぜか。それは同じだからだ。

（ぼくもおんなじだから……）

千世と話をする櫨禅を目で追ってしまう。そんなに寄らなくてもいいんじゃないかと思ってしまう。自分には入り込めない二人だけの話をしていると、胸がチクチクする。

小さな志摩にはわからなかったその痛みは、きっと恋というものなのだろう。

葛が新市に寄せるような、特別な愛情。特別に好きだという一等大事な気持ち。

志摩は胸を押さえた。この胸の中には櫨禅への気持ちが収められている。誰にも告げないで隠しておきたい一人だけの思いが詰まっている引き出しがある。

だから、本当は櫨禅の家に世話になるつもりはなく、早苗にこっそりと相談していたのだ。里に新しく家を建てて持つにはどうしたらよいのかと。

どちらにしろ、大きくなったのだから独り立ちしなくてはいけない。

志摩の中では神様としては新米だが、庇護《ひご》を得なければならないほど小さいわけではないのだから、自分の家を持つのは当然の成り行きでもあった。

それが……。

(まさか聞かれていたなんて思わなかったよ……)

屋敷の中だと他の人に聞かれる可能性があるから、念のため、家に帰るのに屋敷を出た早苗と村の中を歩きながら話していたのが悪かったのか、夕方で仕事帰りの神様や、軒先でのんびり話をしている神様たちがいたせいなのか、志摩が千世の屋敷を出るという話は、早苗と別れた志摩が屋敷に戻る頃には聞かれたくない人たちに知られてしまっていた。

葛は「ずっとここにいればいいのに」と言い、伊吹は「家が出来てからでいいだろう」と軽い調子で、新市はじっと志摩を見つめて葛を膨れさせ――。

その結果、

「どうしてなのかなあ……」

嬉しいのだけれど、一番想定していないところに来てしまった。

すなわち、櫨禅の家である。

はたきを掛け、廊下を拭き、散らかっている本を丁寧に書棚に戻しながら、志摩は「はぁ」とため息をついた。

側にいられて嬉しいのだが、どうにもむずむずしてたまらない。

「はぁ」

もう一度ため息をついた時、板の間の方から朗らかな声が掛けられた。

「おや、志摩ちゃん。悩ましげだねえ」

「お蝶様」

格子戸《こうし》を開けて入って来たのは反物を作っている お蝶で、大きな花柄模様の明るい色をした着物姿の彼女は、抱えていた風呂敷包みを板の間に置いた。

「櫨禅様はお出掛けです。今日は村に行くと言ってました」

昼飯を食べた後、薬箱を持って竹林の向こうへ行く櫨禅を見送ったのはつい先ほどのことだ。戻って来てすぐに掃除を始めたから、そう時間は経っていない。

「ああ、いいんだよ。今日は志摩ちゃんに用があって来たんだから」

ちょいちょいと婀娜《あだ》っぽく手招きされた志摩は、はたきを置いて板の間に座った。

「ぼくにですか？」

「そうそう。志摩ちゃんにねえ、いいものを持って来たんだ」

うふふと笑いながら開かれた風呂敷包みの中には、着物が数枚丁寧に畳まれていた。


「これね、志摩ちゃんのお着物なのよ」

「えっ⁉　ぼくのですか？」

「うん。急に大きくなって着るものがないと困るでしょう？　だから、急いで仕立ててみたのよ」

おっとりと喋るお蝶は、一番上の着物を広げると志摩に合せるように広げた。

「志摩ちゃんにはちょっと地味だったかしら？」

薄い灰茶色の地に金色の蔓草《つるくさ》模様。色数が少ないのを見れば地味なのかもしれないが、志摩には上等にしか見えない。

おろおろしている間に、お蝶は次の着物を志摩に宛がう。こちらは明るめの紺と白地に花模様の華やかなものだったが、

「これは余所行き用だわねえ」

と次に回される。茶色に手毬《てまり》模様、緑に小花、金《きん》柑《かん》色の千鳥というように、何枚も宛た後、お蝶は言った。

「とりあえず、これを着ててちょうだいな。志摩ち

ゃんにぴったりのを今度は持って来るから」

やっぱり余っていた反物だとうまくいかないものねえと呟くお蝶を、着物に埋もれて呆然《ぼうぜん》と見ていた志摩は、

「あの！」

と、ようやく声を出すことが出来た。

「ぼく、そんなにたくさんはいらないです。早苗さんからも兄弟が着てたのを貰ったから、大丈夫です」

今着ている縦縞のも、早苗の兄のお古だ。弟に下げる分はたくさんあるからと、大きくなった志摩のために家から何枚も持って来てくれたのだ。その中に、早苗の母からと言って、割烹着が混じっていたのは家事をしなさいということだと志摩は受け取った。

「早苗ちゃんちから貰ってるのは知ってるのよ。櫨禅様に聞いたから。でも、どうせなら志摩ちゃんだけのがあった方がいいわよ」

言いながらお蝶は一緒に持って来た組紐で、志摩の髪を結った。

「志摩ちゃんはねえ、まだ出来たての神様だから神様に守られていた方がいいのね。ほら、都杷様の淵のお水、あれとおんなじ。あたしたちからの志摩ちゃんへの贈り物よ。少しでも神力が安定しますようにって」

「ぼくのために……？」

「ええ。特別でもなんでもないのよ？　あたしたち、みんなに着て貰いたくて作ってるから。これからもご贔屓《ひいき》にね」

お蝶は笑いながら志摩の頭を撫で、カラコロと下駄を鳴らして帰って行った。

しばらく板の間に座り込んだままだった志摩は、はっとして着物を集め、丁寧に畳み直した。

「こんなに親切にして貰ってもいいのかな」

ありあわせの反物だと言っていた。だが、志摩のために仕立てたとも言っていた。

「……いいのかな、貰っても」

畳みかけの着物を手に取り、鼻に近づけるとほんのりと花の香りがした。お蝶が使っている香の匂いが移ったのだろう。

「優しい匂い」

里に来て、無条件に優しくして貰えて、独りぼっちだった志摩にとってこれ以上幸せなことはない。

なのに、心の隅に少し影があるのはどうしてなのだろう。

朝昼晩の食事は千世の屋敷で取り、昼までの間に千世の仕事を手伝う。午後からは櫨禅の診療所で働くというのが、志摩の生活になった。

相変わらず葛とも仲良く、新市が描く絵も見せて貰った。葛と一緒にお手玉を作っている絵も描かれたことがある。絵描きだと聞いているが、人の世界での仕事が一段落したせいか、絵を描いている姿よりも葛と一緒に何かをしたり、屋敷の仕事をしている姿を多く見かけた。

伊吹が笑いながら教えてくれたところによると、千世と新市の関係はそれ以上は進展しようがないらしい。嫌っているわけではないが面白くないのが千世で、舅には腰が低いのが婿の新市という構図は、人間の世界でもよくあることだと伊吹は言う。

本人たちがそれで納得して同じ屋敷に住み、喧嘩《けんか》をしたりしないのであれば口出しすることではないと思うのだが、

「千世様も新市さんもまだまだ子供なんです」

葛が訳知り顔でそう話すのを聞いた時には、失礼だが笑ってしまった。

確かに、三人の中では一番葛が大人のようだ。

「志摩」

「はい」

庭の草むしりをしていた志摩が呼ばれて家の中に入ると、櫨禅から袋が入った籠を渡された。

「すまないが、これを林前の太志《たいし》と、川上の花村《はなむら》に届けて来て貰えないか？」

「太志さんと花村さんですか？」

そのどちらにも会ったことはあるが、住んでいる家は知らない。

「太志の家の前には大きな狸の置物がある。花村の家は丸い屋根だ。揚げ物を売っている店だから、匂いでわかると思う。もしわからなければその辺を歩いている里の者に聞けば喜んで案内してくれるはずだ」

「わかりました」

志摩は割烹着をいそいそと脱いで、土間に下りた。

「すまないな。どうしても明日届けなくちゃいけない薬があって」

「大丈夫です。ぼくもだいぶ慣れたから」

「里の中を歩いている限りは安心だからな。伊吹に案内させようか？」

それは全力で遠慮した志摩は、他に用事がないか、寄るところはないかを確認して格子戸を開いた。ちょうど入って来た松蔵に会釈をして外に出ると、すぐに、

「やっぱりいいお内儀さんだ。なあ櫨禅よ、お前もそう思うだろう？」

と喋っているのが聞こえ、恥ずかしくなった志摩は櫨禅が返事をする前に足早に遣い先に向かった。

遣いは手早く済ませることが出来た。道を歩きながらすれ違う里の者に「志摩ちゃん」「志摩ちゃん」と声を掛けられるのにも、だいぶ慣れたと思う。まだ上手に受け応えをすることは出来ないが、志摩はそんなものだと思われているらしい。

自分で思っている以上に里の者が志摩のことを知っているのは、診療所に来た者たちが話して回っているのと、散歩先で葛がよく「志摩ちゃんはね」と喋っているかららしい。照れるものの、志摩が里に早く馴染むように葛も頑張っているらしい。これは櫨禅に聞いた話だ。

「お土産、いっぱい貰った」

薬袋を入れていた籠の中には、瑞々しい胡瓜《きゅうり》が五本、艶々《つやつや》して磨けばきゅっとなりそうな茄子《なす》が二個、わさわさとした青菜、作りたての豆腐が入っている。どれも寄った先や帰り道で櫨禅様と食べてねと渡されたものだ。

早く見せたくて、志摩は走った。まだ早く走ることは出来ないが、転んで落とさないように気をつけながら走った。

人の世界に繋がる竹林を管理する千世の屋敷の隣にある櫨禅の家は、里の中心からは離れている。橋を渡り、一生懸命走った。お遣いの成果を早く見せたくて。

ハァハァと乱れた息が恥ずかしく、志摩は家に入る前に落ち着かなければと離れたところで立ち止まって深く息を吐いた。

そしてゆっくりと格子戸を開いた志摩は、そこに櫨禅の姿がないことに首を傾げた。

「襖が閉まってる」

それに土間には草履が並べて置かれている。

「お客様かな？　それとも患者さんかな？」

普段は板の間を使って診察や治療をしている櫨禅だが、中には姿を見られたくないと望む者もいる。そういう場合や、寝かせての治療が必要な時は、畳の部屋へと通される。怪我の程度というよりも、本性を出して治療しなければならない時に、そういう配慮がされるようだ。

ならばと志摩は庭から回って部屋に入ることにした。どうせ洗濯物を入れなくてはならないのだ。どちらから入っても一緒である。

籠を抱えて庭に出た志摩は、縁側に籠を置いて物干しに掛けていた敷布や手拭、肌着を取り入れた。最初は洗濯させることを遠慮していた櫨禅だが、早苗に洗って貰うのも志摩が洗うのも同じだ、むしろ志摩の方がいいと思い至ってからは素直に洗い物を出すようになった。

「お日様の匂いがする」

ほかほかで、鼻を押し当てると草とお日様と土が混じった匂い。

千世の屋敷ほど広くない庭でも、十分に太陽の恩恵を受けることが出来るので、洗濯もし甲斐《がい》があるというものだ。

両腕に抱えた肌着や着物や敷布を、とんと廊下に置いて志摩は、そっと中を窺《うかが》った。縁側に面した部屋の障子は開いているが、廊下側の方の襖は閉まっているため、仕事部屋の様子は見えない。

志摩は出来るだけ襖から離れた場所で洗濯物を畳んだ。大きなのは櫨禅ので、小さいのが志摩のもの。畳んで分けて、引き出しに仕舞って終わり。

二人分なので大した量ではなく、すぐに終わってしまって志摩は手持無沙汰になる。

(長く掛かるのかなあ)

ちらと襖を見て、飲み物でも入れようかなと腰を上げかけた時である。


「——お前はっ！　本気なのか!?」

襖を震わす大きな声が聞こえ、志摩はビクッと肩を揺らした。

(この声……千世様？)

不機嫌に小言を言っている声を何度か聞いたことがあるため、おそらく間違いないはずだ。だが、ここまで荒げるほどの声を聞いたことがなく、一体襖の向こうはどうなっているのだろうと不安になる。

(どうしよう……どうしたらいいんだろう)

物を投げたり倒したりする音が聞こえないのは幸いでも、もしも殴る蹴るの喧嘩になってしまえば、志摩には止める術《すべ》がない。それ以前に、櫨禅が千世に手を出すとは思えないのだが、千世が櫨禅を殴る姿も見たくはない。

何も知らなかったふりをして、たった今帰って来たばかりを装って、ただいまと大きな声を掛ければ、もしかすると喧嘩を止めてくれるかもしれない。

それはとても名案に思えたのだが、

（あ、洗濯物が……）

物干しにはためいていた洗濯物が箪笥に仕舞われていることに気づかれてしまえば、逆に気まずくなるだけだ。

その間にも、二人の口論は激しくなる。口論というよりも、感情的になった千世が一方的に櫨禅へ憤りをぶつけているように聞こえる。

（千世様、何を怒ってるんだろう。櫨禅様が何かしたのかな）

小言はよく言われると、櫨禅も葛も言っていた。しかし、これは小言の範疇《はんちゅう》には含まれそうにない。

（葛さんのことで何かあったのかな？）

二人が互いの意見をぶつけ合うとすれば、一番最初に考えられる理由は葛だ。教育方針――つまりは距離の取り方が二人それぞれに違えば、見守り方にも差が出てくる。それが普段の二人の諍いの原因とすれば、葛に間に入って貰えば何とかなるのでは。

志摩はそう考え、そっと畳に膝をついて庭に出ようとした。

しかし、

「お前が嫁を貰ったと、里の者は口にしている。嫁にしたのか、するつもりなのか、お前は一体どう思っているんだ」

（嫁？　櫨禅様がお嫁さんを貰う？）

聞き捨てならない台詞は、志摩の動きを止めさせた。聞かない方がいいと囁く自分がいる一方で、もう一人が志摩に聞けと命じる。

櫨禅が嫁を貰うという話は志摩も聞いたことがない。知らないだけで縁組だけが進んでいたと考えられなくはないが、いくら志摩が疎《うと》くても常に側にいる櫨禅にそんな相手がいるとは考えられない。

（きっと千世様の勘違い）

そうに違いないと、言い聞かせるように頷く。

「それは単なる噂だ。俺は誰も娶《めと》るつもりはない」

「娶らなくても、一緒に暮らしているだけでそう思われているのが問題だと言っている」

（一緒に、暮らす？）

まさかという思いで、志摩は大きな目を見開いた。

（ぼく？　ぼくのことを千世様は言ってるの？）

それまでとは違った意味で、志摩の体は固まった。

「――志摩は違う。そんなんじゃない」

「だったら同居を解消しろ。今すぐにだ」

「それは出来ん」

「どうして！　お前にその気がないのなら、家から出しても問題はないはずだぞ。それに、その方が志摩のためになる」

「逆に問うぞ、千世。噂は噂で放っておいて何か問題になるか？　俺にいい仲の相手がいるのなら、不貞だと罵《ののし》られるかもしれんが、里にも他にもそんな相手はおらん。志摩も同じだ。それに、悪意の噂じゃないのなら放っておいても俺は構わないと思っている」

「櫨禅……」

「別にいいだろう。志摩は気立てもいい。葛も早苗も喜んでいたぞ。俺の家が生きている家になったと、飛び跳ねていた。なあ千世」

櫨禅の呼び掛けが千世に向けられていたにも拘わらず、志摩は肩を震わせた。

「――お前だけだ、千世。お前だけが否定する。俺はそれを寂しいと思っている」

ズキンと胸が悲鳴を上げた。

千世に対する優しげな櫨禅の言葉。実際に、優しい顔をしているのだろう。

声を荒げる千世を宥《なだ》めるためかもしれない。話を進めやすくするためかもしれない。だが志摩にはその声が、とても甘く聞こえた。

（聞きたくないっ！）

志摩は耳を塞いで蹲《うずくま》った。それでも、リスの性能のよい聴覚は、襖の向こうの声をしっかりと聞き取っていた。

「千世、俺は誰も娶らない。誰とも添わない。それで勘弁してくれ」

「櫨禅……」

慌てたような千世の声がして、畳の上で着物が擦れた音がした。

「もういい。わかった櫨禅。俺も悪かった。だから顔を上げてくれ。お前にそんな辛い顔をさせたいわけじゃないんだ」

志摩は駆け出した。

それ以上、二人の会話を聞いていたくなかった。

(聞かなきゃよかったっ。もっと遅く帰ってくればよかったっ)

客に気づいた時に、気を利かせて外に出ていればよかった。

(そうしたら……！　そうしたらこんな辛くなかったのに……っ！)

草履を穿《は》くのを忘れた足で、庭を横切って駆けた。

行き場のない想い同様、今の志摩には行く場所がない。いくら走っても走っても、逃げる場所はないのだ。


川の側に行き、田畑の中を歩き、ふらふらと里の中を歩き回った志摩は、櫨禅の家に戻って来た。

もしもまだ千世がいたらどうしようと、中に入るのを躊躇《ためら》う気持ちが大きく、なかなか格子戸を開けられない。それよりも、裸足だったことに気づいて庭から入った方がいいと思い直す。

庭から見ても、まだ襖は閉められたままで、中に人がいるのかどうかわからない。もしも千世がまだいるのなら怖い。怖いから、志摩はあえて大きな声を出した。

縁側に置かれた籠はそのままで、櫨禅がこちらの部屋に来ていないと考えてのことだった。

「ただいま帰りました」

いかにも今戻って来たばかりだというように、普段は出さない大きな声を出す。

「志摩か？」

応えはすぐにあり、襖の向こうから櫨禅の声がする。

「はい。遅くなってごめんなさい」

襖がすっと開いて、廊下に櫨禅の姿が見えた。その向こうの、さっき千世と話をしていた畳の部屋の襖も開かれていたが、誰の姿もなく、志摩はほっとした。部屋の中が乱れている様子もなく、争いに発展しなかったのはよかった。二つ並んだ湯呑が、来客があったことを教えるだけだ。

「……どなたか来られていたんですか？」

「ん？」

「湯呑が」

「ああ。千世が薬を持って来てくれた。それで少し長話をな」

「そうですか。あの」

志摩は今が機会だと尋ねてみることにした。

「櫨禅様と千世様はもう長くお友達なんですか？　幼馴染って言ってましたけど」

「長いと言えば長いだろうな。志摩が生まれるよりずっと前から一緒だ」

「ずっと前って？」

「そうだな、志摩のばあさんのばあさんのばあさんの……それよりもっと昔だ」

志摩は祖母を知らない。母親も覚えていない。だからどれくらい前かという具体的な想像は出来ないが、思い出すような櫨禅の遠い目を見ると、本当に遠い昔なんだろうなと思った。

「葛も当然生まれていない。そうだな、伊吹がちょうど今の志摩みたいな感じで、神になりたてだった。可愛かったぞ。今はあれだが、昔は子犬の姿でちょろちょろ歩き回ってなあ。伊吹が今も獣の姿でいるのは、その名残《なごり》だな」

「そうなんだ……」

「千世は生まれてすぐは病がちだった。寝ていることの方が多くて、夜中にもよく呼ばれて屋敷に行ったもんだ」

「それはお医者様としてですか？　それともお友達として？」

「医者としてだ。千世のばあさんが薬師で、その伝《つ》手《て》で知り合った。成長する間に千世も頑丈になって安心出来るようになったのはいいが、小煩《うるさ》くなったのは計算外だった」

「じゃあ、本当に長く一緒だったんですね」

志摩には想像も出来ないほど長く生きている櫨禅。その櫨禅の古い友人の千世。彼らの間には余人が入り込むことの出来ない絆《きずな》があるような気がする。

「お隣に住んで、ご飯も一緒に食べてるなら、一緒に住もうって思わなかったんですか？」

「それは考えたことはない」

「どうしてですか？」

「一番の理由は気性の違いだな。俺と千世は付き合いは長いが、完全に同じ考え、意見を持っているわけじゃあない。ぶつかり合うこともある。そんな時、一緒に暮らしていたら気づまりだろう？」

「今もそう思ってますか？」

「思っている。いや、今だからこれでよかったと思っている」

志摩ははっと櫨禅の顔を見つめた。穏やかで、どっしりとして見ていると落ち着く表情は変わらない。だが、その薄い茶色の瞳の中に寂寥《せきりょう》が見え隠れしている気がした。同時に、迷いのようなものも。

（櫨禅様、悩んでる？　千世様のことで）

千世が櫨禅に想いを寄せていることに気がついているとすれば、受け入れるか否かしか迷う要素はない。或いは何も気づいていないか。

（ううん、櫨禅様が気づいてないはずない）

あれだけ長くいるのだ。寄せる情の変化を誰よりも近くで見ていたのは、櫨禅に他ならない。それでも、櫨禅は気づかない。気づいていないふりをする。応える気がないという答えなのだろうが、それは千世には辛かろうと志摩は思った。

想うのは自由だ。苦しむのも自分の責任だ。相手に何かを求めるのは間違っていると思う。

それでも、縋《すが》りたいと望むのは過ぎた願いなのだろうか。

「櫨禅様は」

志摩は息を吸い込んだ。

「どなたか好いた方はいないのですか？」

櫨禅が口を開く前に、慌てて付け加える。

「娶りたいと、添い遂げたいと願う相手はいないのですか？」

ただの好きであれば、きっと櫨禅は誰もを好きだと言うだろう。だが志摩が聞きたいのはそんなものではない。誰かにだけ寄せる特別な「好き」の引き出しを櫨禅が持っているのかという問いだ。

見上げる志摩をじっと見つめる櫨禅の静かな瞳は、真意を問うかのように逸らされることなく、瞳の奥の志摩自身を見つめる。

「――俺は誰とも添うつもりはない」

「誰とも、ですか？」

「誰とも。俺は弱い男だからな」

淡々と告げられた言葉には、自嘲の響きがあった。


しかし、それについて志摩が問うより先に、櫨禅が背を向ける。

「志摩、袋に書いてある通りに薬を入れてくれ」

「あ、はい」

文机の横には薬の名前だけ書かれた袋が数十枚ある。それを引き寄せた志摩は、壁一面に並ぶ棚の前に陣取って、一つ一つ確認しながら薬を詰めた。これを持って人の住む村へ行き、良く効く薬として渡すのだ。櫨禅曰く、民間薬というもので必要な人に分け与えているのだという。

難しい病気は人の医者に診て貰わなければならないが、そうでない場合も多い。特に櫨禅が回っているのは、医者自体が少ない村や寒村で、風邪や咳《せき》、下痢などの薬を持って行くと非常に喜ばれるらしい。最初は半信半疑でも、効き目があるとわかれば飛びつくもの。それはそうだ。神が育てた材料を使って、神が作るのだから同じ効能を謳《うた》う他の薬よりも効かないわけがない。

一軒一軒に渡す量は少なくても、行く場所が増えれば外出も多くなり、持ち出す薬も増える。一見暇そうに見える櫨禅が、頻繁に家を空けているのはそれが理由だ。

「お腹《なか》のお薬が多いんですね。それから元気になる薬」

「夏になると体調を崩す人が多くなる。急に暑くなると体がついていかなくなるんだ。年を取った者、体が弱い者には堪《こた》える」

「そうか……」

あまりにも暑いと動きたくなくなり、ぐてんと四肢を投げ出してしまいたくなる気持ちはよくわかる。

「お前は大丈夫か？　人と同じ体になって初めての夏だ。無理はしない方がいい。出歩くのも、朝の涼しいうちや夕方になってからがいいぞ」

「まだ平気です」

「きつくなったら迷わず休め。外でも木の陰に入ったり、いざとなれば川に飛び込んでもいい」

「覚えておきます」

カサカサと薬が詰め込まれた袋は徐々に嵩《かさ》を増やし、志摩の周りは袋だらけになってしまった。最初は左と右に分けて置いていたのに、場所が狭くなったからと後ろに置き、手近な場所に積み上げていくうちに出来た自然の囲いだ。

ぺたんと座る志摩が気づいた時には、自分を中心にして白い袋が重なった結果、周りを片づけなければ動けない状態になっていた。

「……失敗」

再びカサカサと袋をかき集めだした志摩は、フッと笑う声に顔を上げた。

「いつ言おうかと思っているうちに、素敵なことになってしまったな」

「……気づいてたんですか？」

「もちろん。ただ、そんな置き方をするからには何か考えがあると思って黙っていたんだが……」

また小さく笑われて、志摩はぷうっと頰を膨らませた。

「志摩、その顔。そのまんまリスだぞ」

「リスだからいいんです」

「そう言えば飯の時も好きなものは口の中いっぱいに頬張ってるな」

「そうですか？」

「ああ。昨日……一昨日《おととい》の夜か、大豆と煮干しを煮たのがあっただろう？　あの時もきれいに煮干しだけ避けて豆をな……」

思い出したのか、櫨禅が肩を揺らして笑った。

「いいです！　もういいです！　思い出さないでください」

「それは無理だ。たぶんこれから先ずっと、豆を見るたびに志摩の顔を思い出すに違いない」

「思い出しちゃだめですっ」

たぶんその頭の中に志摩の膨れ顔が入っているのだ。そう思った志摩は、すっくと立ち上がると櫨禅の後ろに立ち、頭をわしゃわしゃとかき回した。

「いきなりだな。何をしているんだ？」

「櫨禅様の頭の中からぼくを追い出してるんです。こうして、こうして！　ぐちゃぐちゃにしたらきっと……ッ！」

「なるほど、考えたな」

「賢くないけど、それくらいの知恵はあります」

偉い偉いと櫨禅は言うが、ちっとも嬉しくない。子供扱いというよりも、完全に子供に接する態度だ。小さな時からまるで変わらない櫨禅の態度は好ましくもあり、残念でもある。

「そんな志摩に残念なお知らせだ」

「なんですか？」

櫨禅の頭の上に手を乗せて、上から覗き込むように顔を見下ろすと、にやりと笑う顔があった。

「豆志摩を覚えているのは頭じゃない。ここだ」

トンと櫨禅が指で突いたのは胸だった。

「ここで覚えているから、いくら頭を揺すっても消えない」

櫨禅が笑う。志摩を見て笑う。

引き付けられて止まない櫨禅の顔。

（好き……ぼく、この人が好き……）

体の中からぽかぽかして温かくなる。ずっと一緒にいたい。この人と番になりたい。

気持ちはどんどん溢れて来る。

告白というには拙い言葉で、志摩は慕っているのだと告げたかった。番になれなくてもいい、添うことが出来なくてもいい。

お内儀さんと呼ばれるたびに、嬉しくなった気持ちを知ってほしい。

しかし、同時にそれが独りよがりだというのも理解していた。

「どうした、志摩」

「――櫨禅様」

「なんだ？」

「髪がぐちゃぐちゃになったからきれいにしますね」

大好き。


だから言葉にしないで唇だけで告げる。気づかれないように、わざとらしくないように、見えないところに口づけた。そっと唇に触れるだけのものを――。

幸せだと思える一瞬だった。

「――櫨禅」

そんな声が掛けられるまでは。

はっと顔を上げれば、土間に千世が立っていた。手には皿を持ち、じっとこちらを見つめ立ち尽くしている。顔が少し青く見えるのは、決して土間が暗いからではない。志摩には、慄《おのの》く唇までしっかりと見えていた。

「千世」

櫨禅も同じように驚いて千世を見る。

さっきまでここにいて帰ったはずの千世が再び訪れるとは、櫨禅も思っていなかったに違いない。

（千世様……）

混乱する頭の中で志摩は考えた。

（千世様がいたことをぼくは知らない。だから二人が喧嘩していたことも知らない）

それを貫き通さなければと言い聞かせる志摩は、自分が今、どんな格好なのかを忘れていた。

胡坐をかいて座る櫨禅の後ろに立ち、頭には手を乗せている。傍《はた》からは、後ろから抱きついているようにも見える姿だ。

どうやってこの場を切り抜けよう。いや、そもそも切り抜けたり誤魔化したりしなければならないと焦っているのは志摩だけで、櫨禅にはやましいところは何もない。志摩の方も、唇で触れた以外は……。

しかし千世は首を振る。

「……櫨禅、やはりお前はそうなんだな」

「千世、違う」

「いや、違わない。お前はそう思い込んでいるのかもしれないが、そうじゃない。――お前に謝りに来たんだ。言い過ぎたと思ったから。櫨禅と仲直りしろと、葛が団子を持たせてくれた」

千世は板の間に皿を置いた。歪《いびつ》な形の団子がたくさん並んでいる。

――一緒に食べて仲直りしてくださいね。

そんな葛の声が聞こえるような気がした。

「俺は食べないから、二人で食べるといい」

じゃあと背を向けた千世の長い髪が揺れる。

咄嗟に志摩は飛び出していた。

「千世様っ！」

しかし、伸ばした手が届く前に後ろから引き留められる。

「櫨禅様……？」

この場に三人しかいなかった以上、志摩を止めたのは櫨禅しかいない。

振り向いたその隙に、千世の姿は消えていた。

「どうして……千世様が……」

「追わなくていい」

「でも」

「追わなくていいんだ、志摩」

緩く首を振る櫨禅の表情に、志摩は悟った。

（やっぱり櫨禅様は知ってたんだ……千世様の気持ちを……）

そして、誤解して傷ついた千世をあえて追わないことで、期待の芽も摘み取った。

ひどいと思った。もっと優しくしてもいいのにと思った。

その反面、もしも優しくされたなら思い切れないような気がした。

千世が去った方に視線を戻し、幻の千世を思っていた志摩は、

「何も言わないでいい。今は、黙ってここにいてくれ」

櫨禅の言葉に呆然とした。

体を抱く腕は強く、逃れたくても逃れられない。

それに志摩も逃れる気はなかった。

たった今、寄せられていた好意を振り切った櫨禅は、長く共にいた友人を一人失ったのだ。


「——行かない。どこにも」

応えながら、その約束はいつまで違《たが》えずに済むだろうかと思った。


「行ってらっしゃい」

竹林で櫨禅を見送る志摩は、いつもならそこにいるはずの千世がいないことに寂しさを感じていた。

櫨禅が人の町に行くのは仕事としてで、両方の世界を行き来する許可と方法を都杷から得ている。そのため、本来なら見送りは必要ないにも拘わらず、千世がいるのが常だった。

ただ、昨日のことがあって千世が顔を出すことはない。朝の食事にも顔を出さなかった。

放っておけと櫨禅は言い、伊吹は何も語らず、新市は櫨禅を見て頷いていた。

早苗も葛も「いつものお籠りですね」と笑ってい

たが、このお籠りがいつ解除されるのかを知る者はいない。

　内容が内容なので、志摩も誰にも打ち明けることは出来ない。櫨禅の態度もいつも通りで、逆に不安になるほどだ。もっと心配すればいいのにと憤りもしたが、それは傲慢《ごうまん》なことに気づいて、一人反省した。

（ぼくと櫨禅様のことを勘違いさせちゃったから）

　それはわかっている。ただ、誤解を解く方法が志摩にはない。たとえ千世に告げたところで信じはしないだろうし、櫨禅の側はともかく、志摩の方に櫨禅への好意があるのは確かなのだ。

　自分が思いを寄せる相手から同情にも聞こえる話をされるなど、屈辱にしかならない。自尊心が高い千世なら、さらに籠る時間が長くなりそうだ。これが志摩なら泣いて逃げ出してしまうだろう。

　一度櫨禅の家に戻って洗濯と簡単な片づけを済ませた志摩は、櫨禅から預かった薬箱を抱えて千世の屋敷に向かった。薬箱には里の者の名前が書かれていて、櫨禅が不在の間に急に薬や処方が必要になった時には、そこから渡すようにと言われている。

　それだけなら櫨禅の家で店番の真似事をしていればよいのだが、やはり薬の知識が必要になった場合は困ってしまう。千世の家でやっているのは簡単な薬を作る手伝いだけで、実際には何の知識もないのだ。たまに、櫨禅の診療所を訪れた里の者を治療するのを手伝いながら、腹の薬、痛み止め、消毒、耳鳴りなどの種類を覚えたくらいだ。

　そう考えると、何かあった時に千世の家にいた方が志摩も心強い。里の者たちとのやり取りも多少は慣れたが、それは櫨禅がいてこそで、一対一で話すのはまだ慣れていない。機敏な動きのリスが本性だというのに頓馬《のろま》な自分のことが、情けなくて悲しい。

　親切な里の者たちは、志摩が話をするのを根気よく待っていてくれる。それは引っ込み思案な志摩にとってありがたいことではあり、頑張ろうとは思うのだが、結果がついて来ずに落ち込んだことも多い。

だから、半日をこれまで通り千世の屋敷で過ごすことは、そんな「誰かが来たらどうしよう」という不安を感じなくて済む分、気は楽だ。実際、これまでは櫨禅が不在の間は千世や早苗が代わりをしていたのだ。

今回は、櫨禅の代わりに薬を渡すという仕事が志摩に増え、薬作りの手を休めて応対しないでいい分、千世の手が空くというものだったのだ――。

志摩は襖の向こうにいるはずの千世を思い、小さくため息をついた。

(千世様、怒ってるのかなあ)

昨日のあのやり取りを知っているのは自分だけだというのは、今の志摩をとても大きな力で押し潰してしまいそうだ。盗み聞きしたつもりはないし、二人も内緒話をしていたわけではないから、仕方ないことなのはわかる。

それでも、自分だけが感じているこの気詰まりな雰囲気は、幾度も志摩の手を止め、何度もため息を落とさせた。しかも、屋敷の中には千世と志摩の二人だけというおまけつき。早苗は味噌《みそ》を貰いに行き、葛は新市と一緒に都杷のところへ出かけている。都杷が頼んでいた人間の世界の本を渡しに行くのだと言っていた。

(早く帰って来ないかなあ)

いつものように薬包紙を引き出しの中に仕舞いながら、志摩の目はちらちらと襖に向く。気にしたくないと思っているのについつい動いてしまう目玉には、ちょっと大人しくしておくれと言いたくなる。

(このお薬を全部引き出しに仕舞ったら、あっちに行って蕪《かぶ》のおつけものを見て来よう)

千世の家にある薬包紙はそう多くはない。葛が丸めた丸薬を計量して包んでいくので、数としても普段の粉薬よりは少ないくらいだ。小さな葛の手で作られた丸薬は、長年の作業経験からほぼ間違いない量で、一度丸める姿を見学していた志摩はその手際のよさにびっくりしてしまった。葛の小さな手だからこそ出来る細かな調整は、まさに神業と言ってもおかしくないと志摩は思う。

（小さくなれたら葛さんに教えて貰おう）

それは志摩の密かな野望だ。

屋敷の中はとても静かだった。薬包紙のカサカサという乾いた音も気になるほどに静かで、今が昼間だというのがなんだか信じられない。座っている部屋から見える外はとても天気がよいのに、木の葉の緑はキラキラ光って日向ぼっこするにはとてもよさそうなのに、

（このお部屋、ひんやりしているね）

誰もいないひとりぼっちの部屋は、まるで自分が小さく戻ったように広く大きく感じられる。

あと二十ほど分けて引き出しに入れれば、志摩の仕事は終わる。

（おうちに帰ってもいいかな。怒られないかな）

それとも早苗や葛たちが帰って来るまでは、いた方がいいのだろうか。

そう思いながら、緑色の包みを引き出しの中に入れた時である。

「ごめんくださいな」

表ではなく、玄関の方から声が掛けられた。

志摩はちらりと襖の向こうへ視線を向けた。集中している時の千世は返事がないというのは、短い付き合いの中でもわかっている。また、難しい微量な粉末を複数混ぜている時も、手を離せない時がある。

そのどちらだろうかと考えながら待つも、千世が返事をする様子はない。

（声を掛けようか？）

でも自分の声に返事をしてくれるだろうか。

（お客さんが来たって言えば、出てくれるかな）

それなら志摩のことが気に入らなくても反応はしてくれるだろう。そう思い、意を決して膝を上げかけた時、

「お内儀さん、お内儀さん。おらんか？　薬を貰い

「ほうら、やっぱりここにいた。居留守なんか使うはずないんだよ」

表からの声に反応しなかったことを咎められたと思った志摩は、勢いよく頭を下げた。

「早くに出て行かなくてごめんなさい。今、早苗さんも葛さんもいなくて、それで千世様がお仕事中で、ぼくが出ていいかどうかわからなかったから……」

「ああ、ごめんごめん。志摩のことじゃあないんだよ。この興二が居留守使ってるんじゃないかって言うもんだからね。それでこっちに回らせて貰ったのさ」

「おいお蝶、別に俺は居留守使ってるなんて言っちゃあいねえぞ。出られないんじゃなかろうかって言っただけだ」

里の中では若い方に入る興二は、太い眉を寄せてお蝶に文句を言う。

「どっちでも似たようなものじゃないか」

さらりと後れ毛を掻き上げるお蝶は澄ましたものに来たんじゃが」

「千世様、お庭からお蝶と興二《きょうじ》がお邪魔させていただきますよ。お内儀さん来ておいでじゃございませんかねえ」

庭の方から賑やかな男女の声がする。どちらも志摩には聞き覚えのある里の者の声で、

「あ、はい。ここにいます。今行きます」

屋敷の中の冷たさを振り払う陽気さに、志摩は反射的に声を出していた。知らない人ではない。もしも知らない声なら、志摩は出ないで千世に対応をお願いしただろう。

お内儀さんという言葉も、櫨禅の家にいる間にすっかり聞き慣れたもので、自分のことだと疑いもしない。

パタパタと縁側に回れば、二人がちょうどそこへ腰掛けたところだった。纏めて結い上げた黒髪に黄色い花を散らしたお蝶は、志摩を見ると紅を引いた唇を上げた。

だ。似ているか似ていないかは志摩には不明だったが、とりあえず、二人が志摩に会いに来たのだというのはわかったので、もう一度膝を揃えて深く頭を下げた。

「お手間掛けました」

「いいってことよ」

明るく笑いながら言う興二は、三日ほど前に一度櫨禅に腹下しの薬を処方して貰ったのを覚えている。

「興二さんはお薬ですか？」

もしもまた腹痛で興二が来たなら渡せと言われていた薬があるため、首を傾げながら尋ねると「うんうん」と大きく頷いた。

「まだちょっとばかり調子が悪くてな。櫨禅が帰って来るまで待とうかとも思ったんだが、櫨禅の家の格子戸に張り紙もあったことだし」

「櫨禅様から預かってます。薬箱持って来ます」

パタパタと荷物を置いていた部屋から薬箱を抱えて戻った志摩は、興二用と書かれた袋から薬包紙を三つ取り出した。一つ一つに丸薬が二つずつ入っていて、

「こっちの緑色のはごはん食べた後で、赤いのは痛くなった時に一個だけ飲んでください」

袋の表書きを読んで手渡すと、興二は厳《いか》つい顔を綻《ほころ》ばせた。

「ありがたい」

「それと、櫨禅様からの言伝《ことづて》で、お酒は控えてくださいだそうです」

途端に渋い顔になる興二の腹を「ほれごらん」とお蝶が指でつつきながら笑う。

「この人は昔っからお酒が好きでねえ。お神酒だけで満足していればいいのにさあ、たっぷり飲むものだからほれ、腹の中が酒ばかり」

「馬鹿言っちゃいけねえや。お神酒はお神酒、酒は酒。自分の飲みたい酒を好きなだけ飲むののどこが悪い」

「悪いから腹がどうかなるんでしょうが」

それから二人はお供えの酒の種類に始まって、味などの好みの問題へと話題を移し、志摩が言葉を発することが出来たのは、それから半刻は経った頃だ。

話の内容から察するに、興二は人の世でも祠《ほこら》を持って祀《まつ》られている蛇の神様で、その酒好きを知ればなるほど蟒蛇《うわばみ》という言葉は興二のためにあるようなものだと思った。

二人から話し掛けられるたび、頷いたり、「はい」「そうですね」「はあ」など曖昧な相槌しか打てなかった志摩は、腰を上げて帰ろうとする二人に気づかれないよう、そっとため息を零した。

二人が来た時には日も真っ直ぐ上から差していたのに、今はだいぶ影が横に伸びてしまった。早くに帰って来ると思っていた葛は、都杷に引き留められてでもいるのか、まだ賑やかしい声が聞こえることはない。

早苗は一度顔を見せ、二人のために茶を運んで来たが、すぐにまた奥向きの用事をするために引っ込んでしまった。

（早苗さんもいてくれたらよかったのに）

むしろ自分と交代してくれたらよかったのにと、なぜかにこやかに志摩に応対を任せた早苗を少しだけ恨めしく思う。ただ、話し相手をするならば、忙しい早苗よりも志摩の方が手が空いているという現実もある。それに、自分は櫨禅の代わりという自負もあった。

櫨禅は診察や治療の傍ら、患者たちとよく話をする。口数が多いわけでも、口が回るわけでもないが、合いの手を入れるように話をしている姿を見ていれば、薬を飲ませたり塗ったりするだけが医者の仕事ではないことがわかってくる。

「それじゃあ、あたしたちは失礼させていただきますよ」

「はい。わざわざありがとうございました」

「いいってことよ。志摩さんがいてくれるおかげで、櫨禅にも人間的な深みが出て来たからな、俺たち患者には嬉しい限りだ」

「興二、それを言うなら神的な深みじゃないのかい？」

「違ぇや。どっか達観している風だった櫨禅に、あったかさが増したってことだよ。それくらい察しろや」

「蛇のくせにあったかいのがいいだなんて」

くすくすと笑うお蝶に悪気はまるでない。興二の方もいつもの軽口だとわかっているから、苦笑いするだけだ。

「里のことで不自由があればいつなりと声を掛けに来てくれていいからねえ」

「可愛いお内儀さんがいるだけで、張り切って仕事をする亭主ってのもなかなかいいもんだな」

「本当に。里の中でもその話でもちきりさ。いっそ尻に敷いちまえ」

二人がわかり合ったように互いに顔を見合わせて笑い合う。

「とにかくだ、もし里のことで不自由があるなら、なんなりと俺たちに声を掛けてくれ。櫨禅には世話になってるからな。お内儀さんにはそれ以上に親切にしてやらなあ」

「だからって、薬をただで調合して貰おうなんて都合のいいことを考えたら駄目だよう。櫨禅も志摩ちゃんを養って行かなきゃいけないんだからね。二人分の食い扶持《ぶち》を稼がなきゃあ」

そうだったと興二が自分の頭をぽんと叩く。

「――おい」

そこに聞こえた声に、一緒になって笑っていた志摩の肩がびくりと震えた。

（千世様だ！）

横を見れば、廊下の向こうから千世がゆっくりと歩いて来るのが見える。何も特別なことをしているわけではなく、ただ歩いているだけなのにどこか昏《くら》い威圧を感じるのは、志摩が知ってはいけないことを知っているという負い目があるからだろうか。

しかし、そう感じたのは志摩だけではないようで、

「おお、千世。邪魔してるぜ。ちっと爐禅の薬が必要だったんでな。お内儀さんから貰ってたところだ」

カラカラと笑う興二は気づいていないようだが、お蝶の方は細い眉を少し寄せてじっと千世を見つめている。

「千世様、お体の具合でも悪いんですか？　顔色があんまりよくは見えないけれど」

「別に悪くない。顔色は、根を詰めて調合していたせいだろう」

「それならいいんですけどね。いえ、最近あんまり千世様は里の中を歩き回らないじゃあないですか。お元気にしてるだろうかって、みんなとも話してたんですよ」

明るく言うが、お蝶の声には探るような響きがあった。志摩が気づいたくらいだから、当然千世も気づいたはずだ。そしてこの場で気づかなかった興二だけが、暢気に千世に言う。

「良薬をたくさん作ってくれる千世も病になることはあるんだな。そん時は爐禅に診て貰うのか？」

「自分で調合するに決まってるだろう」

「病の種類は爐禅の方が詳しいだろう。違う薬を飲めばほら、あれだ……なんていうんだ？　不適合？　不具合？　なんかそんなのになって、余計に悪くなるって爐禅に聞いたことがあるぜ。食い合わせが悪い時になるあれだ」

「それくらいは自分でもわかる。そもそも俺は具合も悪くないし、体調もいい。興二の方こそ酒を慎めよ」

「俺の酒は半分は薬だし、半分はお神酒で酒気は勝手に入って来るんだよ。固いこと言うなって」

千世は呆れたように肩を竦めた。酒が手放せない興二は本当に人間臭く、神の一人だと紹介されればがっかりする人も多いのではないだろうか。

（違うか。がっかりさせてしまうのはぼくだ）

千世は薬を作り、お蝶は神力の宿る反物や糸を作

り、興二はその神気で地元の気象に手を加えて恵みを与えることもあるという。

　お蝶から貰った着物を着て、櫨禅の家に世話になり、千世に仕事を教えて貰っている志摩こそが、半人前以下だ。

　三人が会話するのを廊下に座って黙って聞いていた志摩も、いつ立ち上がろうかと機会を窺っていた。帰るはずだったお蝶と興二も、千世が来たことで再び縁側に腰を据えてしまっている。

（お茶でも持って来た方がいいかな）

　お茶の淹《い》れ方なら早苗から教えて貰ったからわかる。思いついてしまえばそれが一番いい方法のような気がして、千世とも少しは歩み寄れる気がして気分が向上する。

（おいしいお茶を淹れたら褒めてくれるかなあ）

　関係が少し捻じれてしまったが、志摩は千世のことを嫌いなわけではない。ただ苦手にしているだけで、感謝と尊敬の気持ちは今でも持っているのだ。


そろと足を動かす。最初は痺れることの方が多かった正座も、今は楽な正座の仕方を教えて貰ってからは上手に痛みと痺れを散らせるようになった。

「ぼく、お茶を淹れて来ますね」

　言って立ち上がった志摩をちらと見た千世が頷いたことにほっとする。そのまま軽い足取りで五歩ほど歩いた時だ。

「いやあ、出来た嫁でいいなあ。櫨禅には勿体ねえや」

　明るい興二の言葉が響いた途端、文字通りその場が凍り付いてしまった。志摩は動けない。笑っていたお蝶は笑いを顔に張り付けて動けず、千世の雰囲気がすっと冷えたものに変わる。

　さすがに興二からも酒気が吹き飛ぶほどの雰囲気の変化は、誰が最初に声を発するかという大きな問題をも抱えていた。

　誰が、何を言うのか。

　何を話題にすればこの雰囲気が消えるのか。

「そ、そろそろ帰らせていただきますねぇ」

おそらく一番気配に敏感で、精神的にも大人のお蝶が笑みを張り付かせたまま愛想笑いをし、興二の腹をつつく。

「そら、長居しちゃあご迷惑だ。行こう、興二」

「あ、ああ。わかった。じゃあな、お内儀さん」

何気ないこの言葉、おそらく里では頻繁に呼ばれ定着しているこの呼称が引き金になったのだろう。ついに千世が立ち上がった。

興二を見下ろす千世の目は、限りなく冷たい。冷たいというよりも、据わっていると言い換えた方が適切かもしれない。

「――誰が誰の内儀だと？　里ではもうそういうことで話が広まっているのか？」

「あ、ああ」

背後でお蝶がしきりに興二の帯を引っ張っているが、千世の怒気に呑まれて興二は動けない。蛇なのに、蛇に睨まれた状態は傍から見ればとても珍妙で笑い話の種になってもおかしくはないのに、そこに突っ込むものは誰もいない。

「志摩さんが櫨禅の嫁さんだって、里ではもう評判だぜ。屋敷に籠ってる千世は知らねえだろうが、もう有名だぞ」

違う違うとお蝶が首を振るも、後ろを見ることが出来ない興二にはわからない。構図としては、縁側に立つ千世が興二を睨み、それぞれの背後にいる志摩とお蝶が顔を青くさせているというものだ。

だから、興二には志摩の表情は見えるはずなのだが、意味するものがわからなければ対応のしようもない。

「――俺は知らないぞ。いつ櫨禅が嫁を貰ったんだ？　あ？　言ってみろ」

「いや、それは俺も知らねえって。だけど、診療所に行きゃあいつでも志摩さんがいて、薬の袋をくれるし、部屋の中はきれいに片づいてるからよ、薬を出すまでの待ち時間も短くなったし、何より櫨禅がこざっぱりしてるだろう？　あの無精だった櫨禅がだぞ？　誰だって、世話してくれる人が来た、櫨禅の家に居つくくらいだから奇特なやつで、そんなら嫁さんしかいないだろうって………──」

勢いに任せて捲し立てた興二の台詞の後半は、次第に尻すぼみになり、終《しま》いには口の中でもごもごと言うだけになってしまった。

「……そういうことになっているのか」

すっと背筋を伸ばした千世は、興二を見据えたまま、

「志摩」

短く声を出した。

「は、はい……」

立ったままだった志摩は、どうかこちらを向いてくれるなと思いながらじっと立っているしかない。

「お前は知っているのか？　櫨禅の嫁だと言われているのを」

「……知っていました」

「それで放置していたと？」

「あの！」

これだけは言っておかねばと、志摩は震える声で千世に言った。

「最初はわからなくて……お内儀さんって言われて何のことだかわからないけど、ぼくに話し掛けているのだけはわかったから、それで返事をしていて」

それが番を指す言葉だと知ったのは、そんなに遅くはないのだが、その頃にはもう訂正するには広がり過ぎていて、志摩自身が心地よく感じていたのと、櫨禅本人が何も言わないことでそのまま来てしまった。

櫨禅はもしかすると単に面倒だから聞き流していただけかもしれない。実情は嫁ではないのだから、問題ではないと思っていたのかもしれない。

だからこそ、二人の口論を聞いてしまった志摩が罪悪感を持つのだ。

（櫨禅様は違う。でもぼくは……）

お嫁さんになれたらいいなと、淡い恋心を抱き、それを育ててしまった。

新市と一緒にいる幸せそうな葛を見て、これが恋なのだと改めて自覚した。

「……櫨禅が言わなくてもお前が訂正すれば済んだことだな」

「……はい」

「そうすれば櫨禅にも余計な噂が立つこともなかった」

「その通りです……」

「でもね、千世様」

項垂《うなだ》れる志摩を見て不憫《ふびん》に思ったのか、お蝶が千世に話し掛ける。

「志摩ちゃんは知らなかったのよ。あたしたちが勝手にそうじゃないかって言ってただけでさあ。志摩ちゃんも言ってたでしょう？　言葉を知らなかったって。だから仕方がないじゃないの。許しておあげなさいよ。あたしたちももう呼ばないようにするから」

「そ、そうだな。うん、それがいい。やっぱり志摩さんは志摩さんのままでいい。そんで本当に嫁に貰われたら……っ！」

興二が地面にしゃがみ込んだのは、とうとうお蝶から足を蹴られたかららしい。お蝶が履いている下駄で力いっぱい蹴られれば、当たりが悪ければそれは痛かろう。

「――もういい。興二、櫨禅と志摩の関係はただの医者と患者だ。それ以上があるとすれば、家主と間借り人だ。それ以外にはない。里の皆にも徹底させておけ」

「あ、ああ。わかった」

「それから志摩」

「はい」

「まだ慣れていないのはわかるが、自分の行動が狭い里の中でどんな風に見られているのか、しっかりと覚えておくんだな」

「……はい」

志摩は唇を嚙《か》みしめた。

（ただ好きなだけでも駄目なのかなあ……）

志摩が櫨禅を好きになればなるほど、きっと態度にも出てしまう。それは千世の望まないことで、長い付き合いの櫨禅と千世の間に割り込んだ自分の存在がとても邪魔なものに思えてしまった。

「……ごめんな……さいっ……ごめんなさい……千世さま……」

好きになってごめんなさい。

千世様の好きな櫨禅様を自分も好きになってしまってごめんなさい。

好きという思いと、それを表に出すのがいけないのだという悲しみとで、志摩の胸はいっぱいになってしまった。いっぱいになったものは当然溢れてしまう。

志摩の場合、溢れ出たのは涙だった。

「ご、ごめんな……さいっ」

ヒックと声を上擦らせながら、志摩は涙を零して頭を下げた。

「志摩ちゃん、あんた……」

お蝶がはっとした声を出し、下駄を鳴らして縁側を駆け上がって来た。そのまま袂《たもと》から手拭を出し、志摩の頰を拭ってくれる。焚《た》き染められた香の匂いが、高ぶった感情を少しだけ和らげてくれるが、効果は本当に少しだけだった。

「ああ、もう泣かないの。ね？　志摩ちゃんはなんにも悪くない。悪いのはだあれもいない」

「ちが……っ、ぼくがわる……ちせさ、まに、ごめんなさ……いっ」

涙は零れて止まらない。

さすがの千世もこの状態の志摩を無碍《むげ》に放置して立ち去ることも出来ないようで、さりとて声を掛けることも出来ず、興二に至っては状況そのものがよくわからないまま、四人で膠着《こうちゃく》した状態が続いていた。

それを打ち破ったのは、

「ただいま帰りました！」

表玄関の方から聞こえて来た大きな声と、少し重い足音だった。廊下から畳の部屋を通って顔を出した新市の手のひらの上の志摩は、大きな花を抱えていた。

「都杷様にこれ貰いました。お部屋に飾っておきなさいって……」

「葛」

先に雰囲気を読んだ新市が、葛の口の前に指を立てる。

はっと黙った葛は、険しい表情で立つ千世と、志摩の肩を抱くお蝶を見て首を傾げ、それから志摩の涙を見て、目を見開いた。

「……志摩ちゃん？」

優しくて可愛い葛の声は、志摩の足を動かした。

その場にいる人の誰の顔を見ることもなく、志摩は縁側へ裸足で飛び降りた。

「志摩ちゃん！」

お蝶と葛の呼び止める声が聞こえたが、聞こえないふりをして走った。

走って辿り着いたのは、もう自分の家のように思っている櫨禅の家で、裏庭から家の中に入り込んだ志摩は、そこにいた櫨禅の姿に棒立ちになった。

「志摩？」

少し遠くまで出ると言っていた櫨禅がもう戻って来ていたのは志摩には不意打ちで、流れ続けていた涙も引っ込んでしまう。

だが、濡れた頬や睫毛を濡らす滴が消えてなくなったわけではなく、家の中から縁側まで歩いて来た櫨禅は、着物の腿の部分をぎゅっと握る志摩を見て、表情を険しくさせた。

「――誰に何をされた？　お前を泣かせたのは誰だ？」

「あ、いえ、これは違う……」

苛《いじ》められたのではない。ただ自分が考えていた以上に櫨禅に寄せる想いが強かったのを自覚して、報われることがないのだろうという諦観が涙を流させているのだ。

好きなのに、好きでいたら嬉しくて楽しくて幸せなはずなのに、千世は憤り、里の者たちは困惑し、志摩はどうしていいかわからなくなってしまった。

だから櫨禅を見上げるしかない。

「志摩」

途方に暮れる志摩の、涙に濡れた頬の上を滑る櫨禅の指が心地いい。節くれだった長い指は都杷のように美しいわけではない。細かな傷は当たり前、火傷の跡もある。

だが、瀕死の志摩を救ってくれた手で、優しく癒してくれる手だ。

(櫨禅様が好き……)

もうこの想いは止められない。千世にはもう顔を合わせることが出来ない。もしかすると、里を出て行かなければならないかもしれない。まだ里に来て日の浅い志摩が出て行くのが、一番理に適《かな》っているような気がする。

志摩さえ出て行けば、千世もお蝶も興二も里の他の者たちも、今まで通り暮らしていけるだろう。

(ぼくがいたから拗れてしまうなら、いっそ里を出ればいいのか)

それが最善に思えてならない。冷静に考えれば、他にも方法はあったと思うのだが、今は自分のことでいっぱいで、どうせなら櫨禅に伝えておきたいと追い詰められた志摩の口は、秘めなくてはと思っていた決意と裏腹に、ポロリと恋心を告げてしまった。

「好き……櫨禅様が好き。ぼく、櫨禅様が大好きです」

愛してるという言葉を志摩は知らない。自分が一等好きな人に伝えるのは、この言葉しかないと思っている。

単純で、わかりやすく、思いのすべてを乗せた言葉。

「櫨禅様、好きです」

「志摩？　お前、それは……」

「好きなんです、櫨禅様のことを。ぼくを……お嫁さんにしてください。お願いします」

まさか……と驚く櫨禅の顔に心が痛む。だが、一度出た言葉は戻ることもなく、また撤回する気も志摩にはない。

「お願いします」

深く深く下げた志摩の頭の上に、櫨禅のため息が落ちて来た。

「志摩、それは勘違いだ。お前の勘違いだ」

「勘違い？　何が勘違いなんですか？」

純粋に疑問だった。志摩にとっては明白で真っ直ぐな想いを告白し、ぶつけたつもりだったのだが、櫨禅にはそれが伝わらなかったのだろうか？

そんな疑問が志摩の顔を上げさせ、櫨禅の顔を見て後悔した。

顔を上げるのではなかった……と。


櫨禅は苦笑していた。それは、困ったことを言い出したなという好意的なものではない。それならばまだ耐えることが出来た。

だが櫨禅の表情に浮かんでいたのは、明確な拒絶だった。志摩の言葉を頭から否定して、考える余地もないと言うように。

「違う……櫨禅様違いますっ。ぼく、本当に櫨禅様のことを……」

作務衣の襟を掴んで大きく揺さぶった。揺さぶりながら、胸を叩いていたかもしれない。

「ぼくは本当に櫨禅様を好きなんです。お嫁さんになって、ずっと一緒にいたいっ」

それ以上何をどう説明すれば信じて貰えるのか、想いを受け取って貰えないことよりも、自分の気持ちを疑われる方が何倍も辛いことだと、この時志摩は知った。

「好きっ……好きなんです……」

「志摩、お前はまだ若い。子供と同じように俺を慕っているだけだ。狭い里の中でずっと一緒にいた俺を慕ってくれるのはありがたい。だがそれは恋情ではない。鳥の雛《ひな》が親を慕うように、お前を助けて側にいた俺を唯一と思い込んでいるだけだ」

「違う……違います……」

志摩はふるふると何度も頭を横に振った。横に振って、拳を叩きつけながら、額を胸に押し当てる。

「どうして……？　どうしてそんなことを言うの？　ぼくは本当に櫨禅様を好きなのに……」

「好きは好きでも種類が違う。冷静になれ、志摩。お前の世界はまだ狭い。もっと広いところに出れば、新しい出会いもある。そうなった時に、早まったことをしていれば後悔するのはお前自身だぞ」

「後悔なんて……！」

後悔なら、もう十分にしている。告げなければよかったと嘆く志摩、櫨禅に認めて貰えないことを悔しがる志摩。だが、きっと告げなければもっと後悔するのだろう。

どうしたらわかって貰えるだろう。

考えていた志摩は、自分の肩に乗せられた手の重みに顔を上げた。

至近距離に櫨禅の顔がある。それは志摩を慈しみながらも、その思いを受け入れない決意に満ちた瞳を持っていた。

「だめ……？　だめなの？　ぼくじゃ番になれない？　お嫁さんにしてくれないんですか？」

櫨禅は緩く首を振った。

「気の迷いだ。早まるな」

それは明らかな志摩の好意に対する拒絶で、志摩も認めざるを得なかった。櫨禅が自分を番として、一生を共にする伴侶にする気がないことを。

一気に血の気が足元まで下がった気がする。

襟を摑んでいた手がだらりと下がり、俯いた顔は櫨禅からは見えないが蒼白《そうはく》で、ただでさえ白い肌を余計に青白く見せていた。

「——めんなさい」

「何？　志摩、何を――」

「ごめんなさいっ」

これ以上櫨禅と一緒にはいられない。

そう思った志摩は自分でも想像出来ないほど強く櫨禅の胸を押《お》し退《の》け、一歩二歩と下がった。そして、顔を上げて涙で濡れた顔に無理矢理浮かべた笑顔で言う。

「でも、ぼくは本当に好きでした」

そしてぺこりと膝まで腰を曲げて頭を下げた志摩は、そのまま駆け出した。

「志摩！」

後ろで櫨禅が叫ぶ声が聞こえたが、足を止めることは出来なかった。

（もう……もう一緒にいられないっ）

これ以上一緒にいるとどうにかなりそうで、これ以上好きになり過ぎる自分が可哀想《かわいそう》で――。

好きという気持ちは拒絶されたが、それでも志摩は変わらずに櫨禅を好きだった。

嘘で――あるはずがない。

走れば簡単に追いつくはずの櫨禅が追い駆けて来なかったことで、志摩は涙を流しながら走った。走りながら、やはり受け入れて貰えなかったという絶望に支配される。

里の中を走りながら志摩が目指したのは都杷が住む山だった。

「志摩さん？」

「お内儀さん、どこに行くんだね？」

すれ違う里の者たちから声を掛けられたが、泣き顔を見られたくないのと一度足を止めればもう走れなくなる気がして、志摩は走り続けた。

こんなにもずっと走り続けたのは、リスだった時に山の中を駆け回った時、それから獣から逃げ回った時くらいだ。

（おんなじだ。ぼくは逃げてる）

櫨禅から、千世から逃げている。人の世界に続くという竹林は、千世の屋敷の裏にあるため、行くことは出来なかった。それに、志摩では道を開けることは出来ない。開けることが出来るのは都杷で、都杷なら助けてくれるという直感が働いた。甘えているとも思う。だが、今の志摩が置かれた状況――思慕で作られた囲いの外に出るには、都杷の力が必要なのだ。

細い山道を一生懸命駆け上がる。はぁはぁと息が切れ、喉の奥が痛くなる。なだらかでも登り道は、遠慮なく志摩から力を奪って行った。

覚えのある滝の音とせせらぎは近くなり、ようやく都杷の屋敷に着いた時、志摩はもう息も絶え絶えの有様だった。

「志摩」

まるで来ることがわかっていたかのように、屋敷の前で待っていた都杷が手を差し伸べる。

「……っ、都杷様っ！」

志摩はその腕の中に飛び込んだ。

「ぼく、ぼく……」

「何も言わなくてもいい。わかっている。だから今は気持ちの赴くままにすればいい。ここにはお前を傷つけるものは誰もいない」

落ち着いた声は張りつめていた志摩の体から力を奪った。ついでに気力も奪い、それまで我慢していた涙が堰《せき》を切ったように流れ出す。

櫨禅に断られた。

その事実が全身に圧《の》し掛かり、そこから逃げるために志摩は叫んでいた。

「もうここにはいられないッ、櫨禅様に会えない……っ」

悲しいがそれが今の志摩が感じている事実だった。

「困った子たちだね。お前も櫨禅も千世も、みぃんな子供だ」

困ったと言いながら、都杷は志摩の背中を何度も撫でた。

「志摩、早くに結論を出す必要はない。また日を改めて櫨禅と話をするのも手だが」

ふるふると横に首を振る。もう二度とあんな勇気は出ない気がする。粉々に壊された恋心を立て直すまでには、もう少し時間が必要だ。それが一日なのか二日なのか、それとも一年先のことなのかわからないが、数日中というのは無理だ。

「……それに、ここにいられ……ない」

千世がいる里にはいられない。

「里に住む許可など里に受け入れられた時点で誰も必要としない」

あえてそれが出来る力があるのは都杷だけだ。

「それでも」

と、都杷は言った。

「お前が出て行くというのなら私は止めはしない」

「本当に？」

抱きついたまま、志摩は都杷を見上げた。大きな目には期待が濃く表れている。

「本当に、里を出てもいい？」

「ああ、いいとも。出るのも、それに帰って来るのも自由だもの」

志摩の涙を拭ってやりながら、都杷は目を細めて微笑んだ。

「可愛い志摩を泣かせた者たちにお灸《きゅう》を据えてやるのもまた一興」

あの櫨禅がどんな顔をしてどんな反応を見せるのかとても楽しみだと、くつくつ笑う都杷の言葉は、志摩の耳には入っていなかった。

この時は、ただ少しでも早く櫨禅から離れなければと思っていたからだ。


「志摩ちゃん、本当に行ってしまうんですか？」

「はい。葛さんも新市さんも、ありがとうございました」

　里を出ると言ってもすぐというわけでなく、志摩が実際に里を出たのは櫨禅の家を出て都杷の屋敷に世話になって四日後のことだった。

　その間、志摩はずっと都杷の屋敷の奥座敷で過ごしていた。たまに都杷の世話をしたり、人の世の仕組みを教えて貰ったりしながら過ごす四日は、思っていたよりも早くに過ぎて行った。

　都杷の屋敷にいる間、志摩を探して訪ねて来たのは葛で、

「千世様が意地悪言ってごめんなさい。わたしからも叱《しか》っておきました」

　開口一番に口にしたのがこれだったのには、笑ってしまった。手のひらの大きさしかない葛が卓袱台に座り、正座する千世に向かって説教している姿を想像してしまったからだ。実際にもそれに近い様子だったのは、後から早苗に聞き、それでまた笑ってしまった。

　聞けばよくあるそうなのだ。頑固な千世に育てられた葛は育て親に似て頑固で、二人の衝突には早苗も櫨禅も慣れているらしい。

　そんな葛は志摩がいる間は毎日せっせと都杷の屋敷に通い、人の世界で暮らしていくためのあれこれを伝授した。

「最初は怖いかもしれないけども、頑張って触ったりしたらきっと大丈夫です。わたしもシャワーの使い方わからなくて、最初は水に濡れていました」

　胸を張る葛は自慢げだが、一緒に来ていた新市が微妙に苦笑いをしていたのを見ると、失敗もかなり多かったのではないかと思う。

　ただ、葛の場合は新市がいた。新市と暮らすために里を出た葛には、頑張らなくてはいけないという大きな力の源があった。

　志摩にはそれがない。都杷の屋敷にいる間に、もしかして櫨禅が来るかもと思ったが、とうとう里を出るその日まで櫨禅が姿を見せることはなかった。

会えば決心が鈍るかもと恐れながら、会いたいと望む気持ちもある。

千世の屋敷の竹林のいつもの場所を開けてくれたのは、一緒に人の世界に行ってくれることになった伊吹だ。最初だけ、新市も同行してくれるのはありがたかった。

まだ早朝の霧が晴れない頃、志摩は細い小径に立った。

「志摩ちゃん」

小さな葛が手招きするので近づくと、新市の肩から志摩の手に乗り移った葛は、内緒話をするように耳に顔を近づけた。

「わたしは欲張りなのです。新市さんとずっとずっと一緒にいたいと思って。お魚を釣ったり、落ち葉を集めたり、海と言うのも見てみたい」

だから欲張りで、叶えたい願いがたくさんあって困るのだという。ただ、そのどの願いも、神森新市という男がいてこその満願だ。

「わたしは志摩ちゃんのお手伝いは出来ないけど、お願いすることは出来ます。志摩ちゃん」

葛の小さな手が志摩の頰を何度も撫でた。

「幸せになりたいといつでもお願いしてください。一番大事なお願いは、ずっと心の中に持っててください」

志摩は笑った。幸せそうな葛を見て笑った。

「ありがとう、葛さん」

志摩は櫨禅と一緒にいたくて、櫨禅に釣り合うようになりたくて、早く大きくなりたくて、それだけで大きくなった。今は里を出るけれども、きっとこの恋がなくなって消えてしまうことはない。

そっと押さえた胸はまだ痛い。

(櫨禅様、またきっと……)

今は逃げる。逃げることを許して欲しい。そしてもう一度、櫨禅に会うのだという誓いを新たに、志摩は境界を越えた。

「おい志摩、もっと力を入れて揉めよ」

「あ、はい。すみません」

津和の里を出た志摩は、新市が里を下りて絵を描く時に滞在する山裾の民宿で住み込みの下働きとして働いていた。身元照会も出来ない志摩を快く受け入れてくれたのは、日頃から新市がいかに村人に信頼されているかの証だろう。

有名な絵描きの先生という肩書きは、思った以上の効果があるらしく、民宿には絵描きの先生専用の離れがある。さすがにそこを借りるわけにはいかなかったが、知っている人が使う場所というだけで、気分もだいぶ違う。

それもこれも葛がよくしてくれたからだ。

櫨禅の家を出るだけでなく、津和の里まで出て行くと言った志摩を最初は引き留めた葛だったが、数回首を横に振った志摩を見て、意外なことに理由を尋ねることなくすんなりと認めてくれた。そのあまりの引きのよさに、もしや怒らせてしまったか、嫌われてしまったかと気落ちした志摩だったが、都杷の代理で人の世界に続く道を開けてくれた伊吹は、違うと言った。

「ああ見えて葛も頑固だ。お前の中に似たものを感じたんだろう。それに譲れないものがあるのを葛自身がよく知っているからな」

志摩が怯えていることに気づいていたのか、竹林まで一緒に見送りに来た伊吹は、いつもの黒犬ではなく人の青年の姿で、苦笑して首を竦めながらそう言った。

今回、葛も新市も村——正式には町らしいのだが村と呼んだ方がぴったりだと葛も新市も口を揃えて言う——には滞在していないため、一人ぼっちでの生活になるが、たまに様子を見に来ると言ってくれたのは、正直嬉しかった。

自分から里を離れようと決意したにも拘わらず、

こうして里と縁のあるすぐ側にいついてしまうのだから、結局はまだ櫨禅に対して未練たっぷりなのだ。それを自覚しているからまたたちが悪い。

そう落ち込んでいた志摩なのだが、民宿に来て半日もしないうちに吹き飛ばされてしまっていた。一人の滞在客によって、落ち込む間もないほど忙しくなったからだ。

冴島万智《さえじままち》。もう初夏になるというのに、黒いシャツと黒いズボン、黒いサングラスという姿で現れた万智は、同じ民宿の中で一番上等な部屋を借り、そこで志摩を専属にと指名したのである。

専属というのはその人につきっきりということで、そんなことが出来るのだろうかと疑問に思っていたのだが、万智は何度もこの町を訪れていて民宿の人とも顔見知りだという。

贔屓《ひいき》客の頼みにおかみは大きく頷き、知り合いの知り合いという万智の説明に、

「それなら初めての志摩さんも気が楽になるね」

と快諾し、万智の専属となったわけだ。

山間の小さな町にこんな派手な男がいていいのだろうかと、最初に万智を見た時には口と目を大きく開けて凝視したまま動けなくなってしまった。人見知りなど、どこか遠くに吹き飛んでしまったというのが、その時の志摩の正直な感想だった。

きれいだけれど怖い。怖いけれど、そっと見ていたい。

そんな気持ちを抱かせる不思議な人は、しかし、態度が神秘的とはかけ離れたもので、それで一気に神聖さから世俗に戻された気がする。

「お前のことは頼まれているからな。ぼくがここにいる間はしっかりと働いて貰うよ。ほら、今度は左の肩」

「あ、はい」

畳の上にうつ伏せになる万智の肩を揉むのも、既に条件反射である。押しが強いというよりも、その言葉に従わなくてはという気にさせられてしまうの

だ。弱肉強食、強いものには従ってしまう動物の習性は、新米神様の志摩に抗《あらが》えるものではない。

「あの冴島さん」

様、の方がよかったのかなと思いながら尋ねると、万智はうつ伏せのままくぐもった声を出した。

「なに？」

「頼まれているって、誰に頼まれているんですか？ 葛さん？」

「ああ、ちびにもお願いされたね。自分が行けないからお願いしますって。まあ、ぼくもたまたま休みがあったからな」

「……お休みのところ、わざわざ……」

自分のために申し訳ないという気持ちから沈んだ声を出せば、力が抜けているという叱声が飛び、手の指に力を入れ直した。

「定期的に来ているから問題ない。ここの温泉は美容にいいしな。美顔、美肌にもいいし、飲めば体にもいい湯だってある。辺鄙な場所だというけど、僕には素晴らしいところだ」

それは確かにそうかもとは思う。温泉というものに初めて入った時には、湯の白さに驚いて、このまま入っていいものか、かなり長い間湯船の外に裸で突っ立っていた。

その時は、恥ずかしながら地元の老人に湯の使い方を教えて貰い、ようやく入ることが出来たが、誰も来なければ触れることも出来なかっただろう。湯と言えば色がついていないもの、それが志摩の認識だったのだ。

「白いのだけじゃないぞ。温泉によっては赤いのもあるし、黄色いのもある。とてもすごい臭いがするのだってあるくらいだ」

「すごい臭い……」

「僕はそうでもないが、お前や伊吹みたいに元が動物なら鼻が利く分、きついかもしれないな」

鼻を押さえる姿を想像したのか、万智は体を小刻みに揺らして笑った。

「あの」

「なんだ」

「今さらなんですけど、冴島さんも神様なんですか？」

万智は「ふん」と鼻を鳴らした。

「本当に今さらだな。神は神だ。だから津和の里にいる連中のほとんどは知り合いだ」

「千世様や都杷様も？」

「ああ。——それに櫨禅もな」

櫨禅の名を聞いた志摩はわかりやすいほどに体を揺らした。もしも尾があったままなら、ピンと立ってしまっただろう。わかりやすく動く尾や耳がついていないのは幸いだ。

（櫨禅様……）

志摩は櫨禅の顔を思い浮かべた。

櫨禅の驚いた顔。それから困った顔が同時に浮かび、懐かしいと同時に恋慕う気持ちがもわもわと大きくなる。

今の今まで忘れていたわけではないのだが、人に紛れて民宿に住むというのは考えていた以上に気を遣うもので、それに加えて万智に振り回されていた志摩は、知らず櫨禅のことを心の奥底に仕舞い込んでいたらしい。

「——みなさんとお知り合いなんですね」

「みなさんというほどみんなじゃないぞ。僕は里にはいつかないから、知らない顔だってある。お前みたいな新参者もそうだし、ちびのことだって話に聞くだけで実際会ったのは相当経ってからだからな」

「そうなんですね……」

「僕の性分が里ではなく、人の暮らしに向いているというのがあるのだと思う。神だからと言って、同じ場所にずっといる続ける者ばかりじゃない。どちらかというと、好き勝手生きている印象の方が強いな、僕には」

志摩は頷いた。万智本人を筆頭に——とは口が裂けても言えないが、考えてみれば伊吹も外の世界にいる方が多いと葛が話していた。だが、同じ人の世界に長くいるのでも、伊吹はまだ人よりは神に近い考え方をしていると思うし、犬の姿を好むところからも根っこのところは神という部分に依存しているようだ。

反対に万智は、本人が口にしない限り、人が想像するような「神様らしい神」には感じられない。時時震えるような恐れや神秘性を感じることもあるが、それは神様という以前に万智本人が内包する気質が大いに関係していると思うのだ。

横暴、強情、我儘、気弱、静謐《せいひつ》などの個性と同じような位置づけで、万智の性格は「神様」なのだと思った。

「里の中だけで生活するならそれもいいだろうが、実際には外に出て行こうとする連中だっているだろう？　櫨禅だって里に引っ込んでいてもいいのに、わざわざ自分から人との関わりを続けようとしている。完全に人の暮らしの中に馴染んでいる僕みたいなのもいる。お前が知らないだけで、本当に多くの神が人の世にいるのは覚えておいた方がいいかもな。もしかすると、お前の動向を見張ってるスパイがいるかもしれない」

顔を横に向けた万智が志摩を見つめてニヤリと口角を上げる。

しかし、志摩にはその表情の意味がよくわからず、首を傾げた。

「すぱい……すっぱいのがいる？　梅干し？」

潰した実をちょっと食べるだけなら大丈夫だが、丸ごと食べるのが苦手な志摩はそれこそ酸っぱいものを食べた時のように、顔中を顰《しか》めた。

「梅干しって……お前、知らないのか？　スパイを。テレビ……は里にはないか。推理小説には出てくるけど」

そこで万智は首を振り、

「推理小説読む顔じゃないな。うん」

自己完結してしまった。

なぜか馬鹿にされたような気がしたが、だからと言って口答えするだけの勇気は志摩にはない。勘だけで言えば、きっとやり込められる未来がわかってしまうからだ。

知りたいことを諦めてしまった志摩は、また黙々と手を動かした。背は高いがそんなに頑丈な体つきではない万智の肩は、志摩の手の大きさがちょうどいいらしく、出会ってからはこの揉み解《ほぐ》しが日課のようになっていた。

この民宿にも温泉は引かれているが、町の反対側はもっとたくさんの種類の温泉を持つ旅館などもあり、散歩がてらそこまで足を延ばすことも万智は多かった。そして帰って来た後で、必ずこうして志摩に肩や腰を揉ませるので、今ではすっかり万智の体の効くところを覚えてしまっている。

(こういうの、櫨禅様にしてあげられたらよかったなあ)

万智の細い肩とは違って、分厚くて大きい櫨禅ならもっと力がいるだろう。重いものを持ったことがなさそうな万智よりも、重い薪の束を幾つも抱えたりする櫨禅の背中は疲れているに違いない。

診療所に来て腰や肩などの不調を訴えて手当てを受ける里の神様たちよりも、本当は櫨禅にこそそんな手当てが必要だったのかもと思い、志摩は今さらながらに櫨禅ともっと話せばよかったと後悔を覚えた。

揉み解しが終わった後は万智が本を読むというので、志摩は民宿の方の手伝いに回った。小さな民宿なので、新市が借りている離れを除いて部屋数は三つしかなく、そのうちの一つを万智が使っているために、二部屋しか空いてはいないのだが、隠れた温泉名所ということで、予約はほとんど途切れることがない。

掃除や洗い物など早苗仕込みの家事は、不慣れな志摩でも十分に役に立っているらしく、それが少し誇らしかった。

だが、そうなるとやはり思い出すのは櫨禅のことだ。

(櫨禅様、ちゃんとお部屋の片づけ出来てるかな？ お布団、お天気がいい日には干してくれてたらいいのだけど)

家のことは何もしない櫨禅の家は、志摩がいる間は綺麗に整理整頓されていたが、それ以前となると――。

(自分で出来るならすればいいのに)

最低限の身だしなみは整えているし、診療所側は見た目は清潔だ。だからずぼらというほどだらしないわけではないが、人の目に晒《さら》されない部分には手を抜く傾向があるのだと、短い同居生活の中で学んでいる志摩である。

「志摩さん」

廊下を昔ながらの糠《ぬか》袋で磨き上げ、ピカピカになったのを満足げに眺めていた志摩は、おかみから呼びかけられて顔を上げた。

廊下の曲がり角から顔を覗かせたおかみは、艶のある廊下を見て「まあ」と目を丸くした。

「なんだかうちの廊下がきれいに見えるわね」

しゃがんで手のひらで撫でればさらりとした触れ心地なのは、磨いた志摩がよく知っている。

「やっぱり若い子がいると力仕事は頼りになるわ。でもほどほどにね。志摩さんは細いんだから、あんまり力を入れ過ぎちゃうと腕が折れてしまわないかとおばさん心配よ」

「はい。ありがとうございます」

糠袋を桶に入れて立ち上がった志摩は、そこで自分が呼ばれたことを思い出した。

「あの、ぼくに何か御用があったんじゃ」

「ああ、そうそう。実はお遣いを頼まれて欲しくて」

おかみが言うには、宿泊している客の一人が他の旅館の温泉だけを利用して先ほど帰って来たのだが、買った饅頭を忘れて来てしまったというのだ。

「旅館さんにお電話して、忘れ物は預かって貰っているの。それを取りに行って貰いたいんだけど、お願いしていいかしら？」

夕方に近くなる時刻で、これからおかみは食事の支度をしなくてはならない。手が空いているのは志摩一人となれば、答えは言わずもがなだ。

念のため、万智には出掛ける旨を伝えると、

「気をつけて行っておいで」

と何やら気遣って貰えて、むず痒さを覚えた。志摩にとって万智という青年は、優しさを簡単に外に出すような人ではないという印象が強かったからだ。

志摩は前掛けを外した和装のまま、ゆっくりと町の中心へ向かう道を下った。町の中心から離れたところにある民宿はほぼ山裾に掛かるほどのところにあるが、元が小さな町なので歩いても大した距離があるわけではない。

両脇に田んぼがある道路を歩きながら、志摩は津和の里に思いを馳《は》せた。人の住む世界と神の住む里は、同じような田園風景だがやはり違う。

里には電気もガスもなく、電信柱も立っていない。大きな音を出す電話もなければ、箱の中で誰かが喋るテレビもない。吸い込む空気もやはり、里の方が澄んでいるように思うのは、車などがないのもあるが、雑多な人が持つ様々な念の混沌《こんとん》さが里にはないからだろう。

元々人に飼われていた志摩には、初めて見るものが多いわけではない。スイッチを押せばつく電気も車も知っているし、着物以外の服も見たことはある。ただ、人の体として接するのは初めてで、それで戸惑うことが多かったのも事実だ。

リスの手では操作できなかったいろいろなことが、人の体では出来る。津和の里での作業も、民宿での仕事も、多くが志摩には新鮮だった。

ただ、万智に言わせれば温泉町は里に近い生活だからまだ志摩にも優しいらしい。

「冴島さんが住んでいるところは優しくないのかな」

葛に少し聞いたところでは、お日様よりも明るい

電気があって、スイッチ一つで何でもしてくれる幾つもの種類の箱があり、それの動かし方を覚えるのは大変らしい。横で話を聞いていた新市が苦笑していたから、事実なのだろう。

リスだった時に外に出た覚えもあまりない。リスにとってはちょうどいい、人にとっては小さな籠の中が志摩の動ける範囲で、そこから見えるものが世界のすべてだった。

白い壁と白い布、四角い部屋の中で唯一外との繋がりを感じさせてくれたのは、開かれた窓だった。夜になると帳《とばり》が下ろされて見えなくなるが、それ以外では帳は開けられ、外を見ることが出来た。窓は普段は閉まっていて、時々開けられた時には鳥の鳴き声や人の声も聞こえて来た気がする。

ただ、それらの記憶はすべてリスの目から見た感覚的なもので、実際には自分がどこにいて何をしていたのかを、はっきり覚えていないのは、都杷のいう「新米神様」だからなのかもしれない。

忘れてしまいたいくらい辛かったという記憶はない。一番怖かったのは、山の中で獣に追われた時だから、それ以外はおよそ危険とは遠い暮らしをしていたはずだ。餓えることもなく、寝床に困ることもなく――。

神様になったリスの志摩は、今は人のふりをして人の住む町で暮らしている。

万智の言葉を借りるなら、知らない間に神様たちは人の暮らしに入り込んでいるのだ。自分のような新米神様が暮らせるのなら、ちょっと年を経た神様たちなら違和感なく溶け込むことが出来るのだろう。たとえば万智のように。人として生計を立てたり、伊吹のように犬の姿で紛れ込むこともあるのかもしれない。

(伊吹さんと言えば。ぼく、またリスになること出来るようになるのかな？)

伊吹だけが黒犬だったり人だったりと姿を自由自在に変えていることを、今の今まで簡単に受け入れて来たが、考えてみれば伊吹が出来るのなら他の神様たちも同じことが出来るはずなのだ。

思い起こせば、里のものは誰も本来の姿を見せたことがない。みな、人の姿でのんびりと生を送っている。

（櫨禅様も出来るのかな？）

葛は生まれた時から小さな神様で、元の形はないらしい。葛が自分で言うだけで、花の神様としての別の姿もあるのかもしれないが、今のところ本人にもわからないのだと言っていた。

肉食、草食、植物、動物。生のあるものには命が宿り、それが神になる。

（でもどうしてぼくが神様なんだろう？　こんなに弱いのに……）

思い返せば本当に不思議だ。獣に襲われて死にたくない、生きたいとは願ったが、それは志摩に限らずどんな生き物でも同じだ。その中で、志摩は死なずに神として生まれ変わった。もしかすると、気づかないうちに一度死んで、それから神様になったのかもしれない。

「あ、でもそれはないのかも。お腹、怪我したままだったし」

もしも一度死んで生き返ったのなら、わざわざ怪我をしたままにはしていないだろう。葛や櫨禅の話を聞く限り、相当に酷い怪我で、実際に志摩自身が傷跡を見て顔を顰めたくらいだから、悲惨極まりなかった。その状態で拾われたのなら、生きたまま死なずに神様になったのだとしたら、ますますわからない。

どうして自分は生きて神様になっているのだろう、と。

嫌なわけではないのだ。小動物だったリスの志摩には出来なかったことを、今はたくさんすることが出来る。不自由があるとすれば、狭いところに入ることや敏捷な動きが出来ないことくらいで、人の体に慣れればこれほど楽なものはない。

今の体の動作が機敏とは言い難いのは、体を動かすことに慣れていないのもあるが、そうしなければ生きていけない状況にないというのが大きいと思う。

それを考えれば、本当に幸せなのだ。

同族以外と言葉を交わし、笑ったり、喋ったり、リスだった時には食べられなかったものを腹いっぱいに食べたり、人の体は楽しい。指を使えば大抵のことが出来るのも、すごいと思う。

思い思いに着飾ることも出来る。

優しい手に撫でて貰うことも出来る。抱きつくことも出来る。

そして、痛いという心の病をも教えてくれる。

（――櫨禅様……）

好きという気持ちが大きくなり過ぎたのだ。どんどん膨れ上がって、それに耐えられなくなった志摩の負け。

こうなってしまった以上、櫨禅と一緒に暮らしていけるはずがない。志摩の気持ちを知ってしまった櫨禅から拒絶の言葉は貰ったが、もっと酷く態度で傷つけられる前に里を逃げ出した自分は、弱いのだと思う。

（好きって言う勇気はあったのに、そっから先がぼくには駄目だったんだ）

自分の中の好きという気持ちは、櫨禅と別れた時から少しも変わっていない。逆に、想いはもっと強くなっているような気さえする。心の中の引き出しは、どこもここも櫨禅への想いで溢れていて、減る気配がないのだ。

だからこそ、志摩は里を出たとも言える。櫨禅が迷惑だと感じているのなら、その気持ちを持ったまま側にいることは出来ないと。

だって、

（ぼくはこの好きを捨てることはきっと出来ないもの）

確かに志摩は傷つき、落ち込んだ。同じ想いを返されるとは思わないまでも、あそこまではっきりと拒絶されるとは思わなかったのだ。お内儀さんと言われ、自惚れていたところに冷たい氷水を掛けられた気がして、とても恥ずかしかった。

だから正しくは、傷ついたと感じてしまった自分を嫌悪した。

自分はいつからそんなに偉ぶったことを考えるようになったのだ、と。

人の住む町に来てまだほんの数日しか経っていないにも拘わらず、既に津和の里に郷愁を覚えている自分に驚く。

櫨禅や葛や早苗がいて、穏やかでのんびりとした津和の里。およそ神様たちらしからぬ、とても人間的で、温かく居心地のよい場所。

ふと背後の山を見上げ、志摩は小さく呟いた。

「櫨禅様に会いたいなあ」

あの山の向こう、どこかにいるはずの男を想い、志摩はほうっとため息をつくと、また温泉街への道をゆっくりと歩き出した。

頭上を鳥が飛び、長閑でいい景色だ。しかし、同じ田園でもここに櫨禅がいないだけで、志摩の心は沈んでしまうのだった。


「――志摩の想いには応えられないと？」

呆れたような都杷の言葉に、櫨禅はむっと唇をへの字に曲げた。

「応えられるはずがない。志摩のあれは、刷り込みと一緒だ。ずっと側にいた俺に頼って、それを愛情と勘違いしているだけだ」

津和の淵の側に建つ都杷の屋敷で、櫨禅は水神と向かい合って酒を飲んでいた。

流れる滝のような銀色の髪、細められた同じ銀色の瞳は、呆れてはいるが櫨禅を責めているわけではない。

里の誰よりも長く生き、神の世も人の世もどちらも知り尽くしている都杷の態度は、達観しているように見えるところがあった。

最初から神として生まれた都杷と、元はただの動物から派生して神になったに過ぎない自分との差はこういうところで出てくるのだと時々思う。

「お前も難儀な性格をしているねえ。こういうものは、頭で考えることでもないだろうに。好いていると告げられて、同じように好いているのになぜ素直に応えることが出来ないのか、私にはわからぬよ」

はあとため息をつきながら、都杷は盃を口に運んだ。普段里の者たちと接する時には凜《りん》とした姿しか見せることのない都杷だが、気心の知れた者が相手であれば、そこそこに態度も崩れる。

畳の上の卓袱台を間に挟み、櫨禅と対する姿は葛などが見れば驚くだろうと思うほどに、砕けている。行儀悪く片膝を立て、肘を置き、貝と野菜の煮物を楊枝《ようじ》でつつきながら酒を飲む姿など、津和の里では都杷と付き合いの長い櫨禅くらいしか知らないのではないだろうか。

櫨禅も普段は都杷に対しては、上位の神として礼儀を弁《わきま》えて接している。だが、今回は神格の上下は気にせず、話す相手が欲しかった。

そう、酒と肴を携えて都杷の屋敷を訪ねたのは、櫨禅の意志によるものだ。

実は志摩が去ってすぐに、

「都杷様が櫨禅様に遊びにおいでって言ってました」

という伝言を葛から聞きはしていたのだが、軽く流していたのだ。話の内容を察することが出来るだけに、避けていたというのもある。

しかし、志摩の不在が長くなるにつれ、どうにも説明出来ない靄のようなものが自分の中に生じて来たのも事実だった。

布団が敷きっぱなしの自分の部屋を見ていると、なぜ片付いていないのだろうと思い、流し場に残されたままの食器に首を傾げる。障子の桟の埃が気になり、溜まった洗濯物が目に付く。

ずっと前までは見慣れた光景だが、少し前までは
どれも見かけなかったものだ。

だから家にいたくなくて外回りを増やすも、里の
外で行く場所など数が知れている。

「お内儀さんはどうしたの？」

「櫨禅、志摩さんの姿見えねえが出てったのか？」

「あらあらまああ。志摩ちゃんに愛想尽かされたの？」

など言いたい放題の里の者たちと酒で談笑する気にもなれず、かと言って、志摩と諍いがあった後、鬱々としている千世の家に行く気にもなれない。

結果的に里で話が出来るのは都杷しかいないと結論が出て、渋々半分山道を登って来たのだ。

「志摩の気持ちが刷り込みだったとしても、お前がそれを避ける理由にはならないだろうに。可愛いのだろう？　志摩が」

櫨禅は黙って酒をクイと呷《あお》った。この酒は、他の神の里で作られたもので、以前に薬を届けに遠出した時に謝礼にと貰ったものだ。水が違えば酒も違う。同じ地酒でも、津和とは違う少し辛みのある口当たりは、今の櫨禅の気持ちを誤魔化すのにちょうどいい。

「まったく……。いい加減におし。お前が志摩を娶ることに反対する者はいないのだし、里の噂を本当のことにしてしまって何の不都合がある」

ほれ反論があれば聞くよと挑発する都杷を睨むようにして、櫨禅は眉だけ上げた。

「本当に強情なのだから……」

「――志摩はまだ生まれて日が浅い。知っているのも里の者だけだ。そんな志摩を囲い込むようなことは俺には出来ない」

「それはお前が考えることではないだろう。志摩がそう望み、お前も望むのであれば、障害など何もない。櫨禅、ここは神の住まう里。人の世にあるようなしがらみも、禁忌も何もないに等しいのだよ」

「そうは言うが、勘違いを訂正しないのはよくない。

志摩のあれは——親を慕うのと同じ感情だ。離れていればすぐに消える」

「お前は……」

都杷は見せつけるようにわざと両手の手のひらを上にして上げ、大きな溜息をついた。

「どうして志摩の気持ちをお前が決めつける？　嘘か真《まこと》かを決めるのは志摩本人にだけ許されるもの。たとえその恋の矢がお前に向いていたとしても、お前が断言していいものではない」

そして都杷は首を振る。

「それを、そのまま志摩に言ったそうではないか」

「気づかせてやっただけだ。俺の側にいたら、いつまでも勘違いさせたままになる」

「だから、勘違いと決める根拠はどこにある？　ないだろう？　お前の言い分はただの言い訳だ。それこそが、志摩の感情が間違っていないとお前自身が理解している証拠だよ。そして他ならぬ櫨禅、お前自身が志摩を蔑にしている」


櫨禅は答えない。答えられるわけがない。都杷の言う通りなのだ。

志摩の好意は素直に嬉しい。だが、櫨禅にとって志摩は小さなリスの子という印象が強すぎた。それ以上に目に焼き付いているのは、大怪我を負い、冷たくなってぐったりとした姿だ。

葛に呼ばれて初めて志摩を見た時のあの衝撃は、忘れられるものではない。

——獣の鋭い牙と爪で裂かれた小さな体。

——返事をしない可愛い子供と愛する番の冷たい骸《むくろ》。

——血を流すほど上げた咆哮《ほうこう》。

古い、とても古い記憶まで引っ張り出して来てしまうほどに、志摩のあの姿は衝撃だった。抱えた時の感触は、覚えのあるものよりもずっと小さく軽かったが、記憶の奥深くに埋めて眠らせていた映像を浮かび上がらせるには十分だった。

これまで長く生きて来た間には、怪我をした人間や動物を相手にしたことは何度もある。その都度チクリと痛む胸はあったが、志摩は別だった。子供だったというのもあるだろう。茶色の毛に反応したのもあるだろう。

志摩も葛も気づいていないだろうが、瀕死の志摩を見た時の櫨禅が感じたのは悲しみと同時に、大いなる怒りもあったのだ。

誰が手を掛けたのだ、と。

「――櫨禅、お前もそんな顔をするのなら素直に志摩を迎えに行けばいいのに」

「俺が？　迎えに？」

「そうだとも」

「それはおかしい。志摩を外に出す手伝いをしたのは都杷様、あなた自身じゃないか」

気づいたら志摩は櫨禅の手の内から消えていた。津和の里から逃がした――逃げたのだと気づいた時、真っ先に都杷のことが浮かんだ。

外に続く道を開けることが出来るのは、里には何人かいる。自分の意志で出入りする力を持っている神ならば、それは可能なのだ。

ただ、志摩の場合はそもそも力がない。葛も同じだ。そんな若い神が外の世界で楽に生きることは困難だ。

「志摩はあれでも神としては葛よりも上の力を持っているんだよ。そうは見えないかもしれないけれど、未熟とは少し違う」

「葛の方が長く生きているのにか？」

「葛がゆっくりと大きくなるのだとすれば、志摩の場合は元が成体だったから馴染むのも早いということだ。だから成長した体も葛よりも自由に動かせるだろう？　お前と同じだよ、櫨禅」

櫨禅が神になった時、それを間近で見ていたのは他ならぬ都杷だ。

「……同じではないだろう。俺と志摩では、そもそも神になったきっかけが違う」

獣の性《さが》に絶望し、人と触れ合って優しさと労りを覚え、別離の辛さを知った。

「もちろんそうだ。誰一人として同じ道を辿る者はいない。人であっても神であっても、生を決めるのは己自身。だからこそだ、櫨禅。志摩の気持ちをお前が決めてしまってはいけない。そもそも」

都杷は縦に長い銀の瞳孔を細め、蠱惑《こわく》的に微笑んだ。

「お前がしたことと言えば、志摩の言葉を勘違いだと否定するだけで、志摩本人へのお前の気持ちがどういうものなのかを伝えてはいない」

櫨禅はぐっと詰まった。答えられないのを誤魔化すように、貝柱を口の中に放り込んだ。甘辛いそれは時々歯に詰まるのであまり好みではないのだが、こんな山の中では珍しい海の幸で、酒の肴《さかな》にはちょうどいい。黙っていられる口実にもなる。

話題を避けているのだと都杷にはわかっているはずで、目は明らかに「この頑固者をどうしたものか」と言っている。

「……まあいい。志摩にはお前が頼んだ伊吹以外にもお目付け役をつけている。不自由はしないだろう。それに、麓の町は人の数も多くはない。葛のようにいきなり溢れる人の中に放り込まれるより、よほど優しいところだ」

櫨禅は目を上げた。

「それじゃあ、志摩は大丈夫なのか？」

尋ねた櫨禅を見た都杷は、小さく笑いながら空になった櫨禅の杯にトクトクと酒を注いだ。

「なんだ、それを訊きたかったのか」

「葛の二の舞は困る。無理に神力を引き出したのでも、与えたのでもないとはわかっているが、志摩に何かあれば……」

里での暮らしと人の町での暮らしは違う。誰もが顔見知りの里と違い、町には様々な性質を持つ人間がいる。長閑で善良な人が住む小さな町ではあるが、全員がそうだとは限らないのだ。そして、志摩に人の善悪を量るだけの経験や知恵はない。

騙されたらどうするか。心無い言葉に傷つけられたらどうなるか。

「拐《かどわ》かしは今も昔もあるものだしね」

櫨禅の心の中を読むかのように、都杷がのんびりと付け加える。

「昔は天狗《てんぐ》の仕業や神隠しと言われていて、実際にそういうこともあったけれど、すべてを私たちがしたわけではない」

口減らし、人買いなど、こっそりと連れ去られていった人間は多い。今の時代にそういうことはないらしいが、営利誘拐という言葉は里にいても通じるくらいには有名だ。加えて、最近では営利以外の目的——つまり拐かした人そのものが目的の場合もあるというのだから、人の考える悪事にはきりがない。

人攫いの対象になるとすれば、身寄りのないというう触れ込みで働いている志摩の場合、身代金よりも本人そのものが対象になっている可能性が高い。悪戯目的、臓器売買、性欲を満たすための道具。本当に人の世に溢れる犯罪は数え挙げてもきりがない。

「何も知らない真っ新な子供でもないから、その辺は志摩自身が上手に対処してくれるといいと私は思っているよ」

「そんな状態で外に出してよかったのか？」

非難を込めて言えば、おや、と都杷は細い眉を上げた。

「お前にはその方がよかったのだろう？　里にいて顔を合わせ辛いと双方が思っているからこそ、志摩は自分から出て行ったのだと認識していたのだが？」

「顔を合わせ辛いとは……」

「実際にそうだろうに。だからお前はわざと外出を増やした。志摩が私の屋敷にいると知っていたのに、会いに来ようとしなかった。様子だけは気にしていたようだけれどね。その間に志摩が里を出てしまうことくらい予想出来ないお前でもあるまい？」

まさにその通りなので、櫨禅は押し黙らざるを得なかった。確かに顔を合わせるには抵抗があるだろうと考えた。だが、それは志摩に対する気遣いだ。ただ否定されて同じ家に寝泊まりするのは辛かろうと――。

しかし都杷は、それすらも見苦しい言い訳だとぴしゃりと言う。

「櫨禅、さっきも言ったが人の気持ちを他人が勝手に決めていいものではない。辛くとも立ち向かおうとしていたのなら、その想いはどこへ向ければよいのかわからなくなってしまう。内に籠るより、表に出して昇華させた方がいい場合も多々ある」

いい場合の反対が身近によい例としてあるだろうと言われ、それが古い友人のことを指していることに気づき、さらに苦い表情で櫨禅は苦悩を深めた。

確かに、対処しやすいのは志摩の方だ。ぶつけられればなんとでも返すことは出来る。しかし、ぶつけられなければずっと現状維持だ。これがずっと数十年以上も続けば、それはもう日常の延長だ。だから千世の気持ちが自分の方へ傾いていると知っていても、それを当たり前に流して来た。少なくとも、櫨禅の側で応えるつもりはなかった。千世から何らかの言葉を伝えられない限りは。それが最善だと思っていたのだ。

だが千世は違う。少なくとも今までは、長く続けてきたこの関係が変わることはないと思っていた。千世の性格上、絶対に表にも口にも出すまいと思っていた。

いつしか自然に幼馴染という関係が定着してしまっていた。

それもまた、考えればおかしな話ではある。志摩が櫨禅を慕うのは、親に対する愛情のようなものだと告げた自分と千世の関係こそが、まさに親と子の関係に近いのだ。

千世の祖母がまだ津和の里にいて、櫨禅が里に住まうようになってしばらくして千世が生まれた。小さく折れそうな若木の世話をして、無事に人型になれるまで育てたのは櫨禅だ。

小さな花の願いと思いから零れるようにして生まれた葛とは違い、神木に宿り、神になるために樹木から生まれ出た千世は、生まれ落ちた時からずっと櫨禅と共にいた。

　その千世と志摩から寄せられる純粋な想いを受け入れることが出来ない心の中の屈託が、櫨禅を落ち込ませる。

「都杷様、俺がいけなかったのか？　このままでいたいと思う俺の弱さがいけなかったのか？」

　思わず零れてしまった愚痴という名の弱音を聞いても、津和の里の主である水神は軽く肩を上げるだけで、明確な答えを告げることはない。

　都杷はいつもそうだった。多くの言葉をくれるが、選び取るのは必ず本人にさせる。意地悪だからでも、吝嗇《りんしょく》でもなく、都杷がそれだけ大きな力を持つ神だからだ。都杷が願いを込めれば、それは言霊となって事象を縛る。たとえば今、都杷から「志摩に接吻《せっぷん》しろ」と言われれば、常とは違う状態の櫨禅は容易《たやす》く受け入れてしまうだろう。

　たとえ潜在意識を浮上させただけだとしても、都杷に言われての行動と自分で見つけ出した答えに従うのとでは、同じ行為をするのでもまるで違う。

　だから都杷が介入することはほとんどない。よほど緊急の場合でない限り、都杷は見ているだけだ。助言をし、指針を示しても、強要はしない。

「櫨禅」

　都杷は物憂げに唇に指を当てた。

　開け放たれた窓からは、津和の淵に流れ込む滝の音と夏風にのった涼気が入って来る。日中の日差しはもう夏のものと変わらず、里の田も緑一色で染まっている。そんな田畑の風景を眺めながら、志摩と並んで歩いたのは十日も前のことではないのに、随分と昔のように思える。

　志摩のことを振り切ろうとしている自分の気持ちがそうさせているのか、それとも存在を求める寂しさがそう錯覚させているのか……。

「他者の手を借りてまで守りたいと思う子なのに、どうして側に置くことが出来ないのか、私にはわからない」

桜色に染められた艶のある長い爪がトンと櫨禅の胸をつつく。

「お前の中にある古い傷なんて、とっくに癒えているのだろう？　非難されても結構。だけれどね、それを言い訳にあの子の気持ちを否定してしまうのは、既に亡いものたちをも冒瀆《ぼうとく》しているのと同じこと。罪悪感もあろう。だが、過去に囚われてばかりいても前には進めまい。私はね、櫨禅」

都杷はさらりと銀の髪を払い、月が覗く紺色の空が見える窓へと顔を向けた。

「お前も志摩も、生きて幸せになることこそが亡き者たちへの餞《はなむけ》になると思っている」

「――俺はともかく、志摩もなのか？」

都杷は頷いた。

「あの子は生きたいと願っていた。生きて幸せになって欲しいと強く望む者がいた。それが私を動かした」

櫨禅はハッと顔を上げ、陰影のある横顔に強い視線を注いだ。

「それでは……それでは志摩が神になったのは都杷様が……？」

「私はほんの少し力を貸しただけ。そして他のものたちも少しずつ力を貸しただけ。生きて幸せになること、それが志摩の存在意義だ。そこで問題だ、櫨禅。あの子の求める幸せはどこにあると思う？」

たった今までの厳かな雰囲気を消し去った都杷は、悪戯っぽく目を細めて櫨禅を見つめた。

「わかったなら迎えに行っておいで。気遣って伊吹に様子を見させるくらいなら、最初から自分ですればいい。手を離したと言いながら、まるで離していない時点で、お前はもう結論を出しているのだよ」

櫨禅はハァとため息をついた。そしてわしゃわしゃと手で髪を掻き、顰めた顔で首を振った。

志摩が去ってから、千世も屋敷の作業場に引き籠ってしまい、滅多に顔も見せなくなった。部屋から出て来たかと思えば、櫨禅の姿を見た途端、避けられてしまう。今の櫨禅には、千世を無理に引き出すことが出来ない。

それはやはり弱さだと櫨禅は思う。

自分は強いと、腕っぷしだけではなく、自制を覚えて精神的にも強くなったと思っていたが、それは自惚れに過ぎなかったと、今回のことを振り返り、自分の自惚れ具合に笑いたくなる。

少し力を入れれば折れてしまいそうな志摩や千世に、うまく対処することが出来ない。物理的な力は、この際まるで無力だ。

そう思えば、二人の方がよほど心が強い。志摩は外の世界へ出て行くだけの行動で自分の態度を示したし、千世は言葉にこそしないが無言の抗議を続けている――ように櫨禅には感じられた。

（ツケか……）

二人から寄せられる想いに気づいていながら、見て見ぬふりをし、避けて来たツケの代償は思った以上に大きく、櫨禅を打ち負かす。

都杷に指摘されるまでもなく、愚か者の自分には乾いた自嘲の笑みしか浮かべることが出来ないではないか。

志摩を迎えに行く。

千世と話をする。

この二つはどう足掻いても避けては通れない。

敵《かな》わない。

声に出さずとも、態度はそう告げていた。


「しっ！　しっ！　あっち行って！」

志摩は今、非常に困っていた。というのも、遣いに出た先で民宿のおかみへと預かった、豚の角煮がたっぷり詰め込まれた鍋が、野良犬に狙われているからだ。鍋と言っても大きなものではない。志摩の頭が入るか入らないかくらいだから、中身がたっぷり入っていても両手で持っていれば、苦労を強いられるものでもない。

だが、それはあくまでも平常時の話であって、間違っても四頭の犬に追われている今、暢気に大丈夫と断言できるほど志摩は強くない。大きくて立派で、野良犬のように薄汚れているわけではない。しかし、近くに飼い主がいる様子はない。

「どうして犬が……」

山で逸れてしまった猟犬だろうか。この辺りでは、時期になれば狩猟も行われていると聞く。それとも尾根続きの他の山からやって来た野良犬だろうか？

あいにく周囲には誰も助けてくれそうな人はいなかった。仮に人がいたとしても、四匹もの大きな犬がいたのなら、助けるよりも先に逃げ出すだろう。

「だめっ、これはだめなのっ」

志摩は持っていた両手鍋を高く抱えたまま、犬たちを刺激しないように小走りに歩いた。美味そうな肉の匂いを嗅ぎつけたせいなのはわかっているが、だからと言って置いて逃げるわけにはいかないという義務感のようなものがある。

志摩にとって鍋は、世話になっているおかみに届けなければならない大事なもので、何よりも守らなければいけないものだった。

たかが鍋と人は言うかもしれないが、任せられた仕事を完遂させるのは、これからも人の世界で暮らす志摩には負けてはいけない戦と同じなのだ。

（怖いけど……怖いけど！　でもこれはだめなんだからっ）

犬は怖い。大きな獣は怖い。

本音を吐き出していいなら、小さなリスに戻って、すぐ側にある細くて高い電信柱の上にでも登ってしまいたいくらい怖い。

犬たちは唸り声を上げているわけではない。威嚇もしてはいない。ただ規則正しい足音を立てて、町の外れを出て民家がまばらになった辺りから、どこからともなくやって来て、息が聞こえるほどの距離を保ちながら、ヒタヒタと志摩の後をついて来るだけだ。

（早く……早く帰りたい）

少しなだらかな田んぼの中の一本道の先には、民宿の屋根が見えている。ただ、他に遮るものがないから見えるだけで、すぐに辿り着ける距離ではない。少しでも今と違った行動を取れば即座に襲い掛かってくるのが明らかな以上、走ることは出来なかった。志摩の足は鈍い。リスだった時の機敏さは、この体で発揮されることはない。

最近で一番早く走ったのは、櫨禅に想いを拒否されて逃げ出した時で、あの時は無我夢中だった。

もしかすると、とても早く走れるかもしれない。だが、走ったら鍋の中身が零れてしまうのは確実だ。今の志摩よりは、動物の犬の方が敏捷性は遥かに上のはずで、逃げ切れる自信は皆無。

（伊吹さん、ごめんなさい。怖がっててごめんなさい）

震える足を何とか動かしながら、志摩は心の底から伊吹に謝罪した。

同じ犬の姿でも、怖さがまるで違うのだ。伊吹の方が大きくて立派なのに、向けられる視線が違う。志摩が怖がっているのを知っている伊吹は、必要な時以外は犬の姿にならず、獣型の時には不用意に近づかずに距離を量っている。

隙あらば飛び掛かろうとしているこの犬たちとは違うのだ。

段々と足音が近くなって来た気がする。

（こわい……っ！）

襲われたらどうなるのか。

（決まってる。ぼく、食べられちゃうんだ……）

頭から丸齧《かじ》りされるのか、それとも半死半生になるくらい嬲《なぶ》られて、生きながら齧られてしまうのか――。

小動物の定めで、リスの志摩はいつでも捕食される側だった。大きな鳥や蛇にも気をつけなくては自然の中で暮らしてはいけない環境の中にいた。

かつての志摩なら、強い獣に狙われて逃げ場がないと分かった時には諦めていただろう。ここには隠れるところも何もない。そして、人になった志摩には小さいけれど敏捷な体も、一矢報いる硬い歯も爪もない。

薄い布だけを纏った人の体は、守ってくれる柔らかな毛皮がない分、傷つきやすい。山の中での最後の時に、獣の一撃を受けても辛うじて生を繋ぐことが出来たのは、毛皮のおかげでもあった。

（痛い……？　うん、痛いよね、絶対）

痛いのは絶対にいやだ。

それくらいならいっそ頭から丸齧りされるか、一撃で首の骨を折られた方がましだろうかと、志摩の思考は徐々に負の方向へと流れて行く。いかに楽に食べて貰えるか、いかに痛みを感じないかがこの時の志摩のもっとも重要な懸念となっていた。

だからではないが、

「あ！」

緊張して強張った体でぎこちなく歩いている最中に考え事をしていれば、足元にも前方にも不注意になるのは自明の理。

背後を気にし、民宿だけを見つめて歩いていた志摩は、転がっていた小石に躓いてしまった。

「お鍋が！」

その時の運動神経はまさに神業だったと、後で思い出した時に何度も感心する。躓いて前のめりになった志摩は、鍋だけは手放さなかった。鍋を守るという一念で、足をもたつかせながらもなんとか体勢を整えるこが出来た。頭上に鍋を掲げ、ヨタヨタクルクルと下手な踊りのようにはなったが、何とか落とさずに済んでほっとする。

「よかった……」

だから志摩は気がつかなかった。今の志摩の動きが四匹の犬たちの狩猟本能を刺激したということを。

動くものは捕える。犬たちにとって志摩の動きは、挑発にしか見えなかったのだろう、本能で飛び掛かった。

「アッ！」

せっかく立て直した体勢も崩れ、背後から飛びかかられてしまえば、もう無防備な姿を晒すしかない。

「いやだっ！　だめッ、やめてッ！」

志摩自身を噛むのではなく、志摩の着物を咥《くわ》えてブンブンと振り回す。噛まれるよりましだとは言え、激しく振り回されるだけでも恐怖で、見える鋭い犬歯がいつ自分の方へ向けられるのかを想像するだけで恐怖が全身を支配する。

「た……たすけ……てっ」

怖い怖いと思いながら、涙を目にたくさん浮かべ、志摩は誰かが助けてくれることを祈った。

それが通じたのか、遠くに見えた民宿の門から出て来た人が犬に囲まれている志摩に気づき、大きな悲鳴を上げた。

自分のことだけでいっぱいの志摩は、何と叫んでいるのか何を言っているのかよく聞き取れない。だが、誰かに見つけて貰ったというだけでもほんの少しだけ恐怖が和らいだ。

人影は志摩を指さしながら、門の中に向かって大きな声で何かを喚いていた。直《す》ぐにでも犬を追い払って欲しいところだが、無理をしないで欲しいとも思ってしまう。

（あと少しだけがんばったら誰かが……）

怪我をするのは痛くて嫌だが、死ぬよりはいい。

「！」

少しでも助けの手に近づこうと犬を振り切るために足を踏み出した志摩だったが、足元にいた犬に当たってしまう。

そのまま派手な音を立てて志摩は地面に転んでしまった。

当然鍋は無事ではない。濃厚な角煮の匂いがすぐに広がり、志摩の背を押さえ、今にも噛みつこうとしていた犬たちの興味もそちらに向かう。

カランと転がった鍋。それに群がりガツガツと食らう四頭の犬。

志摩はうつ伏せに倒れたまま、それを見つめた。

「鍋が……」

だが、小さな鍋に入っていた肉も野菜も餓えた犬たちにはほんのわずかな腹の足しにしかならない。零れた汁を舐めるペチャペチャという音もすぐに聞こえなくなり、そこで志摩は初めて気づいた。

(逃げればよかったんだ……!)

どうしてのんびりと犬たちの食事が終わるのを眺めていたのだろうかと、自分の間抜け具合が情けなくなる。鍋の中身が食われているのが衝撃だったにしても、自分の身に振りかかる災難を避ける機会を自ら逸してしまったことは、とても大きな問題だった。

そう、大きな問題だったのだ。

少しの肉で腹を満たした犬たちは、それで満足したわけではなかった。

犬の気持ちを代弁するのならこうではなかろうか。この人間はもっと他のものを持っているのではないだろうか。そうだ、そうに違いない。どこかに隠し持っているのなら、それも取って食えばいい。

志摩はぞっとした。

犬たちが振り向いたその眼は、今度こそ確実に志摩本人に狙いを定めていたからだ。

「に、逃げなきゃ……」

顔を蒼白にした志摩は、慌てて立ち上がった。その時に肘と膝に痛みを感じたが、それよりも恐怖が勝った。

地面に伏せた志摩と犬たちの視線が交差したのは、おそらくは僅かな間のこと。どちらが先に行動を起こすかではなく、志摩が生き残るためには志摩の方が先に動かなければならないのだ。

一口噛まれてもいい。肉を食いちぎられてもいい。

それでも逃げれば、きっと民宿の人が――。

そう思い、犬たちの向こうに見える民宿の方を見た志摩の瞳は、一瞬で大きく開かれた。

「え……？　嘘……嘘でしょう……？」

志摩が気づいたのと同時に、犬たちも気づいていた。

自分たちのいる場所に近づいてくる男がいる。一人……一人ではなく一人と一匹。

どちらの動きが早かったというのは、志摩にはわからない。大きな黒い犬が疾走するのを視界の端に入れながら、目は他の者を見ていたからだ。

「櫨禅様……」

そんな馬鹿なという声が自分の中で聞こえる。

だが、伊吹の後ろから走って来るのは間違いなく櫨禅だった。

農作業服を着ている人が多いこの町でも違和感のない見慣れた作務衣姿で、ただすごい勢いで駆けて来る。手には赤いものを抱えていて、それが何だろうと思う間もなく、伊吹と犬たちが衝突する姿が見え、走りながら赤い物を動かした櫨禅の手がこちらに向けられたと思った時には、白い煙のようなもので視界が埋め尽くされてしまった。

その中で、ギャンッという鳴き声が聞こえたが、目を閉じて咳《せ》き込む志摩には様子は何も見えない。

仮に目を開けたままにしていたとしても、瞬時に白く変わった視界の中では何が行われているのか、見えなかっただろう。

「こほっ……」

それでも助かったのだという安心感から、志摩は何とか立ち上がろうと腕に力を込めた。まだもうもうと白いものは舞っているが、焦げ臭《くさ》い臭《にお》いはしない。だから煙ではないのだろうとは思うが、未知なものへの恐怖はある。

「んっしょ」

やっとの思いで上体を起こし、その場にぺたんと座り込んだ志摩はコホコホと咳き込んだ。

その体がふわりと上に浮いたのは、もちろん志摩がしたことではない。

「志摩」

体がびくりと声に反応する。

「櫨禅……様？」

返事の代わりに頷いた顎が志摩の頭に触れた。脇の下から回された腕はしっかりと志摩を抱くように回され、未だ力が入らずに覚束《おぼつか》ない足元を支えてくれる。

懐かしい温もりと、土と薬の匂いに志摩は涙が出そうになった。

どうして櫨禅が人の町にいるのだろうとか、どうして助けてくれたのだろうとか、問いたいことはたくさんあるが、何よりも今は再会が嬉しくて、志摩は体を半分捻って自分を抱き締める男の顔をしっかりと見上げた。

「……櫨禅様だ、本当に櫨禅様がいる」

少し痩《や》せたように見える頬、また無精して剃っていないのかいつもよりも少し長めに見える顎の髭。何かを言いたそうに動く喉仏がやけに男臭くて、そこから目が離せない。

思えば、ずっと近くにいて裸さえも見たことがあるのに、こんなにじっくりと眺めたことはなかったような気がする。

志摩と同じように白っぽい粉がたくさんかかった体は、とても見栄えがいいとは言えないが、それでも十分だった。逞しく力強い腕は誰よりも志摩が会いたいと望んでいた男のものだったのだから。

「怪我はないか？」

静かに響く声に胸がドキドキする。

「ない……です、たぶん」

転んだ時の痛さはもうどうでもよくて、ただ触れているところが熱くて、そちらの方に気を取られてしまうのだ。

「自分で立てるか？」

「はい」

と、小さな声で答えた後で、歩けないと言えば抱っこしてくれただろうかと甘い考えと後悔が過ったが、さすがにそれは自分に都合よ過ぎると振り払う。

志摩が自分の足で立てたのを確認した櫨禅は、「伊吹」と声を出した。

黒犬がいる方へと顔を向けると、そこにはもう四匹の犬はおらず、ただ縦横無尽に踏み荒らされた白い粉が残る道路だけが残されていた。

志摩が櫨禅と話をしている間にさっさと犬たちを追い払った伊吹は、恨めしそうに櫨禅を見上げ、鼻の頭に皺を寄せて不機嫌だという意思表示をした。

「消火器を使うならもっと考えて使えよ。俺まで真っ白になっちまったじゃねえか」

言われるまでもなく、黒い毛並みが素敵な伊吹の体は耳の先から尾の先まで少し色づいた白い粉に塗れていた。

「お前だけ避けて掛けられるようなものじゃないだろう、あれは」

「あんなもの使わなくてもすぐに追い払える」

ご機嫌斜めな伊吹は、座ったまま尾をパシパシと地面に叩きつけた。

「そう怒るな」

悪いとは思っていない軽い口調で伊吹を宥めながら、櫨禅は争いのあった場所を観察するように視線を動かした。

「お前の実力を疑っているわけじゃない。ただ、志摩に見せたくなかったからな」

何を見せたくなかったのだろうかと首を傾げた志摩だが、伊吹の方は首を傾げた後で「ああ」と頷いた。

「噛みはしたがそれだけだ。怪我もしちゃあいないだろ。威嚇しただけで逃げてったぜ」

黒犬がどこか自慢げに尾を振るのを見て志摩はクスリと笑った。自分がリスだったのを忘れて。

人と違って表情がなくて怖さばかりが先に立っていた伊吹だが、改めて見るととても表情が豊かなことに気づく。

（ぼくが怖がって見てなかっただけなんだよね、きっと）

　思い返せば、葛といる時には笑っていることが多いし、千世と一緒にいる時には「ふうん」という態度だ。早苗にご飯を貰った時には尾が大きく揺れていたし、万智の前では気楽に寛いでいる。

　志摩は意を決して足を踏み出した。

「伊吹さん」

　小さな声で呼びかけた志摩を、犬と櫨禅と二人の目が見つめる。

　視線を感じ、少し恥ずかしく思いながら志摩は伊吹の前に立ち、それから膝をついて目を合わせた。そこらの犬よりも大きな伊吹は、お座りをしていてもそれなりの高さに顔がある。

　しっかりと目を合わせた志摩は、まずぺこりと頭を下げた。

「ありがとうございました。助けてくれて。それに、気遣ってくれて……」

　伊吹が犬たちを酷く嚙まなかったのも、櫨禅が白い粉を振り撒いたのも、きっと志摩に流血を見せたくなかったからだ。彼らの配慮なく、もしも実際に見てしまっていれば、今ほど落ち着いてはいられなかったに違いない。

　志摩は意を決して口にした。

「あの、触ってもいいですか？」

「志摩？」

「俺に？」

　まさかそんなことを言われるとは思ってもいなかった伊吹が驚いたように耳をピンと動かした。見守っていた櫨禅も、志摩の発言には驚いた声を上げる。

「はい。あの、ぼくのせいで汚れてしまったから……」

　妙な具合に白くなっている毛はとても気になる。志摩がいるのをわかっていて櫨禅が噴射したのだから、大きな毒を持つものではないと思うが、黒い犬が白っぽい犬になっているのは、いたたまれないのだ。

それに、伊吹が毛皮を自慢に思っているのを志摩は知っている。いつでも葛を乗せて寝ることが出来るように、しっかりと手入れをしているのを見ている。時には早苗や葛に梳いて貰い、櫨禅にも強請ったのを見たことがある。

暇な志摩も櫛を咥えて歩いていた伊吹に一度頼まれそうになったのだが、その時はまだ怖さが先だったので気づかないふりをしてしまった。がっかりと垂れてしまった尾に、悪いことをしたなと思ったものだ。その時の後悔を払拭するよい機会だと、勇気を振り絞った志摩は、拒絶の返事がないのをいいことに手を伸ばした。

怖がっていたのは志摩のはずなのに、なぜか触れた瞬間に伊吹がびくりと震えたのがわかった。硬直したとでも言えばいいのか、かなり緊張しているらしく、口一つ動かさない。目はきょときょとと忙《せわ》しなく動きながら、櫨禅と志摩の間を行ったり来たりしている。

「……櫨禅よぉ、ちょっとこれ……」

最初はパタパタと頭と首のあたりについた白い粉を払うだけだった手は、伊吹がじっとしているのをよいことに、全身にまで及んだ。毛の表面についた粉をパッパッと手で払い、指で毛並みを梳いて行く。

(柔らかくて気持ちがいい)

犬の毛には触ったことがないが、やはりリスの自分とは質が違う。神様になりたてで小さかった時に残っていた尾や耳の感触は覚えているが、それよりも表面の毛からして伊吹の方が柔らかい。

葛が好んで触れたがる理由がわかる気がした。

「伊吹さんありがとうございます。それから今までごめんなさい」

一通り粉を叩き落とした志摩は満足げに黒く復活した伊吹の全身を眺めた後、もう一度撫でながら深く詫びた。

「ぼく、ただ怖がるだけで見てなくて……。伊吹さん、こんなに優しいのに……」

「べ、別にそれはいいんじゃねえか？　お前、獣に襲われたんだろう？　だったら怖がるのも無理ねえと思うし、俺も好きでこの姿でいたんだから気にすることはない。それよりも」

伊吹はまたちらりと櫨禅を見上げた。

「あんまり俺に触るな」

「え……？　やっぱり嫌ですか？　怒ってますか？」

慌てて志摩が手を引っ込めると、

「違う違う！」

伊吹の尾が大きく横に揺れた。

「そういうわけじゃない。触られるのも撫でられるのも好きだからそれはいいんだけどな」

恨みを買うようなことはしたくないと、伊吹はぼそぼそと呟いた。

「……あんまりよくわからないですけど、時々ならいいですか？」

尋ねた相手は伊吹だが、それに応えたのは櫨禅だった。

「時々だけならいいがやり過ぎないように気をつけろ」

地面に転がっていた鍋を櫨禅から受け取った志摩は、空になった中身を見つめ、がっくりと肩を落とした。

「せっかく貰って来たのに駄目になっちゃった……」

美味しいから是非にと言われたお勧め品で、作った土産物屋のおばさんもおかみの感想を楽しみにしていただろうにと思うと、気落ちするどころではない。

「おかみさんに謝らなきゃ……」

「犬に襲われたのなら仕方がない。わかってくれる」

ぽんと背中に回った腕で軽く撫でるように叩かれ、志摩は小さく頷いた。

櫨禅が空になった消火器を、志摩が鍋を持って民宿の門を潜ると、そこには手を組んでハラハラした様子で待ち構えていた民宿の老夫婦と客がいて、志摩を見て飛びついた。

「志摩さん！　よかった、無事で……！」

　小柄な志摩よりもさらに小柄なおかみは、志摩の体をぺたぺたと触った。

「怪我は？　怪我はない？　噛まれたりしなかった？」

「倒されたけど、噛まれてはいないです」

「でも」

　おかみの視線は志摩の着物の裾に注がれていた。

（あ、破れてる）

　引き倒された時に噛まれて引き裂かれたのか、着物の下の方が無残に裂け、白い脚が膝まで見えている。よく観察すれば、他にも破れているところもあり、いっそ体が無傷なことの方が幸運に思えてしまうほどだ。

「助けに行ければよかったんだけど、私たちもどうしたらいいのかわからなくてね。駐在さんには電話したんだけど、出払っていて」

　おかみは目尻に浮かんだ涙を袖で拭い、やっとのことで安心したのか微笑んだ。

「本当に無事でよかったわ。この方がいなかったら、本当にどうなっていたか……」

　この方と言われた櫨禅に向けて、おかみは深く腰を曲げて礼を述べた。

「志摩さんを助けてくださって、本当にありがとうございました」

　小柄な主人とおかみは櫨禅の前に並ぶと本当に小さく見える。その体全体で感謝を表現する老夫婦に、志摩は心が温かくなるのを感じた。

（ぼくのことをこんなに心配してくれる人がいたなんて）

　絵描きの先生の知り合いという伝手で雇って貰った身だ。働き始めてまだそんなに日は経っていない。それなのに、まるで身内のように大事にされて、嬉しさと恥ずかしさ、その両方が交じり合い、志摩も一緒になって頭を下げた。

「ありがとうございました」

顔を上げて見上げれば、櫨禅の表情はいつもと変わらない。だが、今の志摩にはそれが照れているのだとなんとなく伝わって来る。

「礼はもういい。俺も助けることが出来て本当によかったと思う」

それでもと何度も頭を下げて礼を述べる老夫婦がやっと満足した時には、櫨禅は苦笑いを浮かべていた。

クロちゃんもありがとうね、と言われている伊吹はどこか複雑そうな顔をしていたが、唸り声で反論の声を上げたりしないだけの分別はあるようだ。

黒犬の姿の伊吹は、この町ではもう見慣れたもので、「クロ」という愛称までつけられている。どうもこの町にいる時だけ新市が飼っている犬だと周知されているようで、首輪もない大きな犬が町の中を歩いていても、今ではすっかり住民も慣れきっていると聞いている。

櫨禅も民宿の夫婦とは新市を通して顔見知りだと思っていたが、それ以前からこの町に来ることもあり、民間医薬の薬屋さんというあまり聞かない名前で憶えられていた。

「神森先生や冴島さんのお知り合いですからね、私たちも覚えているのよ」

おかみからそれを聞かされた志摩は、ほっとした。知り合いなのをどう説明すればいいのか、それとも赤の他人を装えばいいのか少し考えていたが、隠すことはないのだと知り、嬉しくもなる。

それに、

「よかったわ。ちょうど志摩さんを訪ねて来られた時で。薬屋さんが来なかったらと思うと……」

おかみがブルリと体を震わせた。しかし、それより志摩が気に留めたのは、自分に会いに来たというおかみの言葉だった。

「え？」

目を丸くしたまま見上げれば、櫨禅は少し眉を寄せた。それを見て悲しくなった志摩がシュンと項垂れる。

（そうだよね。そんなに都合がいいことあるはずないよね）

さっきは緊急の場合だったから櫨禅が普通に話し掛けてくれたが、恋心を抱いている相手がいるところへわざわざ訪ねてくるはずがない。

（きっと冴島さんか伊吹さんのところに会いに来たんだろうけど、でも犬に会いに来るなんておかしいから、ぼくに会いに来たことにしたんだ）

櫨禅が人の里に下りてくる理由としては、それが一番しっくり来ると志摩は自分を納得させた。

「あの、冴島さんはお部屋にいると思います。この時間は本を読んでいるか、お昼寝しているかどっちかだと。お部屋にご案内しますね」

そう言って行きかけた志摩だが、

「その姿で部屋に入る気か？」

廊下の向こうから歩いて来た万智の不機嫌な声が聞こえ、全員が揃って顔を向けた。

腕組みをして立つ万智の目は、志摩、櫨禅、伊吹と順番に動き、何やら納得したように頷いた後、びしりと音が立ちそうなほど素早く腕を上げ、湯殿がある奥を指さした。

「まずはその汚れた格好を何とかするのが先じゃないのか？　そのまま上がったら、宿の中が汚れてしまうじゃないか」

あ、と全員が顔を見合わせ、互いの姿を見つめた。

破れた着物の志摩、ところどころにまだ白い粉が残っている伊吹、志摩と同じように薄茶の作務衣と頭髪が白くなっている櫨禅。

無事を喜ぶあまり、姿は二の次だった。

「いや俺は」

櫨禅が遠慮しようと口を開く。それを見た志摩は、万智の「行け」という唇の動きで反射的にその腕を取っていた。

「櫨禅様、お風呂に案内します」

逃がさないぞとしっかりと太い腕を抱えた志摩を見下ろし、志摩と同じように万智を見た櫨禅は、抵抗しようと入れかけていた力を抜いた。

それを確認して志摩は、逃げられないようにしがみついたまま小さな民宿の小さな湯殿へと向かった。

「伊吹、お前は待て、だ。温泉に入りたいならそれなりの格好をしろ」

背後で伊吹を引き留める万智に感謝しながら。


小さな民宿だが、四人が一度に入ることの出来る広さを持つ湯殿はある。薄白い湯が湧き出す源泉から引き込んだ湯で満たされた木造りの湯殿は、白い湯気に包まれ、静謐な雰囲気を醸し出していた。

千世の屋敷の檜の風呂に比べれば小さめだが、そこは温泉宿。大きな旅館とは違って、一人ずつの貸切に出来るのも利点の一つだ。

万智の指摘で湯殿に来た志摩は、勢いのまま櫨禅から着物を剝ぎ取り湯殿に押し込んだ。そのまま自分は洗濯場へ汚れたものを運び、脱衣所に新しいタオルと着替えを用意する。

「櫨禅様大きいから少し短いかもしれないけど」

何せ本当に大柄なのだ。通常宿に常備している浴衣では裾も袖もかなり丈が足りないだろうとは思うのだが、我慢して着て貰うより仕方がない。

「お湯加減はどうですか?」

そっと戸を開いて中に問えば、

「ちょうどいい」

という少しくぐもった声が聞こえる。何をしているのだろうかと覗くと、櫨禅が頭を泡だらけにして髪を洗っているところだった。

(櫨禅様の背中……)

志摩から見えるのは広い背中で、見慣れていないわけでもないのになんだか無性に恥ずかしく、同時に触ってみたい気持ちが湧いてくる。

（お風呂に入りなさいって冴島さんに言われたし）

志摩はぐっと握った手に力を込めた。

本当は櫨禅があがるのを待って入るつもりだったのだが、着替えを用意している間にも動けば飛び散る白い粉は、指摘通りこのままでは宿を汚してしまう危険があった。

それは立派な言い訳で、正当な理由だ。

「——お手伝いしますね」

自分も一緒にと湯殿に入って来た志摩がざっと体に湯を掛ける音に気づいた櫨禅が、

「おい、志摩」

驚いたような声を上げるが、それに構わず志摩は櫨禅の背中の前に座った。

「気にしないで、櫨禅様は髪を洗っててください」

その間に櫨禅の体を洗うのだと意気込んで、志摩は洗布に石鹸《せっけん》を擦《こす》りつけた。

「いや、そこまでしなくていい。自分でする」

抗議されるが志摩は無言で洗布を背中に押し当てた。びくりと背筋が動くのが見え、くすりと笑う。

誰だっていきなり触られれば驚くだろうし、ましてやそれが志摩ならなおさらだ。

「志摩」

「いいんです、させてください。櫨禅様だってぼくが小さかった時にはしてくれたでしょう？　それのお返しです」

まだ志摩が小さくて千世の屋敷にいる時に、櫨禅も一緒に風呂に入って洗ってくれたことが何度かある。

「あの時とは違うだろう」

そう、体の大きさも違えば、気持ちの持ち方も違う。だから櫨禅が言いたいこともわかるが、志摩はせっかく会話が出来る機会を逃したくはなかった。

裸なら、すぐに出て行くことが出来ないという狡賢《ずるがしこ》さは否めないが、そうでもしなければ櫨禅と向き合うことは出来なそうな気がしたからだ。

櫨禅だけでなく、自分も逃げ出さないための、気分はまるで裸の決死行である。

「さっきはありがとうございました」

広い背中には幾つもの傷跡がある。あることは知っていたが、大きなものから小さなものまで無数につけられた傷は、今のどっしりと構えた櫨禅からは想像することも出来ないが、志摩が知らないだけでいろいろあったのだろうかと想像を掻きたてられる。

「……傷、たくさんあります」

「ああ。昔のやつだ。小さいのはすぐに消えるが、大きいのはなかなかな」

「痛かったですか？」

「痛かったかもしれないが、もう忘れた」

志摩の吹っ切った態度に櫨禅も諦めたのか、声に苦笑は滲むものの、もう逃げたり避けたりする気配はなかった。もしかすると、単純に恥ずかしかったからかもしれない。

志摩も櫨禅も、普段は人とは違う世界で暮らしているため、体を隠すということはあまり頭の中にはない。風呂に入るのは裸なのが当然だという常識がある。その常識に則《のっと》って、二人とも下半身を隠すこともなくそのままの姿を曝《さら》け出している状態だ。

最初は備品の浴衣を着て背中を流すことを考えたのだが、汚れているのは同じなので、自分も体を洗うことを考えれば二度手間をわざわざ掛ける必要もないと、素っ裸になっている。

もちろん、そこに他意はない。櫨禅のことを恋慕ってはいるが、頭にあったのは櫨禅と話をすることと、とにかく自分のせいで汚れてしまった頭と体をきれいにすることだけで、他には何もなかった。

裸を間近で見て、触れるのは副産物に過ぎない——とこの時の志摩は思っていた。

頭を洗い終えた櫨禅の髪を先に濯《すす》ぎ、それからまた志摩は背中を擦って、腕や首なども同じように洗った。

「志摩、前は……」

背面を終えて今度は腹の方をと思い、座る櫨禅の前に膝をついた志摩は、泡だらけの洗布を胸に押し当てようとしていた手を櫨禅に捕まれ、きょとんと見上げた。

「まだ擦ってません」

「そっちはいい。自分でする。だからお前も自分を洗え。髪を洗うには時間が掛かるだろう？」

確かに大きくなった志摩の髪は長く、手入れにも手間が必要だ。サラサラで艶々なので気に入ってはいるのだが、洗う時だけは「短かった時の方がいい」と思わせるくらい時間が掛かる。

入浴後も乾かすのが手間で、ドライヤーという人間が使う道具を使用してもなかなか乾かすことが出来ず、面倒なので放置していることの方が多い。いつぞやは、半乾きのまま万智の前に出て、酷く説教をされた。なんとなく、理不尽さを覚えた夜だった。

その後は万智に見つかるとまた小言を言われるので、熱風を当てるようにはしているが、やっていると温かくなって眠くなり、結局は途中で止めてしまうことも多い。

本当に洗うのに時間が掛かるから、その間、目を閉じている志摩を置いて櫨禅が出て行きやしないかと、そちらの方が心配なのだ。

だからと、ぎゅっと洗布を押し当てた志摩の手首は櫨禅に摑まれた。

「いい。だからお前は自分のことをしていろ。——行かないから。お前がちゃんと体を洗うまではいる」

「本当に？」

「本当だ。だからな」

志摩が持っていた洗布を取り上げた櫨禅は自分の腕を擦り始めた。それを見て志摩は、それなら櫨禅が体を洗っている間にと、急いで自分の髪を洗うことにした。髪から先にしたのは、万が一にも櫨禅がいなくなる可能性を排除したかったからだ。

急いで湯を被り、せかせかと泡立てる志摩を見て櫨禅がくすくすと笑う声が聞こえた。

「そんなに急ぐな。急ぐと洗い残しが出るぞ。お前の髪は長くて美しいのだから、丁寧にしろ」

櫨禅の家にいる時にはゆっくりと時間を掛けて洗っていた。風呂上がりには、二人で同じほんのりと蜜柑《みかん》の香りがする石鹸の匂いに包まれて、一日の終わりを実感したものだ。

ここには里で使っていた石鹸はないが、同じものを使えば同じ香りを纏うことになる。久しぶりに会った櫨禅と同じ匂いになるのを想像するだけで、心も踊るというものだ。

志摩がちょうど髪を濯ぎ終えた時、櫨禅は湯船の中にどっかりとその巨体を沈めていた。

(よかった……ちゃんといる)

ほっとした志摩は、横目でちらちら櫨禅を見ながら手早く体を洗うために手を動かした。

湯船の縁に腕をもたれさせ、顔に手拭を乗せて上を向いている櫨禅はすっかりと寛ぎ切っていて、これが自分の想いを拒絶した同じ男なのかという疑いすら浮かんでくる。

(どうして櫨禅様、里を出て来たのかな)

伊吹や万智に会うためというのはほぼ間違いないと思っている志摩は、自分に会うためにわざわざ山を下りて来たとは微塵も考えられない。

出来るだけ手早く体を流した志摩は、どうしようかと考えてから、

「お邪魔します」

櫨禅から一人分離れたところで湯船に入り、肩まで浸かった。本当はもう少し離れたかったのだが、大きな旅館と違って小さな湯殿では、これくらいが精いっぱい。向かい合わせに座ると伸ばした足が当たるくらいだから、並んで座るより他はないのだ。

恐る恐ると言った具合に、出来るだけ波を立てないように静かに志摩が座るのを、櫨禅が口元だけを動かして笑っているのが見え、気詰まり感よりも笑われていることへの恥ずかしさから、志摩の白い肌はほの紅く染まった。

「……お前とこうして一緒に風呂に入るのは久しぶりだな」

「はい。前は、もっとちっちゃかったから」

盥《たらい》の中に浮かんだり、手のひらの上に乗せられて洗って貰った。尾を念入りに洗われた時にはこそばゆさを感じたものだが、今となっては懐かしい思い出だ。

もうそんな風に櫨禅に洗って貰うことはないのだろうなと思うと、残念な気持ちになる。

「うちの風呂は狭いからな。千世のところなら二人でも三人でも余裕があるんだが。作るにしても手入れがな」

「櫨禅様、絶対にお手入れも掃除もしなそうですもんね」

「その通り。薪を放り込んで火をつけるくらいはするが、その後はなあ」

別に風呂嫌いなわけではないが、その手間が面倒で、志摩が来る前まではたまに千世の家の大きな風呂に入りに行っていたという。

千世の名前が出た時に、志摩は少しだけ体を固くしたが、まだ手拭を顔に乗せている櫨禅には気づかれなかったと思う。

手を動かせばちゃぷんと湯の音がする。

町の中心から離れた場所にあるため、窓を開けていても騒がしい音は聞こえない。夜になると開口部の大きな窓からは星空も見ることが出来る。

大抵一番最後の湯を使わせて貰っている志摩は、そうして静かに一人、湯に浸かっては山を思い、里を思い、櫨禅を思って暮らしていた。

「もう慣れたか？」

「え？」

「人と同じ暮らしだ。不便なことはないか？」

「だいぶ慣れました。でもまだ、わからないことが多くて、おかみさんやおじさんに聞いて教えて貰っています。冴島さんもぼくが変なことをしたら叱ってくれるからありがたいです」

「そうか。万智は口が悪いから大変だろう？」

「はい……あ、いえそうじゃなくて」

思わず肯定してしまった志摩は慌てて言い直したが、櫨禅は笑って頷いている。

「本人もわかっていてやっているんだ。別に繕うようなものじゃない。性格がはっきりしているから、かなり直截《ちょくせつ》的な物言いしかしないが、悪気はない。本気で嫌っていれば、いつまでもここにいたりはしないやつだ。安心しろ」

それはつまり、万智にそれなりに使えるやつだと思って貰えているのだろうかと、志摩は安心した。

「ぼく、不安だったんです。冴島さんのお世話係みたいなことをさせて貰っているけど、失敗ばっかりで……」

初日は万智が着ていた洋服の手入れの仕方がわからず、着物のように折り畳んでしまって叱られた。ハンガーに吊るしておけばいいのだと、怒りながら教えられ、洋服は手入れが面倒じゃないが品によって片づけ方が違うのは、覚えるのが大変だと痛感した。

里で着ている着物なら、早苗に仕込まれて畳むのも何でも早く上手になっていただけに、洋服はまさに家事の天敵だ。人型の伊吹が着ているような襟のない服と違い、万智の着ているものはどこか洒落ている。質素だが手触りからして明らかに上等感があるので、それはもう気を遣うのだ。

「ここに着て来ている服なんてあいつにとっちゃあ普段着もいいところだぞ。それで今の狼狽《うろた》えようなら、外出着や仕事着を今のお前が見たら目を丸くして卒倒しそうだな」

「そんなに大変なんですか？」

「らしい。服を着るのが仕事だから、こだわりもあるんだろう。俺にはわからんが」

「ぼくにもわかりません」

志摩はそっと櫨禅の横顔を盗み見た。さっき再会した時に見たように、髭が少し伸びていて手入れをしていないのがわかる。毎日剃ればいいのにと思うが、志摩がいる時も手を抜いていたのだから、今は本当に気が向いた時にしか手入れしないのだろう。剃刀《かみそり》の刃がさびてしまわないか心配だ。

「……櫨禅様は」

志摩は湯面に視線を向けたまま、思い切って尋ねた。

「櫨禅様はどうして町に来たんですか？　伊吹さんに御用だったんでしょう？」

「伊吹に？　いや」

「違うんですか？　じゃあ冴島さん？」

「わざわざ煩いやつに会うために里を下りる気はないぞ」

「そう？　だって冴島さん、きれいだし。男の人はきれいな人が好きなんでしょう？」

「は？」

それまで上を向いていた櫨禅が手拭を退《ど》け、湯殿に来て初めて志摩をはっきりと見つめた。瞳の中には少しだけ呆れたような色が滲んでいる。

「それは誰が言った？　万智か？　伊吹か？」

「冴島さんです。男の人はきれいな人が好きだから、手入れを怠ったらいけないんだって、だから温泉に入って肌を磨くんだって言ってました」

「……志摩、それは間違ってはいないが正しくもない。確かに美醜を気にすることはあるが、全員が全員そうだとも限らない。一般論にするのが間違いだ」

「でも、きれいなものは見ていて気持ちよくなりませんか？　あのね、ぼく」

志摩は丸い円を作るように手のひらを丸くした。

「町に来て、初めてシャボン玉っていうのを見たんです。毎日見ていた泡があんな風に大きくなって、ふわふわ浮かんで空を飛ぶのを見て、びっくりしました。いろんな色がきらきら光って混じってて、とってもきれいだったんです」

「そうか」

「じっと見ていたら、シャボン玉を作っていたちっちゃな子がぼくにもさせてくれて、ふうってしたら小さいのがたくさん出来ました」

大きくて丸いのはすぐにパチンと弾けて消えてしまったから出来なかったが、代わりに子供が幾つも作って飛ばしてくれた。

帰りが遅いと伊吹が呼びに来るまで二人で駄菓子屋の店先でずっとシャボン玉を作って遊んでいた。

「とってもきれいでした。櫨禅様はシャボン玉、知ってますか？」

「知っている」

頷いた櫨禅は洗い場の方を見ていたが、急にざばりと立ち上がると湯船を上がってしまった。

まさか今の会話の流れで出て行ってしまうのかと、慌てて腰を浮かしかけた志摩だが、櫨禅は洗い場に据え置きのシャンプーを手に取り、桶に張った湯の中に入れてバシャバシャとかき混ぜた。

一体何をするのだろうと、奇行に思えた櫨禅の行動だが、

「あ！　シャボン玉！」

手を上げた櫨禅が指の間に息を吹き込んで出来たシャボン玉に、思わず歓声を上げる。

「特別な道具は必要ない。今はこれを使ったが、里にある石鹸でも出来る。藁で小さいのを作るのもいいし、お前を包めるほど大きいのを作ることも出来るぞ」

「そんなに!?」

目を丸くして身を乗り出す志摩の目の前で、櫨禅は次々に指でシャボン玉を作っては飛ばした。

「少しコツがいるが、慣れれば出来ないこともない。今度、一緒に作ってみるか？」

「はいっ！」

「え？」

勢い込んで思わず返事をした志摩は、
大きくなっていた目をさらに大きく見開き、パチパチと瞬きした。

「一緒にって、櫨禅様とですか？」

「俺はそう言ったつもりだぞ」

笑う櫨禅が作った小さなシャボン玉が志摩の腕の上に乗って止まる。

「葛が喜びそうだな。昔はよく作ってやったが、最近はやっていない。一緒に遊ぶのもいいだろう」

「それは、里で？　津和の里で？」

頷く櫨禅を見つめる志摩の瞳に、涙が盛り上がる。

「ぼ、ぼく、もう里には帰れないって……帰れないって思ってました。でも、帰っていいんですか？　中に入れて貰える？」

「どうしてそんなことを思ったのか予想はつくが、帰れないなんてことがあるはずない。都杷様が受け入れて、里のみんなも受け入れたものを排除するほど狭量な場所ではないぞ。それをしてしまえばもはや神の住まう里とは言えない。そんな場所だと思われていると知れば、都杷様に叱られるぞ」

都杷が怒るところは見たことがないが、怒らせては駄目な神様の筆頭だというのはわかる志摩は、コクコクと頷いた。

「お前は都杷様から神力を分け与えられて里に迎え入れられた神だ。帰るというのなら、それは津和の里を指す」

それはとても嬉しい言葉だった。都杷から神力を与えられたという下りの意味は理解できなかったが、少なくともまったく縁のないものではないという口実があるだけでも、身寄りのない志摩には大きな救いになる。

だが、浮上した気持ちはすぐにまた沈む。

そう、里に帰っても志摩には住む家がない。葛は自分と一緒にと言ってくれるかもしれないが、千世がいる以上世話になるのは遠慮したいし、千世の方でも志摩のことは視界にも入れたくないほど嫌っているかもしれない。

櫨禅の家にまた居候するのは、これも櫨禅との関係を考えれば無理だろう。出来れば一緒に暮らしたい。また穏やかな毎日を手に入れたい。

しかし、その希望が叶えられる見込みは、今のところまるでない。

求愛を断られても何度でも試みる動物も人もいるが、一度否定されてしまった志摩には無理な相談だ。好きではないと言われるのではなく、気持ちの根幹が違うと言われたのだ。親愛としか受け取って貰えないのであれば、共に暮らすのは苦痛だ。

そう思う一方で、一緒に暮らしていればそのうちに……という打算も働く。万智もずっとこの町にいるわけではないし、そのうちもっと大きな都会に帰ってしまうだろう。

伊吹にしても、定住せずにあちこちを放浪するのが伊吹という青年らしいのだから、志摩一人のために留め置くのは気の毒だ。

「志摩」

はっとした志摩のすぐ目の前に櫨禅が膝をついていた。もうシャボン玉を作る桶の中は空で、洗って伏せられている。

ほわんとしたまま見上げると、櫨禅が困ったような表情で見下ろしていた。

「お前は……」

「？」

「いや、いい」

櫨禅は志摩の横の縁を跨《また》ぎ、再び湯に浸かった。慌てて志摩も体の向きを変え、今度は櫨禅と斜めに向かう形で座る。

もういい加減長く湯に入っていたせいで、頭がぼうっとして来た。温《ぬる》めの湯なので長時間でも浸かって平気らしいのだが、普段から長湯の習慣がない志摩にはそろそろ湯あたりしそうな頃合いだ。

「櫨禅様、ぼく……」

そろそろ上がりますと言い掛けた志摩に被さるように、櫨禅が言った。

「帰って来い、志摩」

「え？」

「俺のところに帰って来い」

「え、でも、だって……櫨禅様、ぼくのこと……」

「あれは俺が悪かった。だから、考える。お前の気持ちを頭ごなしに否定しないし、決めつけることもしない。だから志摩、時間をくれ」

「櫨禅様……」

まさかの櫨禅の歩み寄りに、志摩は体の奥底から歓喜を感じた。見えない尾が大きく膨らみ、喜びで激しく揺れているのが、幻にしては鮮明過ぎるくらいに伝わって来る。

「いきなり言われてお前も困るだろうから、今日はそれだけを言いに来た。里に帰るにしても、もしも俺のところにいるのが嫌なら他に住むところを探す。いざとなれば都杷様の屋敷に置いて貰えるよう頭も下げる」

「そんなことまでしなくていいです！」

志摩は慌てて首を振った。千世の屋敷と言わなかったところから、千世との間に何らかのやり取りがあったのだろうとは想像つくが、いくらなんでも都杷のところは畏れ多くて遠慮したい。

「都杷様のところはいらないです。都杷様が怖いとかそういうのじゃなくて、なんだかあそこの空気はきれい過ぎて……」

神格の違いとでもいうのだろうか。美しく澄んだ清浄な空気は、心地よく体に沁《し》み渡るのだが、あまり長くい過ぎるとそれに慣れてしまって他では暮らせなくなるのではないだろうかという不安を抱かせる。それくらい、津和の淵と都杷の住むあの山の周辺は特別な場所だった。新参者の志摩にもわかるくらいだから、里の者は疾《と》うに承知のことなのだろう。

「ぼくはまだ小さいから……あの、体じゃなくて神様としての時間が短いから……」

「慣れが必要か」

「はい」

千世と都杷とどちらの屋敷に住むかと言われれば悩むところだが、選択肢が他にあるのならその方がいい。

「間借りでいいです。前の時みたいに、櫨禅様のおうちに住まわせて貰っていいですか？」

その間は気持ちを押し付けることは言わないし、素振りにも見せないよう心掛ける。滲み出る思慕は隠せないかもしれないが、それを承知の上で櫨禅が引き受けてくれるのなら、これほど嬉しいことはない。

諦めて、身を引くことしか考えていなかった志摩にとって、これは櫨禅本人から与えられた大きな機会だ。これを逃せば、櫨禅を手に入れることは出来なくなってしまう。

志摩は本能でそれを察した。確かにきついだろう。想いを寄せる相手に気持ちを知られた上で、それを返されないという可能性があるのだ。

しかしあくまでもそれは可能性。少しでも成就する未来があるのであれば、志摩が提案を受け入れない理由はない。

「ぼく、働きます。働いて、一生懸命いろんなことを勉強して、それから櫨禅様に好いて貰えるよう努力します」

「気張る必要はない。先は長いんだ。ゆっくり大きくなればいい。焦っても焦らなくても、辿り着く先が同じなら、道中の景色を楽しみながら歩けばいい」

ゆったりと噛み含めるような櫨禅の言葉が、じんわりと胸の中に沁み込んでいく。好き過ぎてたまらないほど溢れ出る気持ちは、押し付ける気がなくても隠しようがない。櫨禅本人がそれでもいいと言ってくれるのなら、溜め込まずに外に出して好きでいっぱいにしてしまえばいい。

心の中の引き出しはもうこれ以上入りようがないが、外に出せるのならもっとたくさん好きを育てることが出来る。

「あの、津和の里には今日？」

「それはお前に任せる。いきなり辞めるのは礼を失することになるし、ここの夫婦にも可愛がられていたのを知ってしまったからな。辞めるにしても、理由はきちんとしたものがあった方がいい」

「はい」

　ここは新市の口利きで勤めさせて貰ったところだ。失礼なことをして、新市の顔に泥を塗るような真似《まね》だけはしたくない。それに、仮に民宿を辞めたとしても二度と訪れないわけではない。

　今は無理かもしれないが、葛と一緒に来ることもあるかもしれないし、たまに滞在するという万智に呼び出されるかもしれない。民宿の人手が足りないのなら、新しい働き手が見つかってからの方がいい。

　里に戻る方向で志摩の心は決まっているが、里を出る時よりも帰る方が根回しが必要なことにびっくりする。

「そう頻繁には来ることは出来ないが、長くなりそうなら時々は顔を見せに来ることも出来る。この町と、もう一つ山を越えた向こうにある小さな町には足を延ばしているから、手間が掛かるわけでもない」

「はい」

　だが出来るだけ早くに帰りたいと、志摩の心は訴えている。気が漫《そぞ》ろになって、民宿の手伝いを失敗しなければよいのだがと、それが少し心配だ。

「そろそろ上がろうか」

　ザバーッと音を立てて櫨禅が先に上がり、脱衣所に向かう。その背中を追い掛けようと立ち上がりかけた志摩だったが、

「あれ？」

　縁に手をついた瞬間にふらりと体が傾ぎ、その後に感じたのは熱い湯に包まれる感覚だった。

「どうした志摩……志摩ッ!?」

　櫨禅の声が遠くに聞こえ、それからすぐに近くに聞こえ、薄らと目を開けた志摩は間近に大好きな男の顔を見て、へにゃりと表情を緩ませた。

「ろぜんさま……すき……」

　伸ばした手が顎に触れたことには、無精髭のチクチクを感じて気がついた。

「湯あたりするまで入る間抜けがどこにいる」

布団に横になったまま志摩は万智に説教をされていた。

「ごめんなさい……」

「まったくだ。いくら久しぶりに会ったからって、自分の体調くらいは把握しておけ。櫨禅も叱っておいたからな。医者なのに、隣にいたやつの体調も気づけないとは杜撰《ずさん》過ぎる」

どれもこれももっともなことなので、志摩は黙って上から降ってくる愚痴と小言を受け止めた。

風呂で倒れた志摩は、その後すぐに冷たい水を飲んで意識を取り戻したのだが、まさに追加の水を飲まされている最中で、それでまた血が上ってしまって自力では歩けなくなってしまった。

(櫨禅様に飲ませて貰った……)

口移し。コクコクと赤ん坊の頃に乳を飲んだ時以来の感触は、不思議な気分だった。純粋に水を飲ませるだけのために合わせられた唇だが、志摩にはそれで十分だ。

触れ合った唇。薄く目を開けた時に映った心配そうな櫨禅の顔。

(好きだなあ、本当に)

どうしてこんなに好きなんだろうと不思議に思うほど、櫨禅への気持ちには揺らぎがない。櫨禅に拒否された時には、確かに自分でも考えた。これは恋心ではなく、単に優しくされたことで舞い上がった気持ちが齎《もたら》した錯覚ではないだろうかと。

しかし、里を出てから本人を目の前にして感じたのは、里を出る前よりもさらに熱の籠った恋情で、離れている間にこそ静かに育てられていたのだと気づく。

志摩が起き上がることが出来るまで側にいた櫨禅が、また来ると言って里に帰ってからは、再び万智によって布団に押し込められてしまった。おかみたちは、犬に襲われたショックで貧血を起こしたのだと心配していたが、決してそうではない。薬屋さんと呼ばれている櫨禅が、変な病気ではなくただの湯あたりだと説明して少しは安心していたが、今日の仕事はもういいから休むようにと言われた。

　志摩自身も、いろいろなことが一度に起こった結果、体と精神がついていけなくなってしまっていたので、好意に甘えて休ませて貰うことにしたのだが、そこに姿を見せた万智にこうして居座られ、休む間もなくなってしまったというのが正しい。

「ご迷惑お掛けしました」

「お前よりも櫨禅だ。もっと理性的な奴だと思っていたが、まさか年端もいかない子供を手に掛けるとは……」

「え？　年端もいかない子供って、それぼくのことですか？」

「お前以外に誰がいる。葛は神森が溺愛しているから、立場的にもそれはないだろう」

「ぼく、成体です」

　何度も主張したことをまた告げるも、万智は「見た目が子供だろう」とにべもない。

「長過ぎると思ったんだ。汚れを落とすだけにしては時間が掛かり過ぎる。でも伊吹が近づくなというから放っておいたんだが、まさかな」

　しかし、風呂に行けと勧めたのは万智ではなかっただろうかと寝転がったまま首を傾げる志摩の前で、万智は悔しそうに美麗な顔を歪めた。

「性欲なんてないような顔をして、やることはやるというわけだ。まさか民宿で手を出すわけがないと信用していた僕も間抜けだ」

「あの、冴島さん？」

「逆上《のぼ》せるほどされたのなら辛くて当然だな。だが、志摩。お前も悪い。いくら櫨禅を慕っていても、場所を考えろ。今回は伊吹が気を利かせて見張っていたから他の客は来なかったが、場合によっては声も聞かれてしまうぞ」

「え！」

　それは困ると志摩は体を震わせた。確かに、声が響く湯殿で里や都杷の話をしたのはよくなかったかもしれない。

津和の里という地名は、人間には知られていないのだ。疑問に思われるのは、里に住む者たちにとってもよくない。

櫨禅との久しぶりの会話が楽しくて、多くを覚えてはいるが、反面多くは上の空で忘れてしまっている。その中に、里の大事に繋がるようなことをポロリと口にしてしまってはいないだろうかと、不安が押し寄せる。

そんな志摩の怖がりようを見た万智は、なるほどと頷いた。

「合意だったのか？　それとも無理強いされたのか？」

「同意はしました。櫨禅様がそれでいいって言ってくれたから」

里に帰るのも櫨禅から言い出してくれた。

去り際に、自分がもう一度町に来るまでに結論が出たのなら伊吹か万智に伝えれば、迎えに行くと言ってくれた。

「好いているのなら同意も仕方はないが、自分の体は大事にすべきだ。無理をすれば、お前の体がどうなるか……。櫨禅もわからないはずがないんだが」

「あの、ぼくは大丈夫です。櫨禅様は優しいし、いろいろしてくれるし、ぼくに出来ることはしてあげたいし」

してあげたい――だなどと上から目線での発言はおこがましいなと思いながらも、櫨禅と前のように話すことが出来て嬉しい志摩の高揚は、肌を赤く染める。

「だが、自分の体は粗末にするな。たとえ好いている相手からの求めでも、嫌な時は嫌だということが必要だ。流されて後から後悔することほど愚かなことはない。これは他の事象すべてに通用するし、人の世でも同じことだが、易々と体を許すことはないぞ」

滔々《とうとう》と話す万智の話の半分は志摩には理解できない言葉の繋がりだったが、まだ知り合って間もない新米神様を心配してくれている気持ちは十分に伝わったので、志摩は素直に頷いた。

「わかりました。ぼくも自分を大事にします。それから、ええと流されないように気をつけます」

「お前と櫨禅では体の大きさがそもそも違うから、櫨禅の方に気をつけて貰うよう言うのはお前の役目だからな」

他にも作法がどうの、上だとか下だとか、最初はゆっくりとか言っていたが、ほとんどが志摩の耳には入っていなかった。

確かに疲れた半日だった。

だが、怖いこともあったが、嬉しいことの方が多い濃い半日だった。唯一惜しいと思ったのは、犬に食べられてしまった豚の角煮のことで、明日にでも駄目にしてしまったお詫びをしに、土産物屋まで行こうと思いながら志摩はゆっくりと意識を沈めて行った。

直前に額に触れた冷たい手はきっと万智だ。

「――眠れ、幼い神」

怒っていない万智の声は、とてもきれいで優しく、いつもこんなだったらいいのにと思った。


「お世話になりました」

民宿の前で志摩は、老夫婦に深く頭を下げた。

「いいのよ。私たちもとても助かったから。本当はずっといてもらいたかったんだけれど、薬屋さんのお手伝いをするんじゃあ仕方がないものね」

名目上は薬売りの櫨禅の手伝いをするという理由で、志摩は短い間だが働いていた民宿を辞めて里に戻ることになった。手伝いをするというのは事実で、里の外に出る櫨禅の留守中に、診療の手伝いをすることで話がついたからだ。

もちろん、知識も技術もない志摩が治療を施すことは出来ないため、里の一人一人に合わせて調合された薬や、腹痛などの常備薬の補充、湿布の張り替えなどという簡単なものになる。

元々神様たちが住まう里という性質上、そこまで忙しくはないだろうと櫨禅は楽観視しているが、里の者たちの様子を見る限り、閑古鳥《かんこどり》が鳴くことはなさそうだ。何より、彼らは娯楽に餓えている。櫨禅がいる時でも診察の名目で集まって、櫨禅そっちのけで井戸端会議という風景も何度も見て来た。

そうなったらそうなったで、茶菓子を出してもてなすのもいい。

「志摩さんの代わりに頑張ります」

人手不足を補うために志摩の代わりに民宿に勤めることになったのは、萌葱《もえぎ》という少年で、実は早苗の弟だ。家族が多い早苗の家では、人の世界に出て行く者も多く、ちょうど修行の時期がいいということで萌葱が立候補したのである。

年の取り方がゆっくりしている神たちなので、早苗も萌葱も志摩よりは随分と年上だ。その分処世術にも長《た》け、あの万智の世話になりながら人の世界にいたこともあるという萌葱にはぴったりな仕事だ。

新市や葛が滞在することもある民宿なので、里の者が一人でもいれば心強い。人が営む民宿でありながら、こうして神がこっそりと入り込んでいるこの民宿は、賑わう町の中心や温泉街のある反対側に比べ、山に近いという普通なら不利益になりそうな因子を持ちながら、実はかなりの幸運を持っているとも言えよう。

「萌葱さん、どうかよろしくお願いします」

「任せてください」

腕まくりする萌葱は、早苗に似たそばかすのある顔を綻ばせた。見た目年齢は二十を超えた中肉中背の若者だが、愛嬌のある童顔は、見習いと称してやって来た二日の間にすっかり民宿に馴染んでいた。

「志摩さんも、またお時間があったら来て、今度はお客さんとして泊まってね。絵描きの先生にもよろしくね」

「はい」

これが永遠の別れではない。何度でも来ることが出来る。住んでいる人間たちは知らないが、この町と里は一本の道で繋がっている。

（今度は温泉に浸かりに来よう）

その時に櫨禅と一緒だったら嬉しいなと、志摩は勝手に想像して頬を染めた。

「志摩、今度は僕の住む街にも来い」

明日には都会に帰るという万智も言う。それに「はい」と返事をする前に、万智は続けた。

「お前が都会に出てどんな反応をするのか、実に楽しみだ」

そんなことを言うのだから、行かない方がよさそうだとこっそりと思った。万智と万智が暮らす都会については、行くにしても事前に葛や新市に話を聞いておいた方がよさそうである。


温泉饅頭がたくさん入った包みを持ち、志摩はもう一度全員に頭を下げ、歩き出した。足元にいるのは黒犬の姿の伊吹で、志摩の護衛兼案内係である。

帰るのに山に登るという矛盾は、少し上ったところにある祠にお参りするという理由をつけて誤魔化した。登山や山歩きならともかく、軽装で山に入るのはさすがに無理があると万智に指摘されたからだ。

最初は普通の道だったものが、次第に幅を狭くして舗装されたものではない登山道に変わる。明らかに山の中に入ったとわかる場所に、小さな祠はあった。山の神を祀っているという祠には、登山者や町の老人が置いたお供え物が幾つも置かれている。

祠の中には神様はいなかったが、神気が残されていることから、主はここではない別の場所に住処を持っているようだ。祠に祀られながら津和の里に住んでいる興二のような神がいるのだから、他にもそんな神様たちがいても不思議はない。

山の中の空気はまだ人の匂いがするが、先に進んで里への境に近づけば、神の気配がもっと濃く満ちて来るはずだ。

「悪いな、櫨禅が迎えに来れなくて」

「いいんです。忙しいなら仕方ないことだから」

櫨禅の仕事が忙しいというのは、何も口実に使っただけではない。春に取れた野草などを使った薬は今が一番の作り時であり売れ時で、配り歩いている人の村や他の神の里からも発注が多くなっているのだ。千世が毎日作業場に籠っていたのも、これがあるからだ。

「いや、だがこういう時は来て貰った方がいいもんじゃないのか？」

志摩は山道をサクサク踏みしめながら小さく首を傾げた。

「櫨禅様は一度ぼくを迎えに来てくれたから」

それでいいのだと志摩は思っている。あの時一緒に帰らなかったのも志摩の意志だし、行けそうなら行くが、おそらく無理だろうから伊吹と一緒に帰って来いというのは、萌葱からも伝言で預かっていた。

そして、

「待っている」

とも。

(櫨禅様が待ってるおうちに帰る)

そう思うと気分はとても高揚する。一緒に帰るのもいいが、待ってる人がいるというのが、定まった住処を持たなかった志摩にはとても嬉しい。

(お掃除してくれてるかな？　今日は晴れているからお布団干しててくれるといいなあ)

だが留守にするならそれも出来ていないだろうから、それなら自分が櫨禅の家に帰ったら、真っ先に布団を干せばいい。

(窓を開けて、ぱたぱたして、洗い物はたまってないといいなあ)

下手すれば、薬缶に直接入れた茶の葉を張り付かせたまま何日も使うことがあったのだ。せっかく中まで磨いた茶釜や急須や湯呑が酷いことになっていなければよいのだが。

志摩の意識は櫨禅の家に帰ってからすべきあれこれで埋め尽くされていた。

チャッチャッという軽い伊吹の足音と、時々志摩の体に当たる木の枝。既に普通に人が歩く道を離れ、登山用の細い道になっていた。あと少し歩けば、里に続く道に向かう分かれ道になる。

志摩は額に浮かんだ汗を拭ってほっと息をついた。

「疲れたか？」

振り返る伊吹に首を振る。

「平気です。あと少しだと思ったら、頑張って足を動かし過ぎてたみたいです」

「そうか」

リスの志摩と人型の志摩。歩く速さだけなら人型の方が早いが、こういう森の中の移動なら絶対にリスの方が早いと思う。木の枝から枝へと駆け抜け、頬や体に当たる枝や葉を気にすることなく、真っ直ぐに目的に向かって進んだだろう。


あいにくと、人の体はそこまで便利に出来てはいない。道を歩かなければ、余計に足取りが遅くなってしまうのだ。

「でも、思ってたよりもきれいな道で、歩きやすいです」

「だろうな。新市と葛がいるから比較的歩きやすくなってるはずだ。麓に出るのに残念な道だったら、残念な格好になっちまう。さすがにそれはな……」

確かにそうだ。人間の新市が歩きやすいように、麓と里を行ったり来たりしやすいようにと考えれば、まるで何もない獣道なのは困るだろう。

「ほら、あそこだ」

志摩の足に合わせてゆっくりと時間を掛けて登って来た伊吹は、大きな樫の木が目視できる距離で志摩を振り返った。

「あれを越えれば里だ」

「あの向こうに……」

一度通ったはずの道だが、志摩はほとんど覚えていない。

恋情と悲哀と後悔と、その他様々な感情が渦巻いていて、後ろも前も気にする余裕がなかったのだ。里を出て、人の町に行く。途中の道程はその時の志摩にはただ通り過ぎただけの景色に過ぎない。

だから、いざこうして里に帰るために登って驚いたのだ。近くはない。しかし、遠くはない。そんな場所に神の住まう里への入り口がある。

（ぼくは全然気がつかなかった）

リスだった時、この山にいたのか、尾根続きの隣の山にいたのか、はっきりと覚えてはいない。もしも近くにいたのなら、神力には気づいていたはずだとは思うのだが――。

（ううん、気づいていないのかも）

そう思うのは、動物と人の思考の違いだ。動物は生存本能を優先する。いかに生きて食べて寝て過ごすかという生きることに直結していて、他のことにまで気を配る余裕も知恵もない。

その点、人の体はよく考える。同じ恋をするのでも、単純に生殖だけを目的とするのか、相手から愛情を返されるのかでも違うような気がする。

（ぼくが番を見つけていないからそう思うのかな？）

動物も番に対する愛情は深い。獣の本性が優先される分、深く激しいのかもしれない。だから劣るわけではないと思うのだが、あれこれと深く考える人の頭と心は、持ち主さえも手玉に取る。

（不思議だなあ、好きって）

櫨禅が同じ気持ちを返してくれれば嬉しいが、少なくとも考えてくれると言ってくれた。志摩の気持ちを認めた上で、一緒に暮らしながら考えてくれることを約束してくれた。

人はこれを生殺しと言うかもしれないが、一度絶望した志摩には苦にもならない。小動物や人の寿命はすぐに尽きるが、不測の事態が起こらない限り、神の自分たちには長い時がある。

今だから嬉しいと感じているのかもしれないし、

これが百年二百年も続けばいい加減諦めてしまおうと考えるかもしれないが、二人の関係は始まったばかりだ。

(あ、でも)

櫨禅と暮らせる。里に帰ることが出来る。

浮かれていたのは否めない。だから、櫨禅以外にもう一つ、里から出なければならなかった理由があったのを思い出し、志摩はふと足を止めた。

「——どうした?」

それまで確かについて来ていた足音が急に聞こえなくなったことで伊吹が振り向く。

「足が痛くなったのか?」

あと少しなのにという声が聞こえ、志摩はゆるりと首を振った。

「あ、そうじゃないです。ごめんなさい、止まっちゃって」

さっと頭に浮かんだ千世の顔。決して避けては通れない櫨禅の幼馴染。

(でも、負けない)

千世の気持ちはわかる。辛い気持ちもわかる。

そう言えば、激昂《げっこう》されそうだがそれしか言いようがないのだから、仕方がない。

(千世様、ぼくも好きなんです。これぱかりは譲れない。だから……)

譲りたくない。

一度逃げ出した身で今更と鼻先で笑われようが、冷たくされようが、櫨禅が求めてくれたという出来事は、志摩に力を与えてくれる。

志摩を迎えに来た櫨禅が、千世と話をしたかわからない。二人の間で何らかの結論が出たのか、それとも何もなかったのかもしれない。

そこにだけは志摩も踏み込めない。

だから、志摩は自分に出来ることをする。櫨禅と共にいるために。

少し足取りは鈍ったが、自分を納得させた志摩は顔を上げ、伊吹に言った。

「里に行くのに緊張しました。でも、もうだいじょう……っ」

大丈夫です、と続けかけた言葉は、横合いから聞こえた唸り声と木々の間から躍り出た複数の影に驚いて途切れてしまう。

「ッ！　こいつらッ！　志摩ッ、逃げろ！」

先を歩いていた伊吹が異変に気づき、毛を逆立てて振り返りざま、空を躍って飛びかかって来た犬の腹に体当たりをして飛ばす。

そう、犬だった。

「あの時の……」

角煮を持っていた志摩を襲った四頭の大きな犬。山狩りで見つからず、もう別の山かどこかの町に移動してしまったかと思っていた犬たちのまさかの襲撃に、志摩は一瞬足を竦ませた。

「行けッ」

それでも伊吹の一声に動き出す。

（あと少し……！）

あと少しで里に行けるのに、どうして今、再び襲われなければならないのだろう。志摩は持っていた饅頭を遠く茂みの奥に投げ捨てた。前の時には角煮を狙っていたのを覚えていたからだ。

しかし、犬たちは志摩が投げ捨てた包みに一瞬視線を向けただけですぐに狙いを志摩に定める。

「どうして……っ⁉」

鍋の中身ほど匂いが興味を引かなかったのか、それとも彼らの目は志摩を獲物——餌として認識しているのだろうか。

（ぼくがリスだから……？　リスだから食べようと思って……？）

ゾワリと走った悪寒。志摩の顔から血の気が引く。地面に潜るくらい一気に血が下がった気がして、走っていた足から力が抜けた。

「あっ」

倒れ、転んでしまった志摩を見た伊吹が、すごい勢いで駆けて来るのが見えた。一頭の首に噛みつき、木々の中に放り投げる。ドサッという音がしたが、またすぐに首から血を流した犬が後ろから伊吹の尾に嚙みついた。

よくもまあ追いついたものだと感心するくらい強く嚙まれたせいで、後ろに引っ張られる形になった伊吹の行動が止まる。そこにまた襲い掛かる二頭。

「……ッ！　伊吹さんっ！」

獣同士の戦いほど怖く恐ろしいものはない。

伊吹は神だと言っていたが、何よりも畏れなければならない犬たちはもうそんな獣としての本能すら感じられないようになったのだろうか。

伊吹を助けるためにと石を握る。

樫の木まで行くのが一番の目的だ。だが、辿り着いたとしても伊吹がいなければ道を開くことは出来ない。

（少しでも自由になったら）

伊吹がこちらに来ることが出来れば、そうすれば里へ逃げることが出来る。

志摩は石を握ったまま立ち上がり、大きく振りかぶった。

「伊吹さんから離れてっ！」

非力な志摩の投げた石だから、威力は何もない。

だが、その行動は犬たちの目を引き付けるに十分で、彼らの注意が自分に向いたことにほっとした。

伊吹の驚いた顔が目に入る。どうしてそんな危険なことをするのだと非難しているようにも見える。

しかし、志摩がしようとしたことを伊吹はわかったらしい。四肢に力を込め、一頭に嚙みつかれたままこちらへと走って来る。

（よかった……）

志摩はほっとした。伊吹の後を追って、残りの三頭もやって来るが足の速さでは伊吹が勝る。

あと少しだけ注意を引けば、それで道が開けば……。

志摩はしゃがんで足元の石を拾った。手ごろな棒切れがないかと思ったが、投げるものしか見当たらないのだ。

「志摩」

樫の木の前で伊吹が立ち止まり、志摩を側に呼び寄せる。

志摩は走った。手を伸ばせばすぐの距離、抱えた石を投げて牽制《けんせい》する間に伊吹が前脚を伸ばして枝を払い――。

そして道が開かれた。

神力が小径の向こうから流れて来るのを感じる。さすがに神気に押されたのか、犬たちに怯えが走ったのが見えた。

だからもう安心だと思ったのだ。伊吹ですらそう思っていた。ただ、先に志摩を中に入れるため、細い道の入り口を譲るために体を横にずらした時、いきなりそれがやって来た。

「――ッ!」

志摩は何が起こったのかわからなかった。わからずに感じるだけだった。

(痛い……っ……)

噛まれたのは腹か、それとも肩か。どちらかを噛まれてどちらかを爪でえぐられたのか。

土臭い地面が顔に当たり、積もった落ち葉の香りに混じって、濃厚な血の臭いが充満する。およそ神域に近い場所にはそぐわない。

ドクドクと体から何かが出て行くのがわかる。むしろそれしかわからない。

ウォォオオオォォォンッ!

獣の咆哮が地面から伝わって来る。背中には動物の足が乗り押さえられているような気がするが、どの犬の咆哮なのか、すでに志摩には聞き分けることが出来ない。

ザザッザザッというのは、獣たちが争っている音だろうか。

神力のような大きなものを感じたが、伊吹だろうか?

それでも志摩の体は自由にならない。

(櫨禅……さまっ……)

気が遠くなる。山の中で死にかけた時と同じだが、あの時に動いた体は容易に動かすことが出来ない。

木の洞に潜って、怪我が治るまでじっとして、それから――。

（もうだめなのかな……）

顔の前に生臭い息が掛かる。食おうと思っているのか、生死を確認しているのかどちらかだろう。

喉に食いつかれればそれでもうおしまいだ。腹を狙ったのは、生きながら食うためか、それとも餌場に運ぶためかどちらかだろうか。

もう一度首に息がかかり、襟を咥えられたのがわかった。ずり、と地面の上を引き摺られる感触がする。ただし、それは決して素早いものではなかった。志摩は人の男としては小さい方だが、それでも子供よりは遥かに大きな体だ。

自分を襲った犬の大きさを見てはいないが、かなり大きな獣以外は楽に引き摺ることは出来ないだろう。

志摩は意識が途切れそうになるのを耐え、瀕死の状態のまま爪を地面に立てた。柔らかな土の地面に爪が食い込む。少しでも、この場を離れたくないという願いがある。

入口は開かれ、当たりに漂う神気が徐々に濃くなる。

誰かが来てくれるかもという希望がある。

誰か――。

（ろぜ……ん、さま……）

せっかくまた一緒に暮らせると思ったのに。せっかくまた一緒に……。

遠くなる意識。開かれた道の向こうを見たいのに、反対側を向いて倒れた顔はそれすら見ることが叶わない。

ただ、体を包む清涼な空気だけが感じられる。まるでこれから死に逝く志摩への慈悲のように。

（どうか……どうか櫨禅様が、幸せでいますように）

自分はもう側にはいられないけれど、里のみんなと幸せにいつまでも――。

自分の分まで……。

その時、志摩の中に響いて来た声がある。小さな声、柔らかな声。諦めた声。志摩を――リマを可愛がってくれた人の声。

「――ごめんんね。もうリマはどこにでも自由に行けるからね。リマ、幸せを見つけるのよ。――生きてね、私の分まで生きてね」

志摩の目からほろほろと涙が零れ落ち、地面に吸い込まれた。

優しかった飼い主。赤ん坊だった小さなリスを可愛がってくれた少女。真っ白な壁に囲まれた病院でずっと暮らしていた。志摩が入った籠を持って、外に散歩に出る時だけは明るく笑い、それ以外は暇さえあれば志摩に話し掛けていた。

時々病室を訪れて来たのは医者以外には親だろうか。

起きている時間が徐々に短くなり、志摩に話し掛ける声も小さくか細くなっていった。

それから――志摩は籠の外に出されたのだ。

もう自由に生きていいのだと、自分の分まで自由に好きなことをしてと願いを託して。

生まれた時からずっと人に飼われていたリスが、いきなり外の世界に放り出されて生き延びるのは難しい。それは、志摩自身が実感したことだ。

幸い、山の幸が実る季節だったのと、しばらくは飼い主が残してくれた餌があったため食い繋ぎ、その間に何とか巣を確保して、餌場を見つけることが出来た。

そして、瀕死のリスは人を忘れ、神になり、また生を終えようとしている。

（でも、ぼくしあわせ、だったよ。すきなひと、できたよ）

こんなにたくさんの好きを育てることが出来た。

たくさんの好きを覚えた。

籠の中にいただけでは出来なかったことをたくさん経験することが出来た。この生が途中で終わったとしても、もしもまた飼い主の少女に会うことが出来たら、きっと志摩は胸を張って笑顔で言う。

ぼく、幸せに生きたよ。

呼吸が止まる。

最期の一息を吸おうと志摩は薄く唇を開いた。

(ろぜ……さ……ま……)

光に包まれているような温かさ。薄暗い瞼の裏側が白く光る。

——志摩ッ!

大好きな櫨禅の声が聞こえたような気がして、志摩は笑みを浮かべようとした。その頰も唇も、もう動かなかったけれども。

櫨禅様、大好き。

咆哮が聞こえた瞬間、診療所で他の里から来た神と薬の交換をしていた櫨禅は竹林に向かって駆け出していた。同じように声を聞いた千世が屋敷から飛び出して来て、裏木戸を開け放つ。

都杷と話して志摩を迎えに行くと決めた後、何度訪れても明らかな居留守を使われて、今の今まで顔すらも見ることがなかった幼馴染の表情は、やや面窶れてはいたが真剣で、久方ぶりに神としての顔をしていた。

「急げ櫨禅!」

短い言葉だが、それで十分だった。長くこの道を管理する千世は、今日誰が帰って来るかを知っている。だから櫨禅に言ったのだ。

「伊吹を頼む」

その瞬間、二人の間にあった蟠りは消え去った。

「言われるまでもない」

頷いた櫨禅は知っている。千世が酷く後悔していることを。志摩が出て行ったのは自分のせいだと心を痛め、民宿に行って謝ろうと葛に袖を引かれながらも、行けない自分に腹を立てていた。

志摩に対しては素っ気なく、きつく感じられたかもしれないが、もともと優しい神なのだ、千世は。

（悪いというのなら、俺が一番悪い）

都杷ならば誰が悪いわけでもないというのだろうが、各々が自分が悪いと思っている。それでいいではないかと思うのだ。それで落としどころを見つけることが出来れば、少しでも罪悪感を減らすことが出来れば、それでいいのではないかと。

通り過ぎざま、千世の肩をぽんと叩き、勢いを殺さずに駆け抜けた。道はすぐに開かれる。だが、光の速さのその「すぐ」でさえ、今の櫨禅には遅く感じられた。

繋がったと思った瞬間に鼻孔に流れ込んで来たのは血の臭い。

黒い姿が櫨禅を認め、目を見開く。毛を逆立てた伊吹には二頭の犬が食らいついていたが、あれくらいでどうにかなるような伊吹ではない。

むしろ山犬――狼の神でありながら、好き勝手させていることの方が驚きだ。伊吹ほどの神になると、神気をすべて開放するだけで麓の町まで影響を与える。だから力を抑えているのはわかるのだが、櫨禅には、志摩の一大事に加減するなという憤りの方が大きい。

櫨禅が伊吹を確認したのはその一瞬だけで、五感と直感は引き寄せられるように一か所を見た。

深緑の藪《やぶ》の方へ引き摺り込まれようとしている小柄な体。淡い黄色の着物は、里に帰って来る志摩のためにお蝶が萌葱に持たせてくれたものだ。

その志摩がぐったりとしている。見えるのは乱れた焦げ茶の髪、白い脚、脱げた草履、それからそぐわない赤。

――櫨禅様。

もうこの唇は自分の名を呼ぶことはないのだろう

か？

もう動いて触れて来ることはないのだろうか？

柔らかい毛に触れることも、擽るようなむず痒さを覚えることもないのだろうか――？

櫨禅の体の中で何かが弾けた。怒り、悲しみ、それらを凌駕《りょうが》するほどの憎しみが、体の奥底から噴き出して、櫨禅の巨軀をさらに大きく見せる。

膨れ上がる腕の筋肉は膂力を何倍にも増し、一撃で志摩を引き摺っていた犬を弾き飛ばした。声もなく、倒れた犬は動かない。同じく志摩の側にいた犬――犬たちを率いていたのだろう一際大きな犬が威嚇のために牙を剥いた瞬間にはもう、殴り飛ばしていた。

怒気だけで、木々の葉が揺れ、ハラハラと雨のように落ちてくる。

目の前が赤いのは、血走った目のせいなのか、それとも志摩が流す血が焼き付いて離れないのかどちらだろうか――。

「――……禅ッ！　櫨禅ッ！」

伊吹の声を背中に聞きながら、櫨禅は立ち尽くしていた。

「馬鹿野郎ッ！　早く、志摩を里に運べッ！」

それはわかっている。だが、手が動かないのだ。

否、この手で志摩に触れていいのかわからない。

今の櫨禅は力の加減がわからない。触れるものをまた傷つけてしまうかもしれない。鋭い爪も、牙ももう持っていないのに、獣の姿にだけはなるまいと抑え込んでいる分、力の加減が出来ない。

志摩は柔らかく、小さい。

触ったら壊れてしまいそうで、動かせばそのままいなくなってしまいそうで立ち尽くす櫨禅は、羽ばたきと共に下りて来た黒い影に思いきり頰を張られていた。

「馬鹿者ッ！　志摩を殺す気か！」

櫨禅の頰を殴った万智は、志摩の前に膝をついて顔の前に手を翳した。

「――まだ息はある。まだ助かる」

本当かと、目を見開いた櫨禅に万智は頷いた。民宿で着ていた浴衣のまま、背中に二対四枚の羽を開いた姿は、冴島万智という青年を知れば実に不似合だが、それを指摘するだけ余裕のあるものはここにはいない。

「死なせるのか？」

まさか、と櫨禅は瞳で否定した。

「ならば運べ！　都杷様のところへ！」

万智の声に導かれるように、櫨禅は志摩の体を腕に抱え上げた。瀕死の志摩を抱えるのはこれが二度目だ。一度目はまだ小さな手のひらに乗るくらいの大きさで、今は腕の中にずっしりと重みを感じる大きさだ。

「……志摩」

「走れ」

竹林の中を小さな竜が何匹も泳いで来るのが見えた。竜精と言って、都杷の遣いのようなものだ。常には津和の淵の奥底で揺蕩《たゆた》っているが、何かあれば都杷の代わりにこうして水面を飛び出して来る。

水色に輝く竜精たちは志摩に纏わりついた。触れた箇所から、泡沫《うたかた》のように消えて体の中に溶け込んで行く。

津和の淵に浸けるまでの応急処置だ。都杷は見捨てていない。小さなリスの子を見捨ててはいない。

それがわかった櫨禅は、諦めかけていた自分を叱《しっ》咤《た》し、駆け出した。

漲る憤怒も憎しみも、今は体を動かす力に変える。ただ志摩を生かしたい。志摩に生きていて貰いたいと願いながら、櫨禅は竹林を駆け抜けた。

駆け抜けた先には千世がいて、新市と早苗が支える大きな姿見を指さした。

映っているのは都杷。手招きされるまま、櫨禅はそのまま姿見に突撃する勢いで突っ込んだ。

鏡が割れる――ことはなかった。

櫨禅が体当たりした時、一瞬だけ鏡面に漣のような銀色の水紋が走ったが、櫨禅と志摩の二人が吸い込まれるとすぐにそれも消え、人の背丈ほどもある姿見は青い空と緑色の景色だけを映していた。

あれから二月《ふたつき》ほど経って、夏も終わろうとしていた。

「はい、これが腹痛のお薬です。小さいのがちょっと痛い時で、大きいのはすごく痛い時に飲んでください」

「すごく痛いってどれくらいなのかね？」

「お腹抱えて丸くなるくらい痛くなった時です。それで、痛みが治まったらすぐにうちに来てください」

「わかった。立ってられないくらい痛い時には大きいのだね」

「はい。治まったからって、そのままにしとくのは駄目ですよ。もっと痛くなるかもしれないから」

「痛いのは嫌だもんなあ。気をつけるよ」

板の間に座った志摩は丁寧に袋の折り目を付けて患者に渡した。

「あと、千世様のところで早苗さんが梅干し配ってるから、帰りに寄ってみてくださいね。たくさん作り過ぎたから御裾分《おすそわ》けだそうです。でも早い者勝ちだから、もうあんまり残っていないかも」

今日という一日はもう間もなく沈む太陽によって、夜を迎える。診療所を訪れる患者たちにはその都度教えて来たが、果たしてまだ残っているだろうか。

「千世様のところの梅干か！　それなら急いで行かにゃあなるまいよ。教えてくれてありがとうな」

「お大事に」

志摩はひらひらと手を振って、黄昏《たそがれ》色が濃くなる中を慌ただしく隣家に走って行く男を見送った。

「志摩」

「あ、櫨禅様、お帰りなさい」

ふうと一息ついた時、廊下向こうの襖が開いて、櫨禅がのっそりと現れた。

「早かったんですね、まだお帰りは遅くなると思ってました」

「都杷様もそのつもりだったようだが、来客が来たんだ。それで早々に退散して来た」

「都杷様にお客様ですか？　里の方？」

「いや、都杷様の古くからの馴染で、時々津和の里にやって来る。連絡もなく来るのが常だから、来合わせた時にはすぐに帰るようにしている」

「そうなんですねぇ」

志摩は部屋に戻りかけた足を戻して土間に下り、白湯を入れた湯呑を二つ乗せた盆を持って、部屋に上がった。

「ああ、薬の時間だな」

「はい」

仕事部屋とは違う志摩の部屋から小瓶を持って来て、銀色の粉を匙で掬うと口の中に入れ、一気に飲み干した。

「……」

コホコホと粉に咽《むせ》る志摩の背を、櫨禅がそっと労わるように撫でる。薬はあまり好きではないが、この時の心配される感じは心地よくて好きだった。

「まだまだ薬は手放せそうにないな」

「はい。都杷様、この瓶の中身が全部なくなったらもう飲まなくていいって言ってくれたけど」

だがいつまで経っても減る気配はない。なにせ、瓶は手のひらの大きさ程。だが、匙は耳かきを少し大きくしたくらいで、もう二月飲み続けているのに、半分も減った気がしない。

「味はしないから平気なんですけど、粉っぽいのが……」

咽るのは嫌だ。変な咽方を櫨禅に見られるのは恥ずかしい。だが、優しくされるのは好きという、矛盾した気持ちを抱かせる都杷の薬は、瀕死の重傷を負った志摩の神力を定着させるために必要不可欠なものだった。

飲まないでいいならそれに越したことはないのだが、この薬の正体を知ってしまえば、そんな罰当たりなことは出来ない。本当に神罰が下りそうで怖いのだ。

（だって都杷様の鱗だもの。大事に飲まなきゃ）

銀の粉の正体を志摩に教えてくれたのは櫨禅だ。薬を調合する仕事をしている千世は知っているし、里の者の中でも古い神や、一度世話になった者も気づいている。反面、知らない若い神も多いのだが、都杷は自分から言い回るわけでもなく、ただ「神力を与える薬」という名で渡しているらしい。

確かに、一番大きな効能を前面に出して説明するのは正しいのだろうが、大切な鱗を使ってまで里の者たちを見守っている都杷の姿に、志摩はいたく感服してしまった。

ちなみに、銀の粉の世話になっている葛は材料が鱗だとは知らないらしい。千世も櫨禅も告げる気はないようだ。当然、志摩も倣う。

「お夕飯までにはまだ間があるから、お湯の準備だけしておきますね」

「それは俺がしよう。お前はこっちの丸薬を袋に詰めておいてくれ」

立ち上がりかけた志摩を制した櫨禅は、さっさと立って土間に向かう。それを見ながら、志摩はぷうと膨れた。

「お風呂の準備くらいぼくにも出来ます」

湯釜の中には朝のうちに櫨禅が汲《く》んでおいた水が入っているのだし、薪の束をちょっと運んで竈にくべるだけだ。なのに、櫨禅はその仕事すらさせてくれない。

「力を入れる仕事は俺に任せるって約束しただろう？」

「それは……確かにしましたけど」

行き掛けた櫨禅は、板の間まで出て来た志摩の腹に手を当てた。

「まだ都杷様の薬を飲まなきゃいけないお前に力を

入れる仕事はさせられない」

「神力だけだから、傷はもう平気です」

それは毎日確認している櫨禅も知っているはずなのに、まるで駄々っ子に言い聞かせるように志摩の頭を撫でるのだ。

「それはわかっているが、俺が心配なんだ。力んだ弾みで傷口が開きやしないかと心配になる」

それはどうなのだろうと志摩は、むうんと唸る。

医者の櫨禅が言うのだから、九死に一生を得た志摩は大人しく従うべきなのだろうが、本当に平気なのだ。痛みもないし、体の曲げ伸ばしをしても違和感はない。

むしろ前に負った脇腹から背中にかけての傷の方が治りが遅かった気がする。あの時は、今回よりももっとぐちゃぐちゃな傷口だったが、それでも二月も掛けていない。

「でも櫨禅様、ぼく、もっといろいろなことしたいです。漬物の重石《おもし》だって持てるし、大きな籠だって運べます」

「籠はともかく、重石はやめておけ。誰がお前に重石を持たせるんだ？」

「早苗さんと葛さんと一緒に、お漬物を作る時に」

「あの二人か……」

どうしたものかと櫨禅が悩ましげに眉を寄せるが、さすがに早苗や葛にまで苦情を言うのは大人げないという自覚はあるようだ。

そう、志摩にとって櫨禅の態度は過保護の一言に尽きた。

葛を溺愛している新市ですら、葛がすることを見守りこそすれ頭ごなしに取り上げることはない。鶏に餌をやるのに近づき過ぎた時には、さすがに慌てて抱き上げていたが、大体がそんな感じだ。

（それに引き替え櫨禅様は……）

こんなにも行動にあれこれ言う男だっただろうか？

もっと放任しているように思えたのだが、勘違いだっただろうか？

ただ、だからと言って窮屈過ぎるとは思わないし、大事にされ過ぎてちょっと困ったなというくらいなので、不便らしい不便はないと言える。

たまにこうして文句を言うくらいは許してくれるだろう。

志摩は腹に触れる櫨禅の手の上に、自分の手を重ねた。

あの日、瀕死の志摩が意識を取り戻した時に見たのは、添い寝する櫨禅の疲れ切った顔で、それからまた眠って次に起きた時に見えたのは、なぜか正座した櫨禅と伊吹、千世、仁王立ちする万智に、おろおろする葛という不思議な取り合わせだった。

四人——五人の間でどんな会話が行われたのかわからない上、そのことに関しては葛でさえ口を噤んでいたから今もって知る術はないし、志摩自身も生きている事実を噛みしめるのでいっぱいだった。

ただ、二人きりになった時に触れて来ない櫨禅に焦《じ》れて、手を握ってとお願いした記憶だけが鮮明で、少し恥ずかしい。

怪我の治療が思ったよりも手早く、完全に近い形で無事に済んだのは、櫨禅や都杷の力もあるが、その時に櫨禅を訪ねて来ていた他の里の神が手を貸してくれたからだと教えて貰った。

志摩が気づいた時には既に里を出てしまっていたが、かなり高い神力を持つというその命の恩人の一人である神が住む里へ、いつかお礼に行きたいと思っている。

そんなことを思い出しながら、志摩は口元に笑みを浮かべた。

「そうしたら、お風呂の用意は櫨禅様お願いしますね」

見上げた櫨禅は、意外にもあっさりと引き下がった志摩に驚いた表情を浮かべたが、ここで何かを言えばまた志摩が無理を言い出すとでも思ったのか、

「わかった」

と、当初の予定を遂行すべく土間から外に出て行った。

見送って、志摩はため息をつくが、その顔にははっきりと決意が表れていた。

「――もう櫨禅様に任せておけない。ぼくだって……」

考えると言ってくれた櫨禅の言葉を信じ、それを待つつもりだった。たとえ何年掛かってもいいと思っていたのだ。少なくとも、人の町から戻ってくる前には。

しかし、実際に共に生活をしていると、これが非常にきつい。最初のうちはよかったのだ。気遣う櫨禅に優しく甘やかされて、至福の気分を味わっていた。

(櫨禅様、すごく優しい)

それが物足りなくなるのには、そう日数は掛からなかった。

傷の様子を診るために触れられるたび、高鳴る胸の鼓動。もっともっと触っていて欲しい。もっと他のところにも触れて欲しい。

(こういうのは蛇の生殺しっていうんだって、興二さんが言ってたけど、なんとなくわかった気がする)

酒が大好きな興二が前にぼやいていたのだ。上等な酒が祠に備えられているのに、人の世界で神事が行われるまで味見もしてはいけないというのは、なんという生殺し状態なのか、と。

今の志摩はまさにそれだった。好いた男がいて、共に暮らしていて、なのに何もない。

(ううん、違う)

何もないわけではない。

診察で触れる指先が熱いのも、庭で洗濯物を干している志摩を見つめる時間が長いのも、茶飲み話に来た他の里の者が志摩に触れる手を払おうとするのにも、志摩は気づいている。

抱きつくと、ちょっとだけ揺れる背中にも、同じようにどきどきと鼓動を早める胸にも気づいている。

なのに、だ。

櫨禅は何も言わないし、それ以上は何もしようとはしないのだ。

待っていると言いはしたが、もしも——もしも志摩の直感が正しいのなら、櫨禅は志摩に遠慮しているか、手を出しかねているのではないだろうか。

手を出すというのがどういうものなのか、具体的なことは何もわからない。ただ、獣の本能が叫ぶ。

櫨禅を欲しい。櫨禅と繋がりたいと。

以前とは違った櫨禅との関係。保留にされてはいるが、保留という建前で逃げているようにしか見えない。

「櫨禅様を捕まえる」

やる時はやるのだ。

だって志摩はれっきとした雄なのだから。


いつものように千世の屋敷で食事を終えた櫨禅と志摩は、田んぼを挟んで隣の家に向かって夜道を並んで歩いていた。

もう二度と千世の屋敷の敷居を跨ぐことは出来ないのではないかと思っていただけに、里に戻ってから再び千世の屋敷で食事をすることが出来たのは、志摩にも櫨禅にもとても喜ばしいことだった。

幾分まだぎこちなさは残るとはいえ、顔を合わせてご飯を食べ、酒を飲み、団欒のひと時を持つというささやかな幸せ。

志摩が見た限り、千世と櫨禅の間には深い溝のようなものは感じられない。巧妙に隠しているのかもしれないから、そこは人生経験の少ない志摩には推察することは出来ないが、少なくとも、仲違いをしているように見えないことに安心した。

(千世様と何かあったのかな?)

自惚れでなく、自分と一緒に暮らしているからには、千世の想いに櫨禅が応えたということはないだろう。そこまで不誠実な男ではない。

あるとすれば、千世の側の心境の変化だが——これこそ志摩には量る術がなかった。それに、量ろうとすること自体が傲慢な気もする。

だからやはり志摩は口を噤む。これは千世と櫨禅の二人の間のこと、たとえ志摩という存在が間に入っていたとしても、口を挟むことは出来ないのだと。

千世は態度で寛容と許容を示してくれた。

それでいいと志摩も思う。

(千世様は……ううん、もういいや)

最初櫨禅は、千世の屋敷に行かずに自分の家で食事をしていた。おそらく志摩のことを考えてのことだろう。

だが、これが悲惨だったのだ。葛や早苗から聞いてはいたが、確かに料理は下手だった。まだ体を動かすことを控えなければならない志摩が起き出さなくてはならないほどに、壊滅的だった。

隣家の実情を知った早苗が食事を運んで来てくれなければ、早々に二人餓えてしまっていたかもしれない。

そんな窮状を見かねたのか、千世が櫨禅の家を訪ねて来たのは志摩が布団を畳んですぐのことで、

「なぜうちに食べに来ない？　つべこべ言わずに、食いに来い。早苗に手間を掛けさせるな」

有無を言わさず言い放った千世は、万智にそっくりだとこっそり思った。

「お前もだ、志摩。不味いなら不味いとはっきり言え。そんなんじゃ、いつまで経っても体は治らないぞ。いくら良薬を与えても、追いつかない」

何か反論したそうにしていた櫨禅も、結局は口を開くことはなかった。まさに千世の言う通りなのだから、文句の言いようもない。

「……千世様」

志摩は畳の上に手をついて、深く頭を下げた。

「ありがとうございます」

ぼくが里にいることを認めてくれて、そして櫨禅

の側にいることを許してくれて。

それから、櫨禅を許してくれて。

たくさんのごめんなさいを言いたい。

だけどもう、櫨禅から離れることは出来ないのだ。

そんな思いを抱いていた志摩の頭に触れたのは、千世の手ではっと顔を上げた志摩に、千世は苦笑を浮かべて、まるで心の中を読んだように言った。

「――謝るな」

俺は何もしていない。だから謝られても困る。何を許したらいいのかわからなくなるから、困る。

それは不思議な感覚だった。

触れた箇所を通して、直接千世の言葉が頭の中に響いて来た気がした。

ただ、千世の願いは伝わって来た。

もう終わったことなのだと。

「いいな。日が暮れたら来いよ」

念を押し、くるりと向けられた千世のすっと伸びた背に向けて、志摩はもう一度深く頭を下げた。背中をさする櫨禅の優しさと、千世の思いやりに涙が溢れ、しばらく顔を上げることが出来なかった――。

それから再び始まった日常が、今もまた続いていることに志摩は感謝してならない。

ただ、それだけで十分だったはずなのに、志摩は欲張りになってしまった。

(本当だね。葛さん。好きがいっぱいになると欲張りになる)

あれもしたい、これもしたいと望みは増える一方で、叶えられずに悩みも増える。

(でも、それが好きっていうことなんだね)

好き。大好き。

志摩は櫨禅の顔を見上げた。

小柄な志摩に合わせて、ゆっくりと歩く櫨禅の横顔は穏やかなのに、志摩の心をとてもざわつかせる。

(櫨禅様、ぼく、頑張りますね)

まるい月が頭上にあるため、灯《あか》りを持っていなくても困ることはない。二人の影が道の上に延びてゆらゆら動くのが、少し面白い。

家に着くと志摩はすぐに櫨禅を風呂に押し込んだ。

「お髭を剃ってくださいね」

と念を押すのを忘れない。昨日の夜も言ったのに、剃らないで風呂から出て来たのだ。今日は風呂場の見えるところに剃刀をしっかりと置いて来たから、忘れるのは許さない。

ふんと仁王立ちする志摩を見て、櫨禅は自分の顎にざらりと手を当てた。

「まだ伸びていないと思うんだが」

「まだ!? 触ってチクチクしたりジョリジョリしたら伸びてるって言うんです。ぼく、下から見るからすぐにわかるんですよ」

「……邪魔か?」

志摩は大きく頷いた。

櫨禅を風呂に押し込んで、志摩はほっと息をついた。

(緊張する……)

だが櫨禅を手に入れて、新しい関係を踏み出すにはこれしかないと志摩は思っている。

「ええと、それからお酒の用意しなきゃ」

普段の櫨禅は千世の家で飲む時以外、自宅で飲むことはあまりない。たまに遅くまで客人が来ていれば別だが、そこまで好きというわけではなさそうだ。

(興二さんも見習えばいいのに……)

つい昨日も酒酔いを止める薬を貰いに来た蛇神の男を思い、こちらにもため息だ。志摩が無事に目を覚ました日には、目出度い祝いだと言って近隣の酒好きな神様たちを集めて、盛り上がったらしい。

自分のことで楽しく盛り上がってくれるなら、肴になるのも吝《やぶさ》かではないが、多少は自愛という言葉を覚えて欲しいものだ。

「櫨禅様、お布団敷いてます。お酒とおつまみもありますよ」

風呂上がりの櫨禅と入れ替わりに風呂場に向かいながら声を掛けると、

「お」

と小さな声が上がった。

「酒はわかるが、つまみはどうしたんだ？」

「伊吹さんが持って来てくれました」

「伊吹が？　あいつ、里にいないだろう？」

「はい。急いでいるからお土産だけ置いて行ったんです。千世様のところのお夕飯で餃子っていうのがあったでしょう？　あれもお土産です」

ふうんと櫨禅の生返事が聞こえた。

（早速つまんでるみたい）

背中しか見えないが、もそもそとしているのはたぶん、味見をしているのだろう。普段は山菜を使ったつまみが多いから、味付け肉を薄く切った今日のつまみは櫨禅も楽しんでくれるのではないだろうか。

そう思いながら志摩は風呂に入り、念入りに体を磨いた。石鹸で泡を立てて、ごしごしと洗う。腹のところの傷跡は湯に入ると桃色の線が浮き上がるが、痛さはない。

石鹸で洗った後、早苗お薦めの糠を使って体を磨く。早苗とお蝶が推薦の、特別仕立てのとてもいい糠だと教えて貰ったが、志摩にはよくわからない。

ただ、民宿の廊下を磨いた時の艶は覚えているため、これで磨けば肌も間違いなく美しくなるだろうという根拠の薄い自信がある。

十分に温まった志摩は、脱衣所で寝間着を着ながら、伊吹から預かった小さな瓶を手に首を傾げた。

「いい香りがするって言うけど……」

蓋を開けたら匂いがきつ過ぎて志摩には駄目だった。これでは嗅覚をやられてしまう。

おそらく櫨禅も同じだろうと、これは封印することにした。

（石鹸も泡立てた。お肌もたぶんきれい）

これならきっと櫨禅も……。

志摩はそっと襖の向こうを覗き見た。片足を立てて、一人で酌をしながら飲む櫨禅は、開け放たれた障子の向こうの庭を見ている。月明りに照らされた庭の作る陰影と、田んぼから聞こえる虫や蛙《かえる》の声があるくらいで、実に静かな夜だ。

「櫨禅様」

「長かったな。湯あたりはしなかったか？」

「はい。気持ちよかったから、少し長めに入りました。早苗さんにいい磨き粉も貰ったから、頑張って磨きました」

ほらと志摩は袖を捲って腕を見せた。

「……変わったか？」

「変わってます。つるつるです。ほら、こっちも」

ついでにと志摩は裾を捲って足を出す。脹脛《ふくらはぎ》と膝小僧の少し上まで捲り上げると、櫨禅は眉を寄せた。

「俺にはあまり変わったように見えないな。だが、早苗が言うのなら間違いないんだろう」

わざわざ捲った裾を櫨禅の手が戻す。

志摩はむっと口を尖らせた。

「櫨禅様は、早苗さんの言葉は信用してもぼくの言葉は信用してくれないんですか？」

「言葉というよりも、年季だな。お前と早苗じゃ年季が違う」

暗に早苗の年はずっと上だと言い、志摩は何も知らない幼子だと告げた櫨禅は、結ばれた志摩の口につまみを押し付けた。

「美味いから食ってみろ」

つい雛のように開けてしまった志摩の口の中に、じわりと肉汁と野菜のうまみが染み込んでくる。薄い肉で四種類の野菜を巻いたものをじっくりと燻《いぶ》って焼いたものに、特別な汁を掛けたそれは、民宿でも食べたことのない味わいだった。

「……おいしい」

「だろう？　さすが舌が肥えている」

「伊吹さんは食い道楽なんですか？　早苗さんが言ってたけど」

「伊吹というよりも、万智の影響だろうな。万智の我儘に付き合っていれば自然にそうなる」

「へえ」

志摩が民宿にいたのは短い間だったが、その間にも里では食べたことのない料理を食べさせて貰った。中には辛過ぎたりして食べられないものもあったが、人はこんなに多くの種類のものを作って食べているのだと感心した。

最近ではこうして二人で静かに過ごす夜も多い。そんな夜を重ねるたびに志摩の衝動は強くなる。

志摩は茶を飲みながら盃《さかずき》を口に当てる櫨禅をちらりと盗み見た。髭はちゃんと剃られていて、それに安心する。

（櫨禅様……）

ほうっと頬が染まったのは、茶が熱いせいではない。酒など一滴も飲んでいないから、酔いようもない。それでも櫨禅は志摩にとって好きな男で、心の底から惚れている相手だ。何も特別な感情を持たないはずがない。体も熱くなろうというもの。

櫨禅は横顔が憂えているようで、物思いに沈んでいるように見え、それが少し気にはなったが、志摩はこれを逃せばと奮《ふる》い立ち、えいやっと膝を上げた。

「櫨禅様」

「何だ？」

「もう寝ましょう」

「眠いのか？」

「はい」

大きく頷くと、櫨禅は小さく吹き出した。

「だったら寝ろ。俺はもう少し飲んでから寝る」

「……櫨禅様も一緒に」

くいと寝間着の袖を引っ張るが、櫨禅はやんわりとその手を外させる。

それをまた志摩が摑んで引っ張るというのを何度か繰り返すうち、櫨禅はさすがに困ったように眉を下げた。

「志摩」

「だって！　だって櫨禅様と一緒がいいんです。櫨禅様と一緒じゃなきゃ、嫌なんです」

布団の上で行動に移すつもりだったが、そこが庭に面した部屋でも構わないとばかりに、志摩は櫨禅にぶつかった。

「おい、志摩っ」

盃を持っている櫨禅がすぐに動けないことは承知済み。志摩は自分の全体重を掛けて、櫨禅を押し倒した。

弾みで畳の上に盃が転がったが、明日きれいに掃除をすればいい。

「志摩、退け」

「嫌です」

身動き取れないようにと胸の上に座り込んだ志摩は、櫨禅を見下ろして唇を引き結んだ。

「ぼくは櫨禅様が好き」

「それは知っている。だが俺の返事を待つんじゃなかったのか？」

「待つつもりでした。ぼくも待つつもりでした。でも！」

志摩は自分の裾を櫨禅の目の前で開いた。


「志摩⁉」

まさかそんな行動に出るとは思わなかった櫨禅は、びっくりしてそこを見つめている。寝間着の下に何も穿いていなかった志摩は、自分の下半身をそのまま櫨禅の前に晒したのだ。

小さな性器は勃《た》ち上がって震えている。まるで志摩の代わりのようにポロポロと涙を零して濡れていた。

「お前それは……」

「ぼくだって我慢するつもりだったんです。でも、でもなんだか体がむずむずして、ここがこんな風になってしまって」

自分の手で触れただけではち切れそうになる。

「我慢してました。少ししたら収まるから、平気だって」

だが、最近は頻度が高くなった。これをどうすればいいのか、本能で解放する方法を知っていても、番のいない志摩には無理だ。

「待て……待て志摩」

切々と実情を訴える志摩の話を呆然と聞いていた櫨禅だが、番という言葉を聞いた途端に、勢いよく体を起こした。

「あ」

コロンと後ろに転がりそうになった志摩の体を片腕で支えた櫨禅は、図らずも膝の上に向かい合わせに座る形になった志摩の顔を覗き込んだ。

「確認させてくれ」

「……」

「お前、これをどうするつもりだったんだ?」

これと言いながら櫨禅の視線が示すのは、少しだけ柔らかくなった志摩の性器だ。

「これ、交尾すれば治るんです」

「そうだな。交尾すれば治るな」

「でもぼくまだ誰とも交尾したことなくて」

「それで?」

「……櫨禅様としたい」

「………俺と交尾?」

「だめですか?」

勇気を出して押し倒したのに、恥ずかしいが性器を曝け出してまで窮状を訴えたのに拒否されれば、この行き場のない欲と気持ちはどこに持って行けばいいのだろうか。

今度こそ立ち直れない気がする。

しょげて落ち込みそうになりながらも、

(駄目。決めたんだから、引いちゃ駄目)

気丈さを保つよう、精一杯の虚勢を張る志摩の前で、櫨禅が困惑した顔のまま、志摩を見つめて問う。

「参考までに尋ねるぞ」

「はい」

「お前、今までにこうなったことはあるのか?」

「リスだった時に何回か。でも人――神様になってからは最近」

「リスだった時のことは置いておくとして、最近はどうしてたんだ?」

「布団の中で丸くなってじっとしてました。じんじんするし痛いけど、我慢してたら治るのはわかってるから。ただ」

「ただ？」

「じんじんした時に、櫨禅様のこと思うともっとじんじんして、さっきみたいにいろいろ出てきました」

「……」

「だから櫨禅様と交尾すれば治るって思ったし、ぼく、番にするなら櫨禅様がいいから、だから」

「俺以外を想像したことはあるのか？」

ないです、と志摩は首を振った。

「だって、番としかしちゃいけないんだから、櫨禅様しかいないです。櫨禅様がいい」

言いながら興奮して来たのか、涙を流す志摩の性器は再び力を取り戻していた。

「あのな、志摩」

「だめ？　番になるのは駄目？　ぼくのこれじゃ駄目？」

「志摩……」

悲しくてしくしくと涙が零れ、志摩は櫨禅の胸に顔を擦りつけて泣いた。思いが成就されないのは、待つ自信があったが、体の方が無理だった。こんな風になってしまったら、もう櫨禅にしか宥めて貰えない。

背中を撫でる大きな手と、ふうというため息が耳の横で聞こえた。今はその吐息ですら、体中を櫨禅一色に染めてしまう勢いだ。

「――志摩」

「……はい」

「正直に言おう」

「はい」

「俺はお前が可愛い。たぶん、好いていると思う」

志摩はぱっと顔を上げた。見つめる櫨禅の顔に浮かんでいたのは苦笑だが、以前のように頭から否定するものは感じられない。

「だったら……！」

「だがな、志摩。俺は怖い。お前を壊してしまうんじゃないかと怖い」

「どうしてですか？」

「——俺とお前は力の出し方が違う。元の種が違うというのもあるが、箍《たが》が外れてしまった時、お前を傷つけない自信がない。力任せに何かをしてしまいやしないか、それが不安なんだ」

「力……。櫨禅様の力が強いのは知ってます。でも、力が関係ありますか？」

「少しだけな」

櫨禅は志摩を抱えて立ち上がり、自分の部屋へ続く襖を行儀悪く足で開いた。すたすたと中に入ると、部屋の真ん中に敷かれた布団の上に志摩の体を横たえる。

寝転んで見上げた櫨禅は、志摩の髪をさらりと梳いた。

「——俺にはかつて番がいた。神になる前の話だ」

それはもう気が遠くなるほど遠い昔で、里も出来たばかりの頃だったと櫨禅は言う。

「その番の方はどうしたんですか？　その方がいるから、駄目なんですか？」

何らかの事情があって、番でありながらも離れて暮らしているのかと問えば、そうじゃないと櫨禅は首を振る。

「この世にはいない。俺が留守をしている間に他の獣に引き裂かれて殺された。縄張り争いの相手だった」

志摩はひっと息を呑《の》んだ。

「番——妻と子がいた。生まれたばかりの小さな子だった。やっと外に歩きに出られるようになったばかりだった」

獣同士の縄張り争い、それに餓え。今ほど豊かな山ではなく、動物もまだ多かった時代だ。獣同士の争いはしょっちゅうで、それが櫨禅の一家を不幸に導いた。

「櫨禅様……」

「お前を最初に見た時、忘れていたはずの子を思い出した。お前を傷つけるものは決して許さないと思った。だから、俺がお前に抱いていたのは家族に対する愛情で、お前も同じように感じているのだと思っていた。——思い込んでいた」

志摩は膝の上でぐっと握られた拳の上に手を添えた。

「だが、お前は純粋に俺を求め、俺の中の別のものを引っ張り出して来た」

「別のもの？」

「愛《いと》しいという気持ちだ、志摩。子に抱くものとは違う。獣の本能で番にした雌に抱いていたのとも少し違う。種族で選ぶんじゃない。志摩、お前という一人の子供——男を俺は求めている」

子供と言われた時に甲を抓ったせいで眉間に皺は寄せられたが、櫨禅は最後まで言い切った。

「志摩、お前が死ななくてよかった。生きて俺の側にいてくれてありがとう」

「櫨禅様は、ぼくを好き？」

「好きだぞ。こうしたくなるくらいに」

櫨禅の顔がゆっくりと降りて来て、志摩の顔に被さった。触れた唇からは酒の匂いがする。軽く触れただけで離れて行くそれを、志摩は腕を伸ばして首を引き寄せることで続けさせた。

鼻先を寄せてこれ以上ないほどの親愛を示す。だが足りなくて、志摩は自分から唇を寄せた。すぐに櫨禅の唇も応え、薄く開いた間から肉厚の舌が口内に入り込んでくる。

「ん……ろぜ……」

名を呼びたいのに、口づけで邪魔をされて呼べない志摩の不満をわかっているはずの櫨禅は、口づけを与えながら志摩の帯を解き、素肌に手を触れた。

「赤くなってる」

少し冷たい手のひらがなぞるのは腹の傷。たぶん、肌が紅潮しているせいで浮き上がって見えるのだろう。

顔を離した櫨禅は、自分が着ていた寝間着を脱ぐと、畳の上に放り投げた。思い返せば襖も雨戸も何もかもが開け放たれたままだが、そこをどうにかしようと回る頭はどちらにもない。

志摩は櫨禅が行為を止めてしまうのが嫌で、腕を摑んでしがみつく。

その点で言えば、大人の櫨禅の方が決断力も行動力もあるのだろう。

「志摩」

声がしたのは腹の上で、思わずびくりと肩を揺らした。

「……確かに、肌がつるつるになっているな」

まるで味見をするようにペロリと舐めた櫨禅の笑い顔に、志摩の顔は真っ赤になった。それでも尋ねてみたいこともある。

「おいしい？」

「ああ。美味い。志摩の味がする。それに」

と、櫨禅は胸の尖りを片手で撫でながら、もう片方の手で欲望を主張する志摩の性器を手に取り、やんわりと動かした。

少し柔らかくなっていたそれは、櫨禅が与える刺激ですぐに硬さを取り戻し、先端から濡れたものを滲ませていた。それを櫨禅が指の腹で撫で、自分の口に運んだのだ。

「こっちもお前の味だ」

「……！」

恥ずかしくて、志摩はぎゅっと目を閉じた。自分で仕掛けておいて今さらだが、獣としても人としても初心《うぶ》な志摩が、百戦錬磨とは言わないまでも経験豊富な櫨禅に適うわけがないのである。

「でも、櫨禅さまっ、交尾したい」

これをどうにかするために交尾したいと志摩が言うと、体の上に覆い被さって来た櫨禅が頷いたのがわかった。

「もちろん、交尾はする。お前のこれもちゃんと気持ちよく解放させてやる。だから俺に任せろ」

「……してくれる？　出来るの？　ぼく、したことないですよ」

「本能がな、教えてくれるんだ。雄というよりも男の本能だな」

櫨禅は言いながら、志摩の全身を舐めた。本当に全身を舐められた。

顔から始まって、耳や喉は言うまでもなく、胸など執拗《しつよう》に舐められた後で、乳首を何度も抓られた。痛いと訴えたら少し優しくなったが、却って優しい指使いに下半身はもぞもぞと動くばかりだ。

腹の上を舐め、それからなぜか足の先に移り、あまりの刺激に蹴飛ばしそうになってしまったのは謝ったが、暴れる足は摑まれてしまい、いまや櫨禅の体を間に挟んで動けなくなっている。

「……櫨禅様、恥ずかしいです……」

「恥ずかしがることはない。全部俺が見てやる」

太腿の付け根を舐められた時には、悲鳴が上がりそうになったがそれは序の口で、本番の前の前戯はまだまだ続いた。

「櫨禅様っ」

「志摩のここは可愛いな」

可愛いと言われて喜べばいいのか悪いのか、それすら志摩はわからない。櫨禅の手が握るのは志摩の性器で、つい今しがたまで櫨禅の口の中にあったそれは濡れて光っている。

「なんか、変っ！　変です、櫨禅さまぁっ」

「大丈夫だ。これだけしっかりしておけば痛くない」

「……痛いんですか？　痛いのはやだ」

「大丈夫。痛くない。痛くなくするためにこうして準備が必要なんだ」

「本当に痛くない？」

たぶんという小さな声は志摩の耳には聞こえなかった。

「あっ！　やだ、櫨禅様、そこやだぁ」

性器を扱《しご》かれながら、志摩の小さな尻の穴に櫨禅の舌が触れたのだ。

「……きつ過ぎるか」

少し舐められただけですぐに離れてほっとした志摩だが、

「え？」

櫨禅の体が離れそうになり、反射的に腕を掴んでいた。

「だめ？　だめですか？」

「違う。どこにも行かないし、続きをする。そのために薬が必要だから取りに行くだけだ」

「やっぱり痛いんじゃ……」

「痛くないための薬だな。切開する前に痛みを和らげるのを塗るだろう？　あれと同じだ」

時に皮膚の中に入り込んだ棘やら木片やらを取るために、切り開くこともある。その時に使う麻酔のことは志摩も知っていたから、安心して櫨禅の腕を離した。

裸のまま仕事場の方へ行った櫨禅はすぐに薬の瓶を手に戻って来た。

それをどうするのだろうと、ドキドキしながら見つめる志摩の前で、何を思ったか櫨禅は志摩の体をくるりと反転させた。つまりうつ伏せだ。

「！　櫨禅様、何？」

「この方がたぶん、お前に優しい。それに、交尾する時はどんな格好をする？」

言われて志摩は「ああ」と思い当たった。それなら納得だ。邪魔な尾がない分、しっかりとくっつけるのではないかという期待が少しだけ膨らむ。

うつ伏せにされた志摩は、顔を枕に乗せ、膝を立てて尻を上げた姿勢で櫨禅の前にすべてを晒していた。

ひんやりとしたものが尻に触れ、それからゆっくりと周りをなぞる。そんなところを使うのかだとか、汚いとか思う暇はなかった。なぜならば、

「！　そこやっ！」

穴の周囲をなぞる櫨禅の指が、穴の少し上を撫でた時に体中がびりびりと痺れるような何かが走った

からだ。

「志摩？」

「そこ、だめですっ……そこ触られると、ぼく変になるっ」

「ここか？」

「っ！　だから、あんっ、そこはだめぇっ……」

櫨禅の匂いのする枕に顔を埋《うず》めたまま、志摩は叫んだ。膝がガクガクして布団の上にぺちゃりと潰れてしまいそうだ。

「そうか、ここか」

それなのに、一番感じる場所だけを避けた櫨禅の指が、何度もその周辺を往復する。

「尾があったところだな。そうか、ここが敏感なところなのか。志摩、ここに触るとお前の穴が動くぞ」

そんなことは言わないでいいと叫びたいが、出るのは自分でも出したことのない、妙な声だった。

「あ」とか「んっ」とか、言葉になどなっていない。

それなのに、櫨禅は志摩の返すそれらの反応に、いちいち「なるほど」「ここがいいのか」などと独り言で返すのだ。

恥ずかしいことこの上ない。

そんな志摩だが、体のむず痒さは高まるばかりで、櫨禅がしているのは根本的解決にはなっていないのではないかと思い始めていた。

それで、思い切って顔を上げ後ろを振り向いた志摩は、

「……！」

驚いて再びつっぷしてしまった。

（なに、あれ？　なんであんなになるの？）

それまで気になりながらも視界に入らないようにしていた櫨禅の性器、それをしっかりと見てしまったのだ。

（ぼくのと全然違う）

大きさも太さも色までも違う。もっと言うなら、風呂場で見た時ともまるで性器の状態が違っていた。

体格が違うからと言われればそれまでなのだが、櫨

禅の巨大なそれで本当に交尾できるのだろうかと不安もある。

「大丈夫だ。大丈夫だから志摩、安心しろ」

そんな志摩の不安をまるでわかっているかのように櫨禅は言い、背中に覆い被さりながら耳の後ろから囁いた。

「ちゃんと入る。お前の中に入って、そうしたらお前のこれも気持ちよくなる」

「交尾出来る？」

「出来る。だからもう少しだけ我慢な」

背中に口づけを落としながら、ビクビクと震えて感じる志摩の穴に薬を纏った櫨禅の指が入り込んで来た時、志摩の意識はもういっぱいだった。これ以上、何があってももう覚えられないくらいにたくさんの感覚が押し寄せてくる。

水軟膏《みずなんこう》だったのか、少しとろりとしたものが太腿を伝うのが少し気持ち悪いが、そう思う間もなく次次と湿った指は志摩の内部に入り込み、ぐちゃぐちゃと中をかき回した。

広げ、奥まで突き、時々変なところを掠められて声が上がると、櫨禅が満足そうに笑うのが聞こえた。

そうしてもう今晩はこれまでと言おうとした志摩の中に、それが入り込んで来た時、

「！」

志摩の呼吸は冗談抜きで一度止まった。

すぐに復活することが出来たが、それくらいずんと重量を持って押し入られたのだ。

「……少し痛かったっ」

落ち着いて、これだけは言わねばと文句を言うと、志摩の尻を抱えた櫨禅の笑い声が降って来た。

「痛みはこれから相殺される。だから安心しろ」

「そうさい……っ！」

それはなんだろうと思って口に出し掛けた途端、奥深くをさらに突く勢いで動き出したものに、志摩の声が止まる。

志摩の中に入っている櫨禅の性器が出入りし始め

たと気づいた時には、もう手遅れだった。

黒く血管を隆起させた男根は、志摩の狭い中を何度も出入りしてかき回した。それだけでもどうにかなりそうなのに、志摩の小さな性器までもが動きと連動するように、握られた手で上下に擦られる。

交尾初心者にはたまったものではない。体の中と外から与えられる直接的な刺激、それに、

「志摩、いいか？」

掠れた櫨禅の声に何度も頷く。

本当はいいか悪いかなど志摩にはわからない。だが、気持ちいいかと言われれば、確かに気持ちはよかった。これ以上気持ちよいことは知らない。

密着した櫨禅の体、触れ合う肌が打ち付け合う音、普段の無口はどこへ行ったのかと言うくらい囁かれる櫨禅の声に、志摩は体全部がおかしくなったような気がした。

（交尾って大変……っなんだ……っ）

これはものすごく体力を使うのではないだろうか。

いや櫨禅だからだろうかと、腰の動きと齎される快感で朦朧《もうろう》としながら志摩は思った。

そして、

「しまっ」

ぐんと腹の中で何かが膨れる気配がして、櫨禅が志摩の腰を摑んで自分の方へ引き寄せる。出口まで抜かれていた櫨禅の性器が、一気に志摩の中に逆戻りする衝撃に志摩は思わず精を吐き出していた。遅れずに、腹の中で膨らんだ櫨禅のものが達して同じように熱いものを吐き出した。

「……ろぜんさま、おわ……た？」

「終わった」

「よかった？」

いつの間にか二人とも汗はびっしょりだった。うつ伏せの志摩の背中に伏せた櫨禅は、志摩の髪に口づけた。

「よかった。こんな交尾をしたのは初めてだ」

「ぼくも……」

お前は初めてだろうがと笑われて、志摩も笑った。

櫨禅は志摩の体を抱いたまま、布団の上に横になった。

まだ大きな櫨禅の性器が中に入ったままなのが気になるが、そこも含めて離れていたくないので志摩はそのまま櫨禅の好きにさせていた。

背中から回された櫨禅の手に、自分の手を重ねる。

「また、交尾してくれる？　ぼくの番になってくれる？」

「俺はもうお前の番だ。お前以外の誰とも交尾はしない」

嬉しいと志摩は呟いた。

嬉しくてもじもじしていると、お尻の中の櫨禅もまたもじもじし始めたようだ。

「……志摩」

志摩は顔を赤くして頷いた。

だってこんなに素敵なことはない。

大好きな櫨禅と思いが通じ合った夜なのだから。

夜はまだまだ長いのだから。


翌朝、昼まで志摩は布団から出ることが出来なかった。体の節々が痛みを訴え、喉が痛くて声は掠れてしまっている。それに、

(お尻が痛い……)

尻というのか、尻の穴というのか、大きく開かされた足の付け根も含めて、動かすだけで痛みが走るのだ。

(痛くないって言ったのに……)

朝起きてすぐは幸せいっぱいだった志摩だが、動けない程の痛さと違和感を感じれば、櫨禅を睨みたくもなる。

見たこともない蕩けるような甘い顔をした櫨禅の顔に見惚れそうになりながらも、志摩は昨夜の残りの勇気を使って訴えた。

お尻が痛いのだと。

その時の櫨禅の申し訳なさそうな表情はいい。が、幸せそうなのはどういうことなのだろうか。

「櫨禅様が大きすぎるのが悪い」

そう言ったからだろうか？

「櫨禅様のがずっと中に入ってる気がする。櫨禅様がいっぱいいっぱいぼくのお腹をあったかくし過ぎたから、ぼく、変になっちゃった」

黙った櫨禅にそう言ったからだろうか？

顔を手のひらで覆った櫨禅の耳と首元は真っ赤で、反論しなかったことに「勝った」とほんの少し勝利感を味わった。

櫨禅の布団は湿ってしまったから、志摩はすぐに自分の布団に移されて、それからはずっと横になって、櫨禅が家事をするのを眺めていた。

二人が朝食に来なかったことを心配した葛が新市と早苗と一緒におにぎりと卵を持って来てくれて、布団の中から起きられない志摩の代わりに櫨禅が受け取った時、新市が櫨禅に何事か囁くのが見えたが、声は聞こえなかった。

「志摩ちゃん、大丈夫ですか？」

「あ、はい。大丈夫です」

布団の上にちょこんと座った葛が手を伸ばすので、額を出すと小さな手が触れた。

「お熱はないみたいですね。でもちょっとだけ熱いかな」

「熱はたぶん、大丈夫だと思う」

「それならいいですけど。何か欲しいものがあったら言ってくださいね」

「ありがとう」

にこにこと世話を焼きたがる葛を見ながら、

(葛さんはどうなんだろう？　新市さんと交尾した時、痛くなったりきつくなったりしないのかな？)

神様としての先輩に、尋ねてみたい気がした志摩だが、

「志摩」

「志摩さん」

「志摩さん」

なぜか櫨禅、新市、早苗の三人に揃って止められた。というよりも、なぜ自分が尋ねようと思ったことがわかったのかと驚きに目を丸くする志摩の前で、葛は新市の手の上に移った。

「それじゃあ俺たちはこれで」

「志摩さん、お大事にしてくださいね」

そそくさと葛を連れた二人が去ってから、櫨禅はこっそりと教えてくれた。

「その……な、葛はまだなんだ。だから内緒な」

「あ」

そうなのか。

合点が言った志摩は頷いた。そして思った。

(志摩さんがそうなった時には、ぼくが教えてあげなくちゃ)

と。

午後には起き上がれるようになった志摩は、いつものように櫨禅の手伝いをしていたのだが、動きが多少ぎこちなくなるのは仕方がない。

だが、それ以上に不思議だったのは、

「志摩さん、おめでとう」

「末永く幸せにな」

「ずぼらな亭主だから、しっかり尻に敷くんだぞ」

などと言いながら、花やら饅頭やら餅やらを持って来られたのには驚いた。

夕方になって、千世の屋敷に行けばなぜか珍しくも赤飯で、葛と二人で喜んでいる横には、にこやかな早苗と苦笑する櫨禅と新市、千世の姿があった。

赤飯や餅が、成婚した時にふるまわれるものだというのを知った志摩は、それで納得したのだが、ひとつだけわからないことがあった。

「どうしてみんな、ぼくと櫨禅様が交尾したって知ってるんですか?」

家へ帰る途中に櫨禅にこっそりと尋ねると、櫨禅は顔を横に向けて、一言、

「すまん」

と頭を下げた。

雨戸も襖も開けっ放しの家で、一晩中抱き合っていたことが原因だと、ずっと後になって知った志摩は、その日は一日ご機嫌斜めで、櫨禅を慌てさせるのだった。


淡い薄紫色の着物の上に銀色の着物用の外套《がいとう》を着て、志摩は今、病室の中に立っていた。

冷たく真っ白な壁ではなく、板が張ってある木の色の部屋、窓には明るい花模様のカーテンが風に揺れ、窓の外には色鮮やかな花が並ぶ花壇と、そこで戯れる人たちの姿が見える。

「あなたが志摩さんね、こんにちは」

「こ、こんにちは」

ベッドの上で三つ編みを垂らし、穏やかに微笑む少女——女性に志摩は慌てて頭を下げた。

「お薬の先生から話を聞いて、ぜひ会いたいと思っていたんです。来てくれてありがとう」

青白くない、少しふっくらとした頬。紅こそ引いてはいないが、唇は青紫でもひび割れてもいない。

ベッドの背凭れも、半分起こして椅子のようになっていて、それをきつく思う様子は女性には見られない。どうして病室にいるのかわからないほど、志摩には健康体に見えた。

人の住む町に出入りしている櫨禅に連れられて、志摩がやって来たのは津和の里の麓の町とは山を一つ越えたところにある、長閑な高原地帯だった。

高原には別荘が幾つもあるが、普段は町の人たちが農業で生活しているのんびりとした空気のよいところだ。

麓の里から歩いて行くには距離があるため、直接高原の町に繋ぐ道を櫨禅が開いてくれた。そこから出るのが初めての志摩は驚いたが、何よりも薬売りとして人に知られている櫨禅が、志摩を仕事に連れて行くということにびっくりした。

いや、仕事ならまだいいのだが、お蝶と早苗が気張って着せたこの着物は、どうみても外出着で仕事着ではない。反対に、櫨禅はいつものように昔ながらの薬箱を背負った作務衣姿で、不釣り合いなことこの上ない。

それで連れて来られたのが、最初は小さな診療所を開いている老医師のところで、その後老医師も一緒に連れだって、この病院へ連れて来られた。

櫨禅は志摩を紹介すると、黙って二人を眺めている。

「恥ずかしがっているのね？」

「……はい、あの」

「ごめんなさいね。お薬の先生が自分のところに可愛くて、一生懸命な頑張り屋さんがいるって聞いて、一度会ってみたいと思っていたんです」

それで何度もお願いして、やっと叶えて貰ったと女性は顔の前で手を合わせて笑った。

「どうしてですか？」

「さあ、どうしてかしらね。私もよくわからないんだけど、なんだか、志摩さんの話を聞いていたら、生きようって頑張らなきゃいけないって思うようになったからかもしれない。志摩さんが大怪我して死にかけて生き返ったって話を聞いた時には、驚いたのよ。本当にそんなドラマみたいなことがあるんだって。でも、だから嬉しかったのかもしれない」

「嬉しい、ですか？」

「そう」

女性は志摩を見て、外を見て、それから部屋の中の一点を見つめた。そこに会ったのは、およそ病室には不似合いな大きな籠だった。明らかに、何かを飼っていた形跡のある大きな、緑色の回し車のある――。

（えっ⁉）

志摩は櫨禅の顔を凝視した。まさかという気持ちがある一方で、嘘ではないのだと納得している自分がいる。

女性の顔は覚えていない。だが、雰囲気と語りかけるようなこの柔らかな響きは、志摩の記憶にあるものとよく似ていた。

「あの、これ」

思わず近くに寄って籠に触れると、女性は「前に飼ってたリスのものよ。不似合でしょ、病室には」と肩を竦めた。

「でも私の原点なの。それから私の罪なの」

「罪?」

「そう。自分のエゴで、あの子を手放してしまったことをずっと後悔していた。手放した時にはそれが一番いいと思ったんだけど、でもその後で知り合いに責められたのよ。ペットが野生で生きられるはずがないって」

志摩は黙って目を伏せた。確かに、生きられる確率は高くはなかった。だが、志摩は生き延びたのだ。少なくとも、すぐに餓えて死ぬようなリスではなかった。

「私はね、生きて欲しかったの。自分がすぐに死ぬとわかっていたから、だからこの子には自由に生きて、私が出来なかったことをしてほしいと思っちゃったのね。とんだ悲劇のヒロインだわ」

そして籠から出して、山へと放した。

すぐに知人たちが探しに出掛けたが、広い山の中で小さなリスを探し出せるはずがない。籠から出たことがなく、懐いていたわけでもない知人たちの前に姿を現すことなく、月日は流れてしまった。

「それで罪?」

「そうね。もしも病気が悪くなって、苦しみながら死ぬのなら、それはあの子が私を恨んでいるからだ。でもそれは私に与えられた罰なのだから、甘んじて受けようと思ってた」

「そんなっ、そんなこときっと考えてなかったと思います」

大きな声で否定した志摩を見た女性は目を丸くし、それから櫨禅を見てぷっと吹き出した。

「本当にそう言うのね、志摩さんは」

「え？」

「お薬の先生も言ったのよ。そんなことを考えるはずがないって。もしも考えるとすれば、飼い主が元気でいることを願ったはずだと。幸せも不幸も与えて与えられるものだから、リマ――あの子が今と昔を幸せだと思っているのなら、絶対に私が病で苦しんで死ぬことはないって。それから、重傷から生還して、今は元気に生きている自分の大事な子も同じことを言うだろうって。思い切り叱られちゃったの」

志摩は口を開けて櫨禅を見た。特に表情を変えてはいないが、否定しないところを見ると、その通りなのだろう。

「それから、私は考えたのよ。リマを手放した前後は何度も死ぬことを考えた。もう手遅れだろうって思っていたから」

だが治療法が確立された。その時に飛びついたのは、生きて出来ることがあるのなら、それを叶えてみたいという望み。

「お薬の先生は時々来て、私の話を聞いてくれた。私だけじゃなくて、この病院にいる人で、先生を知らない人はいないと思う。おじいちゃん先生と違って診察したり何かをしたりしてくれるわけじゃないけど。時々飴をくれるくらいね」

女性は笑ったが、志摩にはそれが何らかの滋養を与える飴ではないかと推察出来た。ただの飴ではない。飴を作る里の者も神、持って来るのも神ならば、病魔を取り除く力があってもおかしくはない。それも本人の生きたいという願いの強さ次第だろうが、この女性の場合には確かに良い方向へ働いたのだ。

それが志摩には嬉しい。

「私は生きる。リマの分まで生きる。だから、志摩さんも頑張ってね」

引き寄せられるように志摩は女性の前に立った。

俯いて、何を言ったらいいのか、どうしたらいいのかわからなかったが、側に行かなきゃと思ったのだ。

「どうして泣いてるの？」

「……嬉しくて泣いてるんです」

あなたが生きてくれたから。あなたがぼくのことをずっと気にかけてくれていたから。

「泣きべそね。先生の前でもそんなに泣いてばっかりじゃ、捨てられちゃうわよ」

一瞬、志摩と櫨禅の関係を知られているのかと思ったが、半分は正しくて半分は違っていた。

「先生の大切な奥さんだって聞いてるから、それはないんだろうけど」

「お、奥さんっ」

志摩は勢いよく櫨禅を振り返った。澄まし顔で頷く櫨禅に、一体どこでどんな話をしているのか、聞き出した方がいいのではないかと思ってしまったのも無理はない。

ふふ、と女性は笑った。

「志摩さん、仲良くね。私も早く退院して、素敵な旦那様を見つけるの。それが私の夢。そして、子供が生まれたらリマって名づけるのよ」

志摩は涙を堪えながら何度も頷いた。

「きっと……きっと、可愛くて、元気な男の……子になると思います」

ありがとう。

あなたがいてくれたから、ぼくは生きていられた。

大好きな人に出会うことが出来た。

握っているのは温かく柔らかい手だった。ごつくて大きな櫨禅の手とは違う、女性の手。

餌をくれたのはこの手だった、撫でてくれたのはこの指だったと、自分より少し小さく細い手を握って志摩は祈った。

（どうかどうか長生きしてくれますように）

里への道を歩きながら、志摩は櫨禅の腕に自分の腕を絡ませた。

ありがとうというお礼は、病院を出てからすぐに告げた。何度も何度も言った。

「どうしてあの人がぼくの飼い主だってわかったんですか?」

「本当に偶然だ。俺が親しくしている医者があの病院に通っていて、病室を通り掛かった時に空の籠があるのを見て、尋ねた。それが最初だ」

「そうだったんですね」

それはとてもすごい偶然で幸運だった。

志摩は跳ねるように飛び上がって、櫨禅の腕に抱きついた。さっきよりも強くしがみつく。

「甘えてるのか?」

「はい。甘えてます。櫨禅様に甘えてます」

だってこんなに嬉しいことはない。

「櫨禅様はとっても素敵なぼくの神様です」

志摩と、それから志摩の元飼い主も助けてくれた。生きるという道を与えてくれた。

「これからもよろしくお願いしますね」

当然だと頷いた櫨禅は、そのまま志摩の体を担ぎ上げた。腕の上に座る形で抱かれた志摩は、櫨禅の首に腕を回して、同じ景色を眺め見る。

家々の屋根から立ち上る煙は、そろそろ夕飯の支度に取り掛かる合図だ。

津和の里。

その里で大好きな櫨禅と暮らす。

志摩の幸せは櫨禅と里と共にある。

あとがき

こんにちは。朝霞月子《あさかつきこ》です。「ちいさな神様」関連の物語、いかがでしたでしょうか。まさかの櫨禅《ろぜん》様の恋話でした。そしてお相手は、大多数の方の予想を裏切ってニューフェイスのリスの子です。はい、千世《ちせ》様ではございません。大きな熊にはちっちゃな子がいいよねという発想から、ちんまりとしたリスの子が前作時点で予定されていました。千世様についてはいずれ機会があればと思っています。

出版社様はじめ、関係者のみなさまはもちろんですが、イラストのカワイ先生にも大変お世話になりました。同じちいさな神様でも、葛《かずら》と志摩《しま》では性格も違うのでどのように表現していただけるかなと楽しみにしていて、まさにドンピシャリの絵だったのでとても嬉《うれ》しかったです。櫨禅様のいろいろな表情も見せていただけたし、大満足です。ありがとうございました。熊の櫨禅様の上に寝転がる半リスの志摩とイラストも、いつかは見たい！という野望を胸に抱いている次第です。

津和の里に住まうとても人間っぽい神様たちが織《お》り成《な》す優しくてちょっと不思議な物語、またいつか語ることが出来ればいいなと思っています。

次回作でまたお目に掛かることが出来るのを楽しみにしています。

この本を読んでの
ご意見・ご感想を
お寄せ下さい。

〒151-0051
東京都渋谷区千駄ヶ谷4-9-7
(株)幻冬舎コミックス　リンクス編集部
「朝霞月子《あさかつきこ》先生」係／「カワイチハル先生」係

リンクス ロマンス

恋を知った神さまは

2016年5月31日　第1刷発行

著者……………朝霞月子《あさかつきこ》
発行人…………石原正康
発行元…………株式会社　幻冬舎コミックス
〒151-0051　東京都渋谷区千駄ヶ谷4-9-7
TEL 03-5411-6431（編集）
発売元…………株式会社　幻冬舎
〒151-0051　東京都渋谷区千駄ヶ谷4-9-7
TEL 03-5411-6222（営業）
振替00120-8-767643
印刷・製本所…株式会社　光邦
検印廃止

ISBN978-4-344-83722-5 C0293
Printed in Japan

幻冬舎コミックスホームページ　http://www.gentosha-comics.net